LA BELLE ÉPOQUE

(Variétés)

Déjà paru dans Le Livre de Poche :

L'Écume des jours
Je voudrais pas crever
L'Herbe rouge
L'Arrache-cœur
Trouble dans les andains
Les morts ont tous la même peau
J'irai cracher sur vos tombes
Cantilènes en gelée
Cent sonnets
Chansons
Derrière la zizique
En avant la zizique
L'Équarrissage pour tous
Le Goûter des généraux
Rue des Ravissantes
Écrits pornographiques

Dans La Pochothèque :

Romans, nouvelles, œuvres diverses

BORIS VIAN

La Belle Époque

(Variétés)

Édition établie, revue, augmentée, préfacée et annotée par Claude Rameil

CHRISTIAN BOURGOIS ÉDITEUR

La pataphysique et les variétés font un ménage excellent parce que dans toute variété, comment dire ? différente, inclassable, il y a un élément de pataphysique qui est patent et qui réjouit le cœur de tous les antispécialistes.

Boris VIAN.

Variétés. Titres de certains recueils qui contiennent des morceaux sur différents sujets. Variétés littéraires. Variétés philosophiques.

Littré, éd. Gallimard-Hachette.

Variétés. Recueil contenant des morceaux sur des sujets variés.
Spectacles de variétés : comprenant des attractions variées.

Robert, 1974.

Variétés. Spectacle composé de différents numéros sans lien entre eux (chansons, danses, etc.).
Variétés. Suite de changements.

Petit Larousse Illustré.

PRÉFACE

Sous ce titre de *La Belle Époque*, nous avons regroupé des textes de Boris Vian inédits en volume, auxquels nous avons ajouté une douzaine d'autres totalement inédits. Ces écrits couvrent toute la période de production littéraire de Vian, soit de 1945 à 1959; ils furent très souvent publiés dans des journaux et revues de grande audience (*Arts*, *Constellation*, etc.). Boris Vian nous y entretient de différents sujets, souvent d'actualité, qui retenaient son attention. Les rééditions des *Vies parallèles de Boris Vian*, de Noël Arnaud, témoignent, en une trentaine de chapitres, de cet intérêt toujours renouvelé.

Nous avons divisé cet ouvrage en deux parties : Variétés, au sens général du mot, et Variétés, au sens « spectacle » (chanson, music-hall).

Dans la première partie nous offrons des écrits sur différents thèmes que nous avons répertoriés et classés, peut-être un peu arbitrairement, en huit sections : Automobile, Beaux-Arts, Critique littéraire, Économie, Éducation, Sciences et techniques, Théâtre, Vacances et loisirs. Même si ce classement est contestable, la lecture de ces écrits incitera à l'indulgence surtout lorsque c'est un des esprits les plus éclairés de son temps qui donne son avis sur les grands problèmes d'actualité.

La principale publication dans laquelle Boris Vian eut à exercer ses talents d'encyclopédiste est *Constel-*

lation. Il y publia entre 1952 et 1959 des textes signés de son nom et de plusieurs pseudonymes : Joëlle Bausset, Gérard Dunoyer, Odile Legrillon, Adolphe Schmürz, Claude Varnier.

Une autre publication qui eut les faveurs de Boris Vian est *La Rue*; il s'est intéressé de très près à cet hebdomadaire dirigé par son ami Léo Sauvage. Pour l'année 1946, il a collaboré à quatre numéros sur huit; de plus, nous avons retrouvé quatre articles destinés au même journal et datés de la même année. Il nous reste également le plan d'un article sur Malraux :

« Malraux et la stérilité. Il a couronné pour une œuvre qu'il mit douze ans à élaborer (stérilité) l'Abbé Grosjean (soutane, castration). Complexe de castration. Voir ses œuvres. *La Condition humaine, L'Espoir*. Le loup devenu Berger (pendant la Résistance). Un voyeur Malraux voilà ce que c'est. La poudre dans une valise (cf. Sartre, 12 Juillet). Malraux regrette son foutre. Il aurait sûrement pas voulu avoir des enfants. »

Le ton sarcastique s'explique par le dépit qu'avait conservé Boris Vian de sa défaite, avec *L'Écume des jours*, dans le prix de la Pléiade décerné en juin 1946, prix remporté par l'abbé Grosjean grâce au soutien de Malraux.

La deuxième partie du volume est consacrée aux textes sur la chanson et le music-hall. On constatera que, là encore, Boris Vian se montre un critique averti et novateur et la carrière des Brel, Brassens, Devos, Gainsbourg, etc., n'a pas démenti les jugements qu'il portait sur ces artistes à la fin des années 50.

Boris Vian s'est intéressé au jazz toute sa vie et c'est surtout entre 1946 et 1956 qu'il s'est exprimé sur cette musique, avec des points forts entre 1947 et 1950. En 1956, il travaille pour Philips (et sa sous-marque Fontana) et, le 1er janvier 1957, devient directeur artistique de cette firme. Ses occupations professionnelles lui donnent donc l'occasion d'écrire plus souvent sur la chanson. Hormis sa fameuse revue de presse mensuelle et ses comptes rendus de disques pour *Jazz-Hot*, il n'a plus guère le loisir de donner de la critique de jazz. En revanche, la période 1957-1959 est la plus riche en ce qui concerne la chanson ; tous les supports sont bons à Vian pour toucher ses lecteurs : revues et journaux, programmes de music-halls, pochettes de disques.

Michel Fauré nous a restitué une partie de ces textes de pochettes, en particulier ceux concernant les variétés, dans *Derrière la zizique* [1] tandis que nous regroupions dans *Autres écrits sur le jazz* [2] un choix de ceux concernant le jazz.

Notre excellent ami Georges Unglik a rassemblé la totalité de nos deux sélections qu'il a enrichie d'une cinquantaine d'autres encore inédits en volume [3].

Depuis de nombreuses années Georges Unglik s'acharne à rassembler toutes les chansons écrites par Boris Vian. En 1984, il nous livrait le fruit savoureux de ses recherches dans une première édition [4] : depuis, il n'a cessé de poursuivre sa quête et a considérablement augmenté la nouvelle édition [5] dans laquelle il a accueilli les chansons de *Textes et Chansons*.

Autre changement, en effet dans les œuvres posthumes de Boris Vian, le volume intitulé *Textes et*

1. Boris Vian, *Derrière la zizique*, Christian Bourgois édit., 1976 ; textes choisis, préfacés et annotés par Michel Fauré. Réédition U.G.E., coll. 10/18 n° 1432, 1981.

2. Boris Vian, *Autres écrits sur le jazz*, Christian Bourgois édit., 1981 et 1982 ; deux volumes ; textes rassemblés, préfacés et annotés par Claude Rameil. Réédition en un volume, Christian Bourgois édit., 1994.

3. Boris Vian, *Derrière la zizique*, Le Livre de Poche n° 14269, 1997 ; édition revue et augmentée, établie, préfacée et annotée par Georges Unglik.

4. Boris Vian, *Chansons*, Christian Bourgois édit., 1984. Textes établis et annotés par Georges Unglik avec la collaboration de Dominique Rabourdin.

5. Boris Vian, *Chansons*, Le Livre de Poche n° 14195, 1997 ; nouvelle édition revue, corrigée et augmentée par Georges Unglik.

Chansons [1] publié en 1966 disparaît — que Noël Arnaud nous le pardonne. La partie « Chansons » — soit 45 titres — figure intégralement dans l'édition de Georges Unglik. Reste pour la partie « Textes » neuf écrits : un peu jeune pour conserver ce volume. Cette édition de *La Belle Époque* permet d'héberger ces textes que Noël Arnaud avait réunis dans une belle continuité.

La présente édition est donc différente de la première par l'ajout des textes en question et de quelques autres, identifiés ou retrouvés depuis. Nous l'augmentons également d'un chapitre : « La Discothèque », c'est à François Roulmann que nous devons la révélation de cette revue bimestrielle. Mowgli Jospin, longtemps trombone chez Claude Luter, y occupe la rubrique « Jazz » alors que le spécialiste du jazz Boris Vian y tient celle des « Variétés ».

Il est vrai qu'à cette époque, nous le rappelons, ses occupations professionnelles chez Philips, puis chez Barclay, le portent davantage vers cette forme musicale. Il écrit de plus en plus à propos de la chanson, il collabore régulièrement à de petites publications mais aussi à *Arts*, au *Canard enchaîné* (trois chroniques inédites destinées à cet hebdomadaire sont intégrées à ce volume).

Nous n'avons pu consulter la revue intitulée *Danse-Chansons* pour laquelle Boris Vian, dans une note manuscrite non datée (très certainement 1957-1958), se proposait d'écrire trois articles. Le plan du troisième article reflète très bien ses préoccupations en matière de disque et de radio :

« Pour la revue *Danse-Chansons*.

Un article contre Chevalier.

Un article pour Trenet.

Un article général sur la politique à courte vue des dirigeants de la radio et éditeurs de disques combi-

1. Boris Vian, *Textes et Chansons*, Julliard, 1966 ; textes choisis, mis en ordre et annotés par Noël Arnaud. Réédition U.G.E., coll. 10/18, n° 452, 1969.

nés : pour améliorer la vente du disque. Cf. Longue-durée, etc. Diminuer, prix équipement, émetteurs privés musicaux subventionnés. Modulation de fréquence. Conclusion : nécessité accélérer évolution technique au besoin par programme européen (musique, pas gênant). »

Ces réflexions sont à rapprocher de celles contenues dans son livre *En avant la zizique*.

Les textes que nous publions dans ce volume montrent encore une facette du talent de Boris Vian ; ils illustrent le don qu'il possédait d'émettre sur les sujets les plus divers des opinions originales et progressistes. Nous avons constaté, en rassemblant ces écrits en apparence sans lien, qu'il existe une continuité de ton et en tout cas une constance de vue dans la façon d'aborder les différents problèmes d'actualité.

Boris Vian apporte la même efficacité à défendre la bonne chanson et les variétés qu'il déployait naguère au service du jazz. Nous remarquons l'indulgence qu'il accorde aux jeunes artistes, aux nouveaux talents alors que pour le jazz son intransigeance n'a jamais faibli.

Mais jazz ou variétés, les lecteurs de Boris Vian y trouveront le même plaisir, nous en sommes persuadés. Nous pensons donc qu'ils se joindront à nous pour remercier Ursula Vian-Kübler et Noël Arnaud de l'aide affectueuse et efficace qu'ils nous ont dispensée. Nous en profiterons pour remercier également Nicole Bertolt, Raymond Dabat, Patrick Fréchet, Yves Pineau, François Roulmann, qui, encore une fois, nous ont apporté leur soutien amical et mis leurs documentations à notre disposition.

Claude RAMEIL.

PREMIÈRE PARTIE

AUTOMOBILE

ET DIRE QU'ILS ACHÈTENT DES VOITURES NEUVES !

Ma vieille voiture est inusable !

Quand je suis arrivé au garage pour y reprendre ma voiture, j'ai vu un homme d'une quarantaine d'années, coiffé d'un chapeau mou et muni d'une serviette, qui, planté devant mon radiateur, le regardait, l'air incrédule, comme s'il avait affaire à une espèce de monstre. Tandis que je me penchais pour ouvrir l'élégant robinet de cuivre à quatre branches qui interrompt le circuit d'essence, il haussa les épaules et se dirigea vers une petite auto ridicule, aux allures de crapaud, que rien ne permettait, à mon avis, de distinguer de ses voisines. J'ai dégommé mon moteur d'un coup de manivelle, j'ai tiré le starter, et, au quart de tour, le moteur est parti. Le laissant un peu s'échauffer, je me suis retourné. Coincé derrière son volant, l'homme vidait sa batterie à grands coups de démarreur.

— Une remorque ? lui ai-je crié.

Furieux, il est sorti de sa boîte à sardines, une manivelle à la main. Une minute plus tard, il se relevait en poussant un cri de douleur. Un retour bien placé lui avait froissé le poignet.

— Remontez là-dedans, lui dis-je. Je vais vous

pousser. Et rentrez votre quincaillerie. Mais, la prochaine fois, ne vous moquez pas d'une Brasier. Une Brasier part toujours, par tous les temps.

Ma voiture a quarante ans tout juste : elle a été construite en 1911. Avant de l'avoir trouvée, j'en ai conduit beaucoup d'autres ; aucune ne m'a jamais donné autant de satisfaction. J'avoue même que j'en étais venu à me demander comment l'automobile avait pu se développer de cette façon extraordinaire depuis 1900 ; je cherchais par tous les moyens à comprendre pourquoi les ingénieurs et les industriels s'étaient donné tant de mal pour arriver à construire les engins incommodes et fragiles qui infestent les routes actuelles. Depuis que j'ai ma Brasier, j'ai compris. Et tous les clients du garage sont en train de comprendre.

Ma Brasier n'a pas de démarreur ; pas de batterie non plus : une simple magnéto. Mais, qu'il pleuve ou qu'il gèle, il suffit d'un quart de tour sur la manivelle, une belle pièce de forge avec une poignée de laiton qui, en position de repos, s'engage dans un fourreau de cuir, pour que le moteur se mette à ronronner gentiment.

J'ajoute qu'un ressort puissant enfilé sur sa tige élimine totalement le danger de retour, et que ma manivelle est fixée à demeure, de sorte qu'on ne perd pas de temps à la chercher. Je n'ai jamais d'ennuis avec l'éclairage. Je possède deux très belles lanternes à essence ; extrêmement faciles à remplir grâce à un second petit robinet commodément situé et qui m'est bien utile aussi pour mon briquet. Une fois allumées, mes lanternes brûlent trente heures durant. Elles sont en laiton, d'un fort gracieux effet, et tentent beaucoup les passants ; c'est là leur seul inconvénient. Mon prédécesseur, le premier propriétaire de la Brasier, un vieil homme sage qui la conduisit quarante ans sans une panne, a monté en guise d'amortisseurs de forts tampons de caoutchouc entre les lames de ressorts elliptiques. Efficacité totale, entretien nul, voilà leurs caractéristiques ; le confort des sièges capitonnés de cuir est tel, en outre, que tout autre dispositif serait superflu.

Un Américain employé à l'Unesco est venu récemment se joindre aux clients de mon garage. Lui aussi s'est esclaffé devant la Brasier. Et puis, dimanche soir, comme je revenais de ma promenade à la campagne, je l'ai vu arriver. Il pleuvait un peu, mais sa capote était ouverte. Lorsqu'il est descendu, sa femme ruisselait dans son manteau de fourrure, et sa petite fille toussait à fendre l'âme. Il a jeté un regard sur ma Brasier. J'ai omis de signaler que ma carrosserie est du type torpédo, et que la capote se baisse ou se met en place en moins de quarante secondes...

— Vous aimez la pluie ? ai-je demandé poliment.

Avec les étrangers on ne sait jamais.

— Cette saloperie de machine s'est encore détraquée, m'a-t-il dit. Le circuit est bloqué. Impossible de remonter la capote. Foutu système, sacré nom !

Comme j'exprimais mon admiration pour sa connaissance des nuances de notre langue, il est revenu, rageur, à sa voiture afin de taquiner la commande automatique du toit, et l'engin s'est brutalement déclenché en lui déversant dix litres d'eau glacée dans le cou. Là, il s'est mis à parler anglais. Je crois que cela valait mieux.

L'assureur C..., qui fait ses dix mille kilomètres par mois, possède une traction noire, toute simple. J'ai moi-même conduit une traction, et en ai gardé un excellent souvenir, malgré le manque incontestable de confort des places arrière. Mais la traction a un défaut capital. Un matin, j'ai vu surgir C..., affolé. Il a dit au garagiste :

— Monsieur Albert, pouvez-vous me prêter votre voiture ? On m'a volé la mienne hier et il faut absolument que je roule aujourd'hui sinon je perds 900 000 francs de contrats.

Albert a hoché la tête.

— Faites bien attention, dit-il à C..., la mienne aussi est une traction... Et il n'y a pas d'antivol qui résiste...

La traction est sans doute la voiture la plus convoitée des filous : c'est si facile de maquiller un moteur, ou même de revendre l'engin en pièces détachées.

— Achetez une Brasier, mon vieux, ai-je dit à C... Vous pouvez la laisser où vous voulez, personne ne la volera jamais. Au contraire. C'est une voiture qui pourrait rapporter gros... à l'arrêt.

C..., m'ayant demandé à quoi je faisais allusion, je lui ai raconté mon séjour de l'été dernier à Knokke. Knokke, le Deauville de Belgique, est une plage de luxe où tous les riches Belges passent une partie de leurs vacances. C'est peut-être l'endroit du monde où l'on voit circuler le plus de voitures américaines du dernier modèle. Les Belges estimeraient perdre la face s'ils n'achetaient pas le type 1953 dès janvier 1952, et l'on perd un peu la tête devant tous ces chromes et ces longs fuselages étincelants. Au milieu de ces centaines d'Oldsmobile, de Cadillac, de Lincoln et de Chrysler, ma Brasier, avec sa peinture d'époque gris artillerie à filets noirs et ses cuivres lumineux, fit l'effet d'un cygne dans la mare aux canards.

Il ne se passait pas de jour que je ne la trouve, en venant la reprendre au stationnement, entourée de familles entières qui faisaient la queue avec discipline pour se faire photographier devant. Au cours du change, j'aurais pu me constituer un joli pécule.

Le prince de S..., arrivé à Knokke un après-midi dans une somptueuse Jaguar, passa totalement inaperçu. Le soir, au cours d'une réception en son honneur, à laquelle je fus invité, je rencontrai une charmante Bruxelloise dont j'avais fait la connaissance à Paris. Dès qu'elle m'aperçut, elle me cria :

— Avez-vous vu la merveille de Knokke ?

— Le prince ? demandai-je.

— Mais non ! Une extraordinaire voiture dont tout le monde parle en ville.

— Ah ! répondis-je. Naturellement. Vous voulez y faire un tour ? C'est la mienne.

Ma Brasier m'a permis de croire de nouveau en la fraternité humaine. Quand je suis dans ma voiture, les agents me regardent avec un sourire ravi, les conducteurs d'autobus arrêtent leurs lourdes machines pour me laisser le passage, me considérant comme un égal, sans doute parce que je suis assis à la même hauteur qu'eux. Et les populations, d'un commun accord, se tapent sur les cuisses avec sympathie. Est-il spectacle plus réconfortant que cette amitié de l'automobiliste et du piéton ? Une seule fois j'ai été arrêté par un agent ; je venais, il est vrai, de griller un feu rouge sans intérêt, car je considère qu'une voiture est faite pour rouler et non pour s'arrêter. L'agent m'a donc stoppé à Boulogne-sur-Seine.

— Vos papiers ?

Négligence impardonnable, je venais d'acheter la voiture et n'avais pas encore fait le changement de carte grise : le numéro minéralogique d'origine, 6828 Y, me séduisait par son côté quasi romain.

— Votre plaque de propriétaire ?

J'avais celle de ma précédente auto. Cela parut d'autant plus suspect.

— Où allez-vous ?

— A Rouen.

Du coup, il s'est mis à rire comme un fou et m'a laissé passer. L'évidence de la blague lui apparaissait dans toute sa beauté.

Avec ma Brasier, j'ai retrouvé la joie de conduire. A 50 à l'heure (allure que je peux dépasser largement), assis à un mètre du sol, capote baissée, rafraîchi par l'air délicieux de la campagne matinale, j'écoute ronronner de satisfaction le ventre de bronze de ma Brasier et j'entends le bruit appétissant des engrenages baignés dans la bonne graisse rose. Mes pneus fins et élégants sautellent, joyeux, sur l'asphalte uni. Je dépasse les cyclistes. Ma position élevée me permet, ce faisant, d'échanger avec eux quelques amabilités. Je dépasse également les 5 chevaux Rosengart, les 2 chevaux Citroën et quelques modèles du genre NN Renault ou « trèfle » Citroën. Fait particulièrement étrange, chaque fois que je m'arrête devant un garage pour prendre de l'essence ou de l'huile, je vois s'approcher de mon capot, l'œil allumé, un quelconque vieillard égrotant.

— Ah ! Ah !... s'exclame-t-il d'une voix cassée. Une Brasier, ma foi ! J'ai travaillé chez Brasier, jadis. Ah, c'était avant l'autre guerre...

Après une douzaine d'expériences de ce genre, je suis arrivé à la conclusion qu'à l'époque les usines Brasier ont dû couvrir une partie importante de l'Europe.

Ma Brasier, depuis sa naissance, a dû couvrir entre 5 et 600 000 kilomètres ; elle est en parfait état. Je ne lui ai apporté qu'une seule modification. J'ai remplacé le carburateur d'origine, une véritable usine à gaz, qui s'est révélé difficile à régler, par un Solex d'occasion trop usé ; l'ancien consommait 40 litres aux 100. Je l'ai conservé ; il y a au moins 3 kilos de bronze, là-dedans ! J'attends que le métal monte. Tous comptes faits, totalement révisée, ma Brasier me revient à 100 000 francs, assurance comprise. Elle atteint, en pointe, le 80 à l'heure. Il y a cinq vraies places. D'innombrables coffres permettent de loger des bagages en quantité. L'allumage se fait par magnéto : indéréglable, indestructible. Soupapes latérales à ressorts apparents. Graissage à l'huile perdue (c'est une voiture de luxe). La pompe à huile est une merveille. J'invite des gens à venir la voir tourner : il y a trois petits pistons qui, d'un mouvement lent et curieusement décalé, injectent à haute pression l'huile vierge en direction des paliers. Refroidissement par eau (thermosiphon, naturellement). Toutes les bielles sont montées sur bronze, avec des coussinets de 6 millimètres d'épaisseur au bas mot. L'embrayage, à cône, arracherait un 20 tonnes. Le compteur de vitesse, électrique, ne donne que 0,5 % d'erreur. Il y a sous le siège avant droit un réservoir à eau de secours, avec un robinet extérieur pour se laver les mains, à côté du frein. Quant aux quatre vitesses, elles passent seules et les pignons résistent à tout. La manœuvre de la capote est instantanée, l'essuie-glaces à main ignore les pannes. Sur une pareille voiture, il y a de l'espoir. On peut la perfectionner à son gré. Je sais que si je désire y installer le chauffage central ou une piscine, j'ai la place pour le faire. Et enfin, on me regarde ! C'est agréable. L'autre jour, un connaisseur m'en a offert 200 000 F. Je lui ai ri au nez. J'attends. La Brasier, c'est comme un tableau de Rembrandt, cela prend de la valeur en vieillissant. Il y a des gens qui s'esclaffent. Je les laisse rire. J'ai fait Knokke-place Pigalle à 55 de moyenne, cet été, en brûlant 12 litres aux 100 *et en voyant le paysage*. Elle n'a qu'un défaut : la trompe. C'est un merveilleux serpent de laiton avec une grosse poire de caoutchouc, mais elle est située de façon trop apparente sur le côté droit extérieur : tout le monde appuie dessus, et, chaque fois, cela fait le même bruit qu'un éléphant blessé appelant ses parents.

On m'a indiqué hier une Darracq 1906. Le propriétaire, paraît-il, ne sait pas ce que ça vaut. La mienne est de 1911. Une 1906, cela doit être encore meilleur. Je crois que je vais aller la voir. Et dire qu'il y a des inconscients qui achètent des voitures neuves !...

Claude VARNIER,
Constellation, n° 46, février 1952

ON M'A FAIT CADEAU DU PREMIER GUIDE TOURISTIQUE ; ET ALORS ! JE PASSAI...

Mes vacances comme en 1900

La fin des mois en *r* confirmée par la venue de juin, je me suis rué dans un véhicule muni d'un tas de roues et pompeusement dénommé chemin de fer électrique, et j'ai gagné Bécon-les-Bruyères où, dans un box, soigneusement dissimulée à l'abri des regards envieux, je gare ma Brasier durant l'hiver. Avec elle, je ne roule pas pendant la saison froide. Non que je sois sensible aux conditions atmosphériques qui règnent alors. Mais « elle » a plutôt tendance à gigoter sur le pavé humide, et l'on sait que, l'hiver, l'humidité possède le caractère désagréable et supplémentaire d'être solidifiée et encore plus glissante. Bref, j'avais décidé, tel le Prince Charmant, de l'éveiller d'une torpeur de six mois, mais seulement pour lui faire respirer l'air des grandes routes.

Il faut vous dire que depuis l'acquisition de ce véhicule, mes connaissances se sont considérablement enrichies. J'ai découvert un intérêt neuf à des détails techniques qui laissent froid l'automobiliste moderne, peu accoutumé à la belle mécanique. En outre, on m'a aimablement fait présent d'un Guide touristique 1905, époque heureuse où on le distribuait gratuitement. Quoiqu'il soit légèrement plus ancien que la Brasier, sa lecture me fit concevoir un projet, chimérique peut-être, mais à coup sûr palpitant. Il s'agissait de choisir un tronçon de voie carrossable, et de m'enquérir, au hasard des étapes, des modifications subies par les hôtels et autres lieux depuis la publication, en 1905, de cette édition de choix.

Le problème ainsi posé, je m'en fus donc en informer ma voiture. Comme je m'y attendais, elle prit la chose avec indifférence, sans doute à cause de la légère couche de poussière qui la recouvrait. Je l'extirpai donc de sa cabane, ouvris le robinet d'essence, tournicotai la manivelle, et, au deuxième tour, son moteur eut un ricanement un peu asthmatique et se mit, sans se presser, à agiter de haut en bas pistons et soupapes à la cadence d'un bon cuisinier qui pile tranquillement des amandes.

Le plus dur était fait. Il restait encore à astiquer les neuf ou dix kilos de cuivre qui lui donnent un aspect si distingué, à la laver et surtout à gonfler les pneus. Elle a beau chausser, la mignonne, du 760 × 105 à talon, il ne faut pas se faire d'illusion : un boudin, même de faible section, qui est gonflé à quatre kilos, ça tient des litres et des litres d'air. Et mon box est loin de tout garage. Cependant, c'était rester dans la tradition que de pomper joyeusement à grands coups de pompe à main (prix 24 francs en 1905, et 3 francs pour le support spécial), et lorsque le propriétaire du box me ramassa sous la voiture, où, victime de mes 300 coups de pompe, je gisais évanoui depuis une bonne heure, je n'eus aucun mal à le convaincre que l'excès de mon plaisir seul en était la cause.

Me voilà parti vers la grand-route. Je retrouve, chemin faisant, mon succès habituel, et les réflexions d'un député en voyage me reviennent automatiquement : c'est bon de voir la foule apprécier spontanément l'effort d'un isolé pour mettre l'accent sur la qualité française.

Il faut bien l'avouer, l'inconvénient majeur de ma voiture, c'est le danger qu'elle présente pour les autres usagers de la route. Depuis les vacances passées, elle s'est habillée de neuf : peinture blanche, cuir rouge, capitonnage à l'antique. « Ça fait trente ans que je n'en ai pas fait une comme ça », me confia le carrossier, un digne vieillard de soixante-seize ans, la voix tremblante. Et il me fit une forte réduction.

Bref, elle est légèrement plus voyante que par le passé et, à ma grande inquiétude, lorsque je me fais doubler (car je ne double guère, pour ne pas vexer) je vois toutes les têtes, y compris celle du conducteur, se tourner vers moi tandis que la voiture doubleuse, généralement, s'écarte de sa trajectoire initiale et file en biais par le travers de la route. Deux arbres sévèrement ravagés marquent déjà mon passage en campagne : je suis la ruine des autres compagnies d'assurances. Je serai forcé de mettre une pancarte : « Ne me regardez pas. » Mais ils regarderont la pancarte et ça reviendra au même. Non... La vérité, c'est que je ne peux leur en vouloir, à ces tristes amateurs de vitesse pure : c'est tout ce qui leur reste ; ils se rendent bien compte, coincés dans leurs étroites cages à mouches, que, de nos jours, les voyages déforment la jeunesse, sauf dans une Brasier.

C'est arrivé après l'autoroute, au bas d'un village à cheval sur le V aigu d'une double pente. Comme j'aborde la branche montante du V, sans hâte et pour cause, je vois un représentant de l'ordre me faire un signe.

Le signe est clair. Je freine. Quinze véhicules divers en profitent pour me dépasser et lui lancer une bordée d'injures. Bien fait. Mais, impavide, il tire de sa poche un calepin.

— Bonjour !... dis-je, avec un sourire épanoui.

— Savez-vous lire ? il me demande.

— Euh... oui...

— Alors ? vous rouliez à combien ?

— Eh bien... mettons vingt-cinq à l'heure !

— Et qu'est-ce que c'est, votre véhicule ? Un poids lourd ?

— Monsieur ! dis-je indigné, une voiture légère !

— Une voiture de tourisme ?

— Naturellement !

— Vous devez rouler à quarante à l'heure ! C'est sur la pancarte. Vous gênez la circulation.

Je me rappelle soudain, mal à l'aise, les quinze voitures. La bordée d'injures lui était-elle réellement destinée...

J'ergote :

— C'est une vitesse limite !

— Pas du tout, y a pas de rond rouge !

— Y a un rond rouge ! assuré-je, la conscience tranquille.

— Faites une marche arrière, vous allez voir si y a un rond rouge !

— C'est défendu de faire une marche arrière en ville ! dis-je, fort de mon code.

— Alors, faites demi-tour.

J'obtempère. Nous revenons à l'entrée du village, lui assis à côté de moi.

— Montrez-le-moi, votre rond rouge, me dit-il, goguenard.

La pancarte est carrée. Je me sens gêné. Poids lourds : vitesse 30 km. Tourisme : 40 km.

— Bon, me dit-il. Ça va comme ça. Vous avez compris ?

— J'ai compris, dis-je. Combien je vous dois ?

— Rien du tout. Je déteste ces imbéciles qui roulent à toute allure sans rien regarder. Pourriez-vous me déposer un peu plus loin ?

— Certes.

Malgré sa mansuétude, il mérite une punition. Attends un peu ! Subrepticement, j'ouvre la nourrice.

— C'que vous faites ?

— Je règle la suspension !

— C'était déjà perfectionné, hein, apprécie-t-il.

En bas, le village, et la côte fatidique. Je bloque le régulateur à fond. Ça ronfle.

— Hé ! Qu'est-ce que vous faites ?

— Je peux faire du quarante à l'heure, lui dis-je.

Et j'ouvre l'échappement libre. Dans un rugissement de tonnerre, nous traversons le village affolé. J'absorbe la côte en moins de temps qu'il n'en faudrait à une équipe spécialisée pour la repaver. Mon voisin est un peu pâle.

— C'est là que je descends, dit-il en haut de la côte.

Je l'arrête et je repars, guilleret. Ses nerfs n'ont pas tenu. Dans six mois, ce sera une loque humaine, j'en mettrais ma main au feu.

Profitant d'un coin ombragé, je descends un instant et je consulte mon guide 1905. J'approche de A..., et je lis avec intérêt que la ville en question possède un hôtel à deux étoiles, dit Central et des Anglais, où je pourrai trouver une chambre noire pour la photographie, avec lanterne rouge, eau et cuvette (c'est indiqué par un petit losange noir), un dépôt d'essence Naphtacycle de la Compagnie Générale des Pétroles de Marseille, et des w.-c. bien tenus avec appareils de chasse à effet d'eau. Selon mon guide, le tout doit me coûter 9 à 13 francs, vin compris. Et il y a une fosse à réparations, et non loin de là, un stock de pièces Richard Brasier.

Je pénètre dans A..., au milieu des acclamations, et je m'arrête pour demander mon chemin.

— Vous venez pour le concours ? me demande aussitôt mon interlocuteur.

— Quel concours ?

— Y a la foire, me dit-il. Un concours de vieux tacots !

Je le foudroie du regard.

— Vieux tacot toi-même, eh !

Il reste bleu. Sans son aide, j'atteins l'hôtel Central et des Anglais. Je descends, l'endroit semble de bonne apparence.

— Bonjour, monsieur, me dit le réceptionnaire, ridicule personnage qui n'a ni barbe ni bottines, et dont la veste porte à peine deux boutons.

Le gérant arrive et s'empresse. Lui est un peu mieux. Il a une petite moustache noire qui fait très 1920, et un lorgnon. Un beau lorgnon.

— Monsieur veut une chambre ? me demande-t-il. Je vais savoir tout de suite.

— Avez-vous, dis-je, un dépôt de l'essence Naphtacycle de la Compagnie des Pétroles de Marseille, une fosse à réparations, des water-closets bien tenus avec appareils de chasse à effet d'eau, une chambre noire, une cuvette et une lanterne rouge ?

Il se rembrunit.

— Qu'est-ce que vous voulez insinuer ?

— En d'autres termes, précisé-je, avez-vous maintenu votre standing depuis 1905 ?

Il est écarlate.

— Monsieur, je vous prie de prendre la porte, vous et vos histoires de lanterne rouge ! Tout ça c'est fini depuis Mme Richard. Ma maison est une maison respectable et je n'aime pas les fumistes.

Je proteste.

— Ai-je l'air d'un fumiste ? Tout est là dans mon guide !

Cette fois, il a l'air inquiet et s'approche de la réception.

— Calmez-vous ! dit-il. Surtout restez calme.

Il chuchote à l'employé quelque chose que j'entends mal. Je crois pourtant distinguer un mot : police.

— On va venir tout de suite ! me dit-il, pendant que l'employé décroche le téléphone.

J'ai saisi.

— Inutile, dis-je, votre établissement, à la réflexion, ne me convient pas.

Je repars et m'éloigne de cette ville inhospitalière. Pour me délasser un peu, assis au bord du chemin, j'étudie les qualités de l'arrache-clou Michelin, breveté en France et à l'étranger, dont le schéma est disposé page 52 de mon guide. Il m'en coûtera 4,20 francs la paire, et je demanderai télégraphiquement l'article « Offero » — c'est le nom de code. Puis, je me renseigne sur l'utilisation du levier-fourche que j'ai dans mon coffre ; cela paraît complexe, et occupe toute la page 105, et les pages 108 et 117. Enfin, je reprends mon chemin interrompu. Je ne me décourage pas. Je veux savoir.

A C..., un peu plus loin, je trouverai, à l'hôtel de la place Royale, une autre chambre noire avec lanterne rouge et cuvette.

Rouli-roulant, m'y voici. J'entre et je recommence mon laïus :

— Avez-vous..., etc.

C'est à mon tour d'être stupéfait. Le sourire de mon vis-à-vis s'épanouit.

— Une chambre noire ? Mais certainement, monsieur, je vous y mène. Voulez-vous me suivre ?

Un peu interloqué de voir les réactions franches,

très 1905, du personnage, j'obtempère. Un couloir, un escalier, un autre couloir. Il s'efface devant moi.

— Donnez-vous la peine...

J'entre. Un claquement sec. La porte est refermée. Et la chambre est bien noire.

— Ne vous impatientez pas, me crie, du dehors, une voix goguenarde.

Je suis fichu; et je me trompais. La malchance a voulu que je tombe sur un fou. Je l'entends s'éloigner en courant. Heureusement, jamais je ne voyage sans mon ouvre-boîtes de conserves. En deux temps et trois mouvements, j'attaque et terrasse le pêne de la serrure, et je sors. Prudemment, je cherche une porte latérale. Je finis par atterrir de l'autre côté de l'hôtel. Il me tarde de revoir ma fidèle compagne. Je fais en courant le tour du bâtiment. Elle est là, une haie de curieux autour d'elle. Au moment où je parviens à sa hauteur, j'entrevois, là-bas, une ambulance municipale qui accourt à grand bruit, deux hommes en blanc sur le marchepied. Il est impossible que ça aille si vite... Mais si c'était pour moi ?

Je me rue sur la manivelle, je tourne, ça part, je saute, j'embraye. Sauvé !

Le coup de la chambre noire, c'est fini. Pas question de continuer. Je sais ce que je voulais savoir. Non contents de n'offrir aucune commodité au touriste photographe, les hôteliers modernes ne songent qu'à le maltraiter. Bien, bien, je n'insisterai pas, je m'en vais et m'installe pour le soir à l'hôtel des Etrangers qui n'est pas sur mon guide 1905.

Une nuit sans histoires, et je repars. J'ai quelque peu dépassé les 9 à 13 francs de frais que me laissait prévoir, par analogie, l'aspect de l'hôtel. Mais, hélas ! nous n'avons plus Fallières ! (Etait-ce Fallières en 1905 ? Hum...) Et le pouvoir d'achat du franc a légèrement varié. Cependant, j'ai en réserve une expérience passionnante ; car il serait trop facile de prendre malhonnêtement en défaut mon guide 1905 : je dois lui donner sa chance.

C'est l'étape suivante qui me l'apporte. J'y vois en effet indiqué un bâtiment dénommé : Grand Hôtel du Cerf blasonné, suivi de trois étoiles et des recommandations de l'A.G.A. (Association générale automobile), de l'A.C.F. (ce qui me garantit bon lit et bonne table, sans plus de précisions. On paraît avoir été moins goinfre en 1905 que de nos jours ; on roulait pour rouler, non pour bâfrer), et des signes bien connus maintenant SdB (salle de bains) et chambre noire, dépôt de Naphtacycle de Serpolléine (qui est une huile spéciale pour les automobiles à vapeur Serpollet), fosse à réparations, téléphone. Mais je vous répète que je n'insisterai plus pour la chambre noire.

Il est une heure. J'entre et m'attable.

— Que l'on me donne à manger ! dis-je d'une voix pleine de noblesse.

— Monsieur désire ?

— Je vous laisse ordonner le menu. Votre hôtel bénéficie de la recommandation d'un ouvrage sérieux.

Je frappe de la paume mon petit guide. Il nous considère, lui et moi, d'un œil incertain, puis hausse les épaules et m'apporte un couvert.

Tout ceci est fort bon. Le lit ne le cède en rien au repas. La salle de bains n'a certes pas changé depuis 1900 : d'admirables cols de cygne, une baignoire de cuivre nickelé martelé, chantourné et tarabiscoté, absolument étincelante, que j'emporterais bien. J'ai décidé de repartir le lendemain vers midi et demi pour profiter des ardeurs du soleil rare et me bronzer un peu grâce à l'astucieuse disposition de mon pare-brise à coulisse descendante et demi-tablier de moleskine. Je déjeune donc assez tôt et demande l'addition.

Je fais un rapide calcul et je tire de ma poche un louis.

— Qu'est-ce ceci ? me dit le regard du maître d'hôtel.

Je fais sonner l'objet.

— Un louis, mon ami. Cela suffit ?

Il contemple la pièce et s'aperçoit que c'est une vraie. L'or fait briller dans son œil une petite lumière avide. Sa main crochue va saisir la pièce, mais il se retient.

— Excusez-moi... Je vous envoie le gérant, me dit-il. C'est un peu particulier, n'est-ce pas...

J'ai une addition de 2 320 francs, ce qui n'est pas

excessif. Il doit donc, *grosso modo*, si je compte le louis aux environs de 4 000, me rendre de 15 à 1 700 francs... c'est-à-dire 8,50 francs-or.

Le gérant survient.

— Monsieur, me dit-il, je m'excuse, mais je n'ai pas la monnaie.

Il a bien compris, à mon faciès énergique, que je refuserai son papier sans valeur.

— Monsieur, lui fais-je observer, je lis ici que je ne dois pas m'attendre à m'en tirer chez vous pour moins de 13 francs. Je le savais et je l'admets. Rendez-moi 7 francs-or et nous nous quitterons bon amis.

— Impossible, me dit-il.

— Qu'à cela ne tienne! Rendez-moi la carte, et je vais compléter mon addition.

L'or l'a perdu. Il accepte.

Je déguste successivement le poulet en carabistouille à la mode de chez nous, la terrine giboyante du chef, les petits croquembouches au pissenlit des bois, et je vais porter à mes lèvres la seconde moitié du friand des moines de Poussarsort quand le gérant, qui notait des choses sur son calepin, se rue vers moi.

— Arrêtez-vous! dit-il. Le cours du louis à ce jour est de 3 850 francs. Ça suffit. Vous en êtes à 3 842...

Je finis d'avaler.

— Excusez-moi. Je vous devrai une bouchée.

Nous convenons d'un accord, et je pars, accompagné de la vénération générale. En me retournant, je vois le gérant se toucher le front d'un air triste. C'est la chaleur, sans doute, qui l'incommode.

A 40 kilomètres de l'étape que je me suis assignée, quels sont soudain ces bruits étranges? Manœuvrant mon levier de vitesses pour reculer à fond le baladeur de droite et passer de la sorte en troisième, je fais naître un ravissant bruit de clochettes cristallines. Les pignons sont solides et résistent; mais je grimpe la côte au milieu d'un concert d'imprécations de mon cardan. Je m'immobilise un peu plus loin, dans un chemin creux, et, ayant enfilé ma tenue de mécanicien, je m'introduis aisément sous le châssis sans même lever le pont arrière avec mon cric.

A peine une heure et demie pour démonter la belle cloche en alu qui protège le cardan. Voilà l'objet du délit. Hum ! Le tambour du frein à pied, monté à la sortie de la boîte, est intouchable. Tous les écrous sont matés. Mais les quatre tourillons du cardan sont complètement dévissés. Je les revisse. Un centimètre de jeu au palier arrière de la boîte, c'est quand même beaucoup. Le chapeau d'alu des tourillons est cassé. Cela dénote un effort anormal : cette pièce, théoriquement, ne travaille pas et se borne à les empêcher de se dévisser. J'ai quelques mètres de fil de fer. Je les entortille généreusement autour du cardan et je repars. J'avale les 50 bornes dans un vacarme qui me torture le cœur.

Et je m'immobilise à B..., dans un garage de modeste apparence. Je pénètre. Je sais que je suis entré où il faut dès le premier coup d'œil : voici, au mur, des photos du salon de 1906 : les Turcat-Méry, les Clément Bayard, les de Dietrich, les Darracq et les Mors étalent leurs formes avenantes sur ces cartons jaunis.

La Brasier a vraiment abusé. Sept jours, c'est un peu exagéré. Je vais repartir tantôt. Mais c'est la dernière fois. Ne me parlez plus d'une voiture qui ne peut pas rouler quarante-deux ans sans panne. Ça suffit à la classer, je crois. Grâce à tous mes vieux documents, je suis pourtant arrivé à une solution : mon véhicule est trop rapide, ça vibre et ça casse. Je vais acheter une charrue. C'est un peu lent, d'accord, mais ça tient la route et ça s'accroche dans les virages. Je sais, il y a deux chevaux, évidemment. Ma foi, tant pis si j'ai l'air d'un snob ! Courons chez Mac Cormick. Et vivent les vacances 1900 !

Boris Vian,
Constellation, n° 64, août 1953

Ce texte a été repris dans le numéro 159, juillet 1961, avec ce chapeau :

Il y a deux ans que Boris Vian est mort. Nous n'avons pas seulement perdu l'un de nos meilleurs collaborateurs, mais aussi un ami. Comment mieux évoquer cet ami qu'en publiant l'un de ses articles, où s'exprimaient avec tant d'aisance la fantaisie et l'humour de l'écrivain ?

CE QUE LE SALON NE RÉVÉLERA PAS

Les 7 péchés capitaux de la voiture

Que l'on en soit assuré : le Salon de l'Auto va, cette année encore, marquer d'un repère inexorable la voie qui nous éloigne, depuis tantôt quarante ans, de l'automobile telle qu'elle devait être. Encore une fois, nous allons grincer des dents et repartir la rage au cœur; encore une fois, ceux dont l'idéal suprême consiste à boucler le voisin dans une cage vont se réjouir et se frotter les mains en découvrant leurs dents jaunâtres dans un rictus satanique. Encore une fois, le gaspillage le plus insensé va sévir, et le ridicule, qui ne tue plus chez nous depuis les progrès de la médecine officielle, mais engraisse au contraire ses victimes jusqu'à l'aspect de luisants poussahs.

Au reste, cela nous est fort égal, car nous possédons depuis tantôt quatre ans une voiture Brasier 1911 que nous ne songeons nullement à remplacer, car elle marche à notre extrême satisfaction. Mais pour les malheureux qui n'ont point encore compris, tentons d'éclairer ce que nous voulons qu'ils voient.

Jugez un peu !

La voiture actuelle présente à notre avis les défauts capitaux que voici :

1° *Elle est inconfortable.* On est obligé, pour y entrer, de se cogner en des tas d'endroits. Assis, on a des crampes.

2° *Elle n'est pas solide.* Un léger choc sur une autre

voiture, ou un poteau avec ou sans feuilles, et il la faut faire débosseler par un spécialiste de la piraterie.

3° *Elle fume* tout plein autant que jadis, et plus tôt, car elle s'use plus vite.

4° Dedans, on se sent *inférieur*. On est plus bas qu'un vulgaire piéton.

5° *On y crève de chaleur,* à quelques exceptions intelligentes près. Rares.

6° Rien n'est prévu pour la *commodité* de l'usager.

7° Ce qui peut se résumer d'une phrase : la voiture actuelle a cessé d'être au service de l'homme, et le contraire est amorcé.

Les conséquences qui s'ensuivent sont légion, aussi nous n'y reviendrons pas trop.

L'automobiliste de maintenant dépend de tant de gens, sur le bord de la route ou dans des garages, qu'il n'a plus le temps de s'occuper d'autre chose que de sa voiture.

On comprend d'ailleurs qu'il en change souvent : comment s'adapter à un organisme aussi fragile ? On divorce d'avec une voiture sitôt la première querelle ; autrefois, on savait qu'elle tiendrait le coup et on prenait ses dispositions en conséquence. Des coups, des larmes, mais quelles réconciliations !

Qui n'a pas conduit une voiture d'avant 1914 ne sait pas ce que c'est que la joie de prendre la route au volant d'une bestiole intelligente conçue en fonction de son conducteur, à son service, obéissante au moindre signe et douée, tout de même, de cette charmante dose de paresse qui fait ralentir dans une côte avec la logique la plus pertinente d'ailleurs, puisque c'est du haut de la côte que la vue sera belle. A peine se présente-t-il sur le marché une nouveauté ayant conservé quelques traces du génie des vieux constructeurs (je pense à cette 2 CV Citroën qui, hélas ! a totalement ignoré la nécessité d'une esthétique indispensable au premier chef et ne saurait, de ce fait, être envisagée que comme un embryon un peu monstrueux) que l'on se rue chez Nardi et Speed pour la priver aussitôt d'un de ses traits plaisant, sa lenteur gracieuse.

A observer les choses de près, qu'est-ce qui a fait des « progrès » ?

Pas la *direction*. J'ai, dans ma Brasier 12 CV, le sentiment de conduire une bicyclette. C'est très direct, d'accord ; mais avec des pneus gonflés à 5 kilos, voulez-vous me dire où est la difficulté ? Ça pivote comme sur des billes.

La *suspension*, un peu. Un peu seulement. Si l'on se décidait à faire de bons amortisseurs, j'en monterais peut-être sur la Brasier. Mais pour les voir claquer tous les 15 000 kilomètres (je suis *très* généreux) merci. Le confort de mes fauteuils garnis de *vrai* crin associé à la souplesse des ressorts elliptiques de grande longueur est fort suffisant selon moi et je suis moins fatigué après un bon Paris-Lyon (en dix heures tout juste) que dans une 4 CV Renault, l'abomination la plus abjecte, au bout de cinquante bornes.

L'éclairage ? Zéro. Un bon phare à acétylène vous balayait la route sur cinq cents mètres ; hélas, c'est interdit désormais, mais je suis furieux. Un coup d'acétylène en pleine tronche d'un poids lourd, et il cesserait de faire le malin.

La souplesse ? En aucune façon. Avec la quatrième, en prise, comme on dit, je puis rouler de quinze à soixante-dix à l'heure sans changer de vitesse, et sans faire cogner le moulin, quel que soit le profil de la route. J'admets que je passe en troisième sur la rampe d'accès à l'autoroute, mais passer en troisième est un jeu d'enfant avec ma boîte à double baladeur et un embrayage à cône.

Sous-équipée

Le confort, n'en parlons pas. Sur ma Brasier, il y a une boussole (confort moral), des cabinets (confort physique), un lavabo (confort esthétique), que sais-je encore. Sur ce chapitre, la voiture d'aujourd'hui est si ridiculement sous-équipée que la comparaison n'est pas possible. Même pas de régulateur !

La sûreté ? Que je la laisse un jour, une semaine, un

mois, six mois, sans rouler, il suffit de tourner la manivelle pour que ça parte au quart de tour. *Jamais* on n'a rien inventé de plus commode que la magnéto.

La commodité d'accès? La robustesse? Et ci et ça? Vous perdez votre temps. Je vous accorderai peut-être un point pour la consommation... et encore. Bien équipée et bien réglée, la Brasier peut descendre à huit litres aux cent.

Quant au rendement, où vous m'attendez, permettez-moi de rire d'un vaste rire bien gras. Votre rendement thermodynamique, je m'en tamponne, si j'ose être un peu plébéien. Votre rendement thermodynamique théorique est ravissant, mais si l'on fait intervenir dans le rendement réel, l'usure, c'est-à-dire l'amortissement de la voiture, dites-moi un peu quel sera ce fameux rendement dans vingt, trente ou quarante ans. Tout théorique en vérité, car la ferraille aura absorbé sans rémission l'objet en question, rendement compris.

Un temps, on a pu croire que l'Amérique, toujours un peu en retard sur l'Europe, maintiendrait la tradition. Après tout, la guerre de 1914 l'avait peu touchée. Aussi vit-on Ford sortir son T, jusqu'en 1927. Et le modèle A qui suivit était encore humain. La 21 CV 1934 est une voiture que j'estime fort : leste, capricante, virevoltant avec grâce sur les routes mouillées, légère — on est un peu tassé dedans, c'est le seul reproche, et le pare-brise ne s'escamote pas. Mais hélas, les Américains sont devenus fous : ils se carrossent en Italie, et songent à la course!...

Je pourrais m'étendre à l'infini sur le sujet. Les vrais amateurs, je le sais, me comprennent. C'est pourquoi, je vous l'avoue franchement, ce Salon 1953 ne m'intéresse guère. Je ne sais qu'une voiture faite pour durer qui y figure : la Rolls Royce. Un châssis Rolls équipé d'une carrosserie double phaéton décapotable, voilà mon idéal. Ma Brasier durera certainement le temps que je fasse assez d'économies pour m'offrir ça. Mais risquer ma santé, ma vie, mon calme et ma patience dans une de vos boîtes à sardines, sans grâce et sans robustesse, merci! Vous êtes trop gâcheurs. Cent mille francs de travail et de métal de plus sur une 4 CV, elle tiendrait quinze ans et il serait possible d'y entrer. Vous ne voulez pas ? eh bien, gardez-la. Régie ! Vous travaillez contre l'homme. Ça vous amuse, de consommer cinq litres et d'avoir dix mille balles de réparations par mois ? Je préfère brûler dix, douze litres et astiquer mes cuivres de temps en temps. Vos voitures ne sont pas honnêtes : on paye, et on n'a qu'une éphémère demi-satisfaction. Pour moi, je n'y toucherai pas : que ces dames restent au Salon...

Boris VIAN,
Arts, 1er octobre 1953

VOYAGES EN AUTO

Voici un article de Boris Vian, l'auteur de J'irai cracher sur vos tombes, *de* Cinémassacre, *musicien, ingénieur, ancien élève de Centrale. Quand nous préciserons que cet article nous est parvenu sous enveloppe du « Provéditeur des Phynances du Collège de Pataphysique », nos lecteurs en comprendrons le caractère un peu... ubuesque.*

Voyager, c'est à peu près la seule chose à laquelle puisse servir une auto de nos jours (en dehors de l'entretien de quelques hordes de pillards garagistes, marchands d'essence ou fonctionnaires qui détournent malhonnêtement du Fond Routier les deniers du contribuable). En effet, deux cas peuvent se présenter. Ou on habite la campagne, ou on habite la ville. Si on habite la campagne, on a hâte d'aller à la ville, et une auto s'impose; et quand on est à la ville, on a encore plus hâte de retourner à la campagne. Si on habite la ville, de deux choses, l'une (ou l'autre). C'est une petite ville — auquel cas on n'a pas besoin d'auto, ou c'est une grande ville — auquel cas on n'a pas envie d'auto, parce qu'on ne peut plus klaxonner, ni se garer nulle part, ni écraser des gens sans avoir des ennuis, ni rien, quoi. Le cas d'une ville moyenne, comme tous les cas moyens, est sans aucun intérêt; dans les villes moyennes, il y a des tramways, et si ça ne suffit pas à vous dégoûter de sortir et bien! vous n'êtes pas digne de l'attention que l'on vous porte.

Ainsi, l'auto ne sert qu'à se rendre à la campagne, ou en revenir. Le train, lorsqu'il déraille juste au bon endroit, peut parfois rendre les mêmes services. Cependant, la chose est irrégulière ; je dirai même que l'on ne peut compter dessus. La S.N.C.F., organisation généralement assez précise, est actuellement (et il en a été de même dans le passé) absolument incapable de fournir un horaire exact des lieux et dates des déraillements envisagés par ses services. Dieu sait pourtant que ce n'est pas la paperasse qui manque — côté documentation — et côté exécution la matière première est là : les rails, les cailloux, des enfants ; il suffit que les enfants mettent des cailloux (des gros) sur les rails, ou même des barres de fer, des vaches mortes, du plastic, des bombes atomiques, que sais-je enfin ! pour arriver au résultat sans complications ; mais évidemment, je reconnais qu'il est bien difficile de faire arriver les enfants à l'heure ; pourtant ceci ne devrait pas jouer puisqu'il suffit que le train, lui, arrive à l'heure. Donc, aucune excuse.

Nous voilà loin de l'auto, et ce n'est pas un mal, car cet engin, bien parti voici trente ans pour donner quelque chose d'agréable, voire de commode, a dégénéré d'un tas de curieuses façons et se prête, finalement, fort mal au voyage. L'idée directrice des constructeurs actuels, c'est d'éviter toute entrée d'air dans le véhicule ; vous partez de Lyon, vous arrivez à Brest, vous respirez toujours le même air de Lyon. Ça évite, paraît-il les maladies dangereuses de l'adaptation. Autrefois, on construisait des voitures très différentes : le conducteur avait le nez au-dessus du volant et le vent lui pénétrait largement dans les narines. Il sentait la route. Heureusement on s'est aperçu du danger. Respirer l'odeur des tilleuls alors que l'on marche à l'essence, c'est du sabotage.

Et puis il y a le vieil adage : les voyages formeraient la jeunesse. Celle-là, on a dû vous la faire souvent aussi. Mais comme à moi : incomplètement. Jamais on ne vous a donné la forme finale obtenue. La forme finale obtenue c'est la forme des vieillards, toutes les fois qu'on voyage dans une voiture moderne. La jeunesse la plus résistante ressort de là percluse de douleurs, courbée, pliée en huit, moulue, malheureuse et aigrie, vieillie de cinquante ans au bas mot. La vieillesse, n'en parlons plus : elle ne peut même plus descendre des banquettes, on lui invente les drive-in, cinémas ou restaurants, les motels, et tout. La vieillesse est soudée à sa voiture pour des raisons biologiques évidentes : elle est vieille.

En somme, le voyage en auto présente, on le voit, certains dangers. Cependant, un bon camion sur la plate-forme duquel on installerait quelques arbres, des bancs, de l'herbe, serait à même de rendre des services. On s'étonne que quelque association d'amateurs de la nature, ou de jardiniers assermentés, ne tente pas l'exploitation de la chose sur une grande échelle (une échelle de pompiers, évidemment). Pour nous, cette solution nous séduirait. Outre que le voyage en auto ne se conçoit qu'avec un chauffeur (ce qui serait le cas) cette solution aurait l'avantage de rendre le voyage inutile. C'est ce côté heureux qui nous tente. Voyager quand on a déjà ce que l'on va chercher, ça, c'est le raffinement. Et nous sommes, avant tout, des civilisés.

Boris VIAN,
Voyages, n° 5, octobre 1954

POUR MIEUX ROULER

Il est avéré que la circulation dans les rues de Paris devient de plus en plus difficile. Cela résulte d'un certain nombre de facteurs que je n'hésiterai pas à dénommer *facteurs d'obstruction*, et parmi lesquels on peut dénombrer les suivants :

1) *L'inégalité de largeur des rues*

Cette inégalité *engendre leur égalité* par le jeu du stationnement; on stationne dans les rues larges, ce qui les ramène à la dimension de rues étroites, et il est connu que le fleuve doit être plus large que ses affluents s'il veut et quand il veut réussir à acheminer jusqu'à la mer l'eau et les cochonneries qu'il a à charge de trimballer. En outre, l'existence de sens uniques corrobore la similitude de certaines rues avec certains fleuves, ces rues ne pouvant que recevoir par les artères en question. De façon toute théorique, il apparaît, au passage, que le sens unique ne peut que ralentir la circulation, sauf si l'on conçoit les rues réceptrices (souvent dites avenues ou boulevards en raison de leur plus grande largeur et des arbres qu'elles portent) comme un ensemble de systèmes isolés, c'est-à-dire si l'on aménage lesdites rues réceptrices de telle sorte qu'une fois dedans on soit obligé de les suivre jusqu'au bout, avec stationnement interdit. Des avenues ainsi aménagées, avec *impossibilité de passer de l'une à l'autre*, ce qui est capital, auraient bientôt pour effet de vider complètement une ville des véhicules qui l'encombrent.

Puisqu'il est sûr que l'on n'ira pas jusqu'à cette solution théoriquement parfaite, donc qui ne sera pas appliquée, rien n'empêche d'entrevoir les autres facteurs d'obstruction.

2) *La circulation pulsée*

On n'ignore pas l'existence de cinq sortes de feux : le *feu rouge*, qui signifie « arrêtez-vous » ; le *feu vert* qui signifie « partez, ou continuez », le *feu orange* qui signifie « passez en vitesse si vous ne voyez pas d'agent » et les feux noirs et blancs suivant l'heure dits « agents » et qui signifient *a)* soit un encombrement ; *b)* soit une engueulade simple ; *c)* soit une engueulade avec contredanse ; mais, de toute façon, un arrêt de la circulation. Théoriquement, l'agent doit être un feu accélérateur, ce qui se manifeste lorsqu'il exécute un grand nombre de gestes rapides évoquant la poussée. D'aucuns assurent que les agents sont doués du pouvoir télékinésique et que les gestes de progression auxquels ils se livrent — uniquement lorsque le feu est vert — ont pour effet d'accélérer la progression des véhicules ; c'est possible, mais en pareil cas, nous déplorons leur manque de puissance et nous regretterons le traitement inhumain auquel on les soumet. Un télékinésiste *n'a pas* à manœuvrer toute la journée des objets dont le poids varie entre 150 et 15 000 kilos, ça l'abîme très vite. Le vrai défaut de l'agent est qu'il n'est pas un feu fixe, mais un feu mobile, et c'est ce qui rend si difficile l'interprétation de son sens. Au vrai, l'agent dérive plutôt du sémaphore, à son changement de couleur nocturne près. C'est un sémaphore mobile à teinte alternée. Bref, l'agent, feu accélérateur en théorie, complète bien la gamme des feux, mais c'est le principe de sa construction qui doit pécher ; il nous semble inhumain de confier le rôle de feu à des personnes qui d'une part n'ont jamais prétendu être des lumières, d'autre part sont en permanence à respirer les mauvais gaz d'échappement des automobiles. En tout état de cause, à ces quatre motifs de discontinuité de la circulation que sont les feux, on doit ajouter la déplorable hystérésis du conducteur. Le temps que la signification du feu parvienne au cerveau obtus du conducteur du véhicule, le feu a généralement changé, ce qui fait que, sans le hasard, et l'excitabilité de quelques systèmes nerveux empressés à démarrer dès qu'ils aperçoivent le feu rouge *dans la voie transverse*, la circulation ne se ferait pas du tout ; j'ajouterai aussi l'heureux phénomène qui veut que nombre de conducteurs soient daltoniens et dotés de l'esprit de contradiction ; ils s'arrêtent au vert, qu'ils voient rouge, et repartent au rouge qu'ils croient vert, en s'imaginant (c'est ce qui nous sauve) qu'ils emmerdent le type qui vient derrière en s'arrêtant et en repartant quand il ne faut pas. Il serait difficile d'évaluer le nombre de ces daltoniens en liberté ; selon les estimations de la Préfecture, il doit atteindre au moins 47 % de la population conductrice, au moins à Paris.

Cinquième concourant au caractère pulsatoire de la circulation, le passage du piéton sur le passage clouté. C'est peut-être l'élément frustrateur maximum de la circulation, puisque cela tend à concentrer un nombre optimum de victimes possibles *au point même où il est interdit de les écraser*. On ne s'étonnera pas après cela que divers conducteurs, dégoûtés de la ville, choisissent d'habiter en banlieue où les feux et les clous sont moins abondants et où ils ont encore une chance de réussir un beau doublé dans la stricte légalité. De tous points de vue (psychologique, psychique et technique), il semble évident que l'on aurait le plus grand intérêt à remplacer les passages cloutés par des passerelles ascenseuses-descenseuses électriques (couvertes) à double sens de circulation, ce qui soustrairait à la vue du conducteur cette masse de victimes potentielles dont on lui interdit, dans le même temps qu'on les lui présente, de sacrifier la moindre. Le phénomène est aggravé (nous citerons l'exemple précis du confluent de la rue de Mogador et du boulevard Haussmann) par la présence en certains points de feux noirs et blancs qui vous incitent à écraser le piéton dès que le feu est vert et, sans nul doute, vous dresseraient au moins contravention si vous vous conformiez à leur hypocrite suggestion. Nous ne pensons pas qu'il y ait là sadisme mais plutôt exaspération que tempère un sens moral aigu. Quotidiennement, descendant de la place Blanche en direction du boulevard Raspail, nous sommes ainsi invités à passer sur le corps d'une cliente des Galeries Lafayette (il faudrait un jour étudier le facteur de responsabilité de cet établissement dans le développement des crises de folie chez les conducteurs qui suivent le trajet Nord-Sud en passant par la rue de Mogador ou le trajet Sud-Nord empruntant la rue de la Chaussée-d'Antin — nous soupçonnons qu'elle n'est pas nulle; de même, celui du Casino de Paris, rue de Clichy, vers minuit, ou celui des Folies-Bergère entre 20 h 30 et 21 h et entre 23 h 45 et 24 h 15, mais passons). Les phénomènes de stress qui s'ensuivent et les altérations subies par les surrénales des chauffeurs qui en sont les victimes justifieraient amplement la création d'une caisse de compensation spéciale à laquelle cotiseraient : *1)* les Galeries; *2)* leur clientèle. Il va de soi que les Galeries ne sauraient être sollicitées pour les victimes d'un encombrement aux Halles (ce qui nous amène entre parenthèses et brièvement à prévoir l'institution d'un intégrateur quotidien de trajet commandé par signaux électromagnétiques, une fréquence particulière étant affectée à chaque établissement perturbateur; ces appareils reviendraient assez cher, mais feraient progresser la justice).

3) Troisième, et non le moindre, facteur d'une circulation déplorable : la lenteur de celle-ci. Et là, n'hésitons pas à énoncer les responsables essentiels, ou plutôt *le* responsable essentiel : la maison Citroën. Nous n'attaquons pas ici la DS-19 ou l'ID ou même la vieille traction qui rendit en son temps de si grands services aux gangs, ces excellents soutiens d'une presse qui, sans eux, serait déjà en faillite. Nous vou-

lons stigmatiser le sabotage infâme de la circulation auquel se livrent, *en toute impunité*, les fabricants d'un appareil dénommé couramment 2 CV et que l'on tolère en ville à la suite d'on ne sait quelles honteuses tractations. Nous n'osons croire qu'il y ait aveuglement de la part des pouvoirs constitués. Nous préférerions de beaucoup imaginer de colossaux pots-de-vin, et qu'au moins quelqu'un, en dehors des fabricants, retire un bénéfice de cette roulante aberration qu'est la 2 CV. Qu'y a-t-il de certain, en effet ? L'unanimité existe à cet endroit, la 2 CV est une des voitures qui freinent le mieux, fût-ce sur le verglas. Il est non moins certain que le bas régime de rotation du moteur et la faible inertie des pièces en mouvement donnent à l'engin un couple de démarrage extrêmement faible. Que l'invention des freins ne soit pas le fait de Citroën, d'accord ; d'autres ont eu leur responsabilité là-dedans, et nous n'accablerons pas un constructeur conformiste ; d'autant que les freins sont, hélas, entrés dans la légalité, ce qui aboutit à cette monstrueuse aberration : on juge un véhicule notamment à ce qu'il a de bons freins alors qu'un véhicule est notoirement conçu pour se déplacer le plus rapidement possible et non pour s'arrêter. Ainsi, nous nous trouvons devant cette anomalie : un engin *pas cher* (heureusement, les délais de livraison viennent compenser ce nouveau danger) *qui freine bien et qui démarre mal*. Contestera-t-on que voici réunies les conditions de l'embouteillage idéal ? Et si l'on réfléchit un peu, on va s'apercevoir qu'il y a pire : à Paris, *on est toujours derrière une 2 CV*. Ceci tient à la distance insuffisante qui sépare deux feux rouges consécutifs et au manque de largeur des rues, résultat d'une conception vicieuse à la base (ah ! qui maudira assez les urbanistes des siècles écoulés) et d'un stationnement beaucoup trop toléré. Il se produit donc le fait suivant : supposons un paquet de voitures en route vers un feu rouge. Deux cas peuvent se présenter :

a) Il y a ou non une ou plusieurs 2 CV en tête. S'il y a plusieurs 2 CV en tête, rien à faire : impossible de doubler, et la situation est la même au feu rouge suivant. S'il n'y a qu'une 2 CV en tête, elle tient sa gauche (les conducteurs de 2 CV sont formels à ce sujet : aucune chance de les voir à droite, ils s'entraînent en ville pour les dépassages de poids lourds sur route). Le triste possesseur d'une voiture normale n'a de ressource, pour doubler la 2 CV, que d'user de la file de droite et il est aussitôt bloqué par un poids lourd qui stationne en double file ; d'où une bonne engueulade, et l'utilisation massive par le chauffeur du poids lourd de la formule magique « Moi, je travaille », ce qui laisse immédiatement entendre que la victime ne travaille pas, qu'elle n'a donc pas les moyens légaux d'avoir une voiture, bref qu'elle l'a volée et n'a qu'à fermer sa gueule. Mais revenons au problème. Donc, premier résultat : qu'il y ait une ou plusieurs 2 CV en tête (nous n'examinons même pas le cas d'une rue à sens unique avec une 2 CV et une seule file libre : il faut suivre la 2 CV jusqu'au bout) il est impossible, sauf rare exception (boulevard Arago, avec une voiture de sport, il arrive que l'on puisse doubler une 2 CV en rasant le trottoir opposé ou en la débordant par la droite, mais sournoisement), de s'en débarrasser et cela recommence au prochain feu.

b) Il n'y a pas une ou plusieurs 2 CV en tête. Dans ce cas, le phénomène de « saut d'un feu » se produit : les véhicules normaux, progressant rapidement, atteignent le feu suivant qu'ils franchissent car il est synchronisé et luit d'un bel éclat vert, et se retrouvent au troisième feu rouge *a)* soit derrière un paquet de voitures précédé de 2 CV ; *b)* soit derrière les 2 CV qui sont la queue du paquet précédent supposé semblable à celui qui arrive. Et les 2 CV de queue du paquet étudié en (B), allant leur petit bonhomme de chemin, se retrouvent les premières au feu vert de (B) devenu rouge entre-temps, ce qui ramène au cas (A). Bref, à Paris, on a en moyenne une ou deux fois par jour la possibilité de parcourir un entre-deux-feux sans être brimé par les 2 CV.

Il va de soi que ceci justifierait amplement l'interdiction des 2 CV pour la circulation urbaine. Ne croyant pas aux mesures de coercition, nous nous proposons d'apporter ci-après une solution plus constructive.

Résumons-nous en concluant avec le premier hydraulicien venu qu'il suffirait d'accélérer la vitesse des particules en mouvement pour augmenter le débit de ces conduits que sont les rues. Les comptages astucieusement effectués par la Préfecture de police doivent permettre aux techniciens qualifiés

1. de fixer une vitesse idéale pour chaque artère selon chaque heure;

2. de faire en sorte que le système ainsi réalisé soit cohérent; une voie étant donnée, compte tenu du débit des voies affluentes et effluentes, il serait impératif d'y tenir une allure permettant d'y garder à chaque instant une circulation quasi continue.

Une vitesse minimum de 90 km/h étant adoptée pour des artères étroites telle la rue de Richelieu à 10 heures du matin, nous sommes persuadés qu'elle serait dégagée en permanence.

Vers des solutions nouvelles

Mais tout ceci n'est valable que si l'on tient à améliorer le système actuel. Or, quand on y réfléchit bien, celui-ci est consacré par l'usage, et il est dangereux d'aller à l'encontre des usages.

C'est pourtant ce que font actuellement les pouvoirs responsables qui nous amènent peu à peu depuis quelques années à la première solution générale du problème : *la voiture au garage*.

Les moyens utilisés, multiples dans le détail, se résument à celui-ci : dégoûter l'usager. C'est ainsi qu'on a créé des taxes énormes sur l'essence, des impôts multiples, des contraventions extrêmement variées, des zones bleues, des panneaux de stationnement interdit, des formules magiques assurant l'usager que ça lui portera malheur s'il laisse sa voiture du côté impair après huit heures les jours impairs (cette dernière mesure vise, c'est évident, à terroriser le citoyen qui ne peut comprendre pourquoi, subitement, c'est le chiffre 8 (ou le chiffre 20) qui porte la guigne alors que, de tradition, ç'a toujours été le chiffre 13), etc., etc.

La solution de la voiture au garage :

1° n'est pas appliquée

2° est une solution de paresse pour les pouvoirs, de fatigue pour les agents verbalisateurs

3° est visiblement inspirée par les garagistes.

Nous croyons avoir trouvé mieux.

Et nous proposons la solution dite « de la voiture volée ».

Elle consiste, grosso modo, à ne se servir, pour circuler, que de voitures volées (que l'on vole).

Avantages

1. N'ayant pas de carte grise, on évitera le contact avec les agents, par conséquent, on respectera scrupuleusement les règles de circulation actuelles.

2. Si par hasard on stationne dans un endroit, on s'en fout puisque la voiture ne vous appartient pas.

3. *Tout le monde*, et même les gens les plus pauvres, pourra profiter d'une voiture.

4. Suppression des frais de garage.

Modalités d'exécution

1. Le même jour, à la même heure (par exemple le 1er avril 1959, ce qui permettra ensuite d'assurer éventuellement qu'il s'agit d'une blague) *tous* les propriétaires d'automobiles

a) égareront leur voiture dans un endroit éloigné de leur domicile, en laissant la porte ouverte et les clés au tableau;

b) signaleront au commissariat de leur quartier le vol de leur voiture.

2. Au préalable, il aura été apposé à l'intérieur de la voiture un tronc destiné à recevoir des pièces de

100 francs ; chacun s'astreindra à y verser honnêtement son obole. Seuls les ateliers de réparation posséderont la clé des troncs.

3. Chacun continuera scrupuleusement à verser le montant de son assurance aux compagnies.

C'est là une preuve de civisme dont nous sommes sûr que chacun aura à cœur de la manifester.

Ainsi, pour circuler, il suffira d'entrer dans n'importe quelle voiture à l'arrêt et d'aller où l'on veut en la laissant, évidemment, aussi propre qu'on aurait désiré la trouver en entrant.

Aux quatre avantages déjà énumérés s'en ajoute un cinquième : changeant fréquemment de voiture, chaque conducteur sera à même d'améliorer sa technique, et, en cas de conflit, l'armée trouvera là une réserve de conducteurs entraînés au maniement de tous véhicules. Quand ce ne serait que pour ça, la solution s'impose. Nous ajouterons qu'elle est essentiellement démocratique et qu'elle permettra à tous les agents d'exercer la noble tâche de détective d'un bout de l'année à l'autre [1] au lieu de se confiner dans les fonctions de feu mobile. Il est, en outre, indéniable qu'elle apportera à tous les conducteurs une totale tranquillité d'esprit, le conducteur deviendra indifférent aux bosses et écorchures de la carrosserie et perdra cette vanité ridicule qui l'incite à essayer de trouver des différences entre deux véhicules de série identiques. Quant aux constructeurs, ils seront bien forcés de faire des voitures qui durent puisque personne n'en achètera plus.

P.-S. — La solution de la voiture volée règle *immédiatement* les problèmes du bateau et de la double file. Supposons un véhicule garé devant un bateau et qui interdit la sortie à une voiture située dans la cour d'un immeuble ; au lieu de sortir sa voiture, l'homme de la cour prendra la voiture du bateau, et laissera ainsi au voleur suivant la joie de voler une autre voiture *dans* la cour de l'immeuble. Quant à la double

1. Il est bien évident qu'actuellement il y a trop d'agents et pas assez de voleurs, ce qui fausse le jeu.

file, il va de soi que l'on pourra voler un véhicule de livraison dépourvu de conducteur. Seuls les autobus et les taxis semblent devoir échapper au jeu, mais comme *tout le monde* pourra voler une voiture, personne n'utilisera plus ni autobus ni taxi et ces anachronismes faussement collectivistes disparaîtront d'eux-mêmes.

Constellation, n° 131, mars 1959
(de *Textes et Chansons*)

MON ÉPOUSE AU VOLANT

Ma secrétaire modèle, Zoé, me passe le combiné :

— Vous avez votre femme à l'appareil !

— Merci, Zoé.

Je saisis prudemment l'engin.

— Allô, Odile ? Ecoute, mon chou, je t'appelle pour te dire que ce soir, chez Françoise, ça ne va pas être commode pour moi...

Le récepteur grésille et commence à fumer. Je l'écarte un peu de mon oreille et reprends :

— Mais, écoute, j'ai un rendez-vous à 6 heures, je ne serai pas à la maison avant 7 heures et demie... Ça fait quand même loin, chez Françoise...

— Et on est le 12, coupe ma tendre épouse avec une voix en scie circulaire.

Je tombe des nues. Oh, ça, elle vous dira le contraire, mais je tombe des nues, je vous jure.

— Tu me crois capable de...

— Parfaitement, je te crois capable de...

« Et de bien d'autres choses encore. »

— Odile !

— C'est le 12, c'est mon jour, et je conduirai la voiture. Un point c'est tout. Tâche d'être là avant 7 heures, je n'ai pas envie d'être obligée de rouler comme une folle.

Vous remarquez la finesse. Etre obligée ! Comme si elle avait besoin de ça pour rouler comme une folle...

Tac ! Elle a raccroché ! Je suis bon pour les Vingt-Quatre Heures du Mans.

Il faut que je vous explique : Odile adore conduire. Nous n'avons, évidemment, qu'une voiture. Un jour sur deux, c'est son tour. Les jours pairs. (Là, je sais que je l'ai eue, parce qu'il y a un petit peu plus de jours impairs que de jours pairs, quand le mois finit sur un 31 ; mais heureusement, elle est nulle en arithmétique.)

Mais de là à imaginer que je refuse d'aller chez Françoise parce que c'est son jour de conduire, euh...

Hum ! En fait, je ne sais pas si vous avez remarqué, mais le subconscient, c'est un truc relativement mal connu. Savoir si ça existe, même. Enfin, essayons d'analyser tout ça.

Comment conduit Odile ? Oh, pas plus mal qu'une autre. Notez bien, je dis qu'*une* autre.

Il y a des gens stupides qui déclarent sans galanterie et sans nuances : les femmes conduisent plus mal que les hommes.

Moi, je ne fais pas partie de cette catégorie de mufles. J'ai un tout autre point de vue. J'estime qu'elles ne conduisent pas plus mal, certes, mais *différemment*. Dans la vie, j'essaie toujours d'être objectif et de nuancer mes opinions.

De toute façon, c'est évident. Les femmes sont différentes des hommes. Vous me l'accorderez ; sans ça, ni vous ni moi ne serions là. Est-ce que j'ai besoin d'insister ? Pas du tout.

Et les femmes — on a tort de généraliser, mais là je suis forcé ; vous verrez, d'ailleurs, c'est un cas où l'on peut généraliser, parce que c'est un cas où elles ont en commun quelque chose qui leur est venu de l'extérieur — les femmes, donc, par leur éducation, ont l'esprit de contradiction.

Un jour que je disais ça devant Françoise, la copine d'Odile, elle a pris un air supérieur et elle a dit :

— Des preuves !

Déjà, ça, c'était une preuve. Une preuve qu'elle n'était pas d'accord. Mais j'en avais une meilleure.

— Ma chère enfant, lui fis-je observer (elle déteste ça. Quand je l'appelle ma chère enfant, elle dit que ça lui fait penser à la directrice de la première école où on l'a fichue dehors), voilà quelques millénaires que l'on essaie d'apprendre aux jeunes filles la peinture, la musique, la couture et la cuisine. Or tous les grands peintres sont des hommes, tous les grands compositeurs aussi, tous les grands couturiers de même et tous les grands cuisiniers itou...

— Hé là, dit Françoise. Et Suzanne Valadon ? Et Marie Laurencin ? Et Vieira da Silva ?

— D'accord, d'accord, dis-je. Tu abondes dans mon sens. Elles sont toutes des modernes. Cite-m'en une du temps de Léonard de Vinci ? Bon. La femme s'émancipe ; on cesse de lui donner une éducation bourgeoise et de tenter de lui inculquer les arts d'agrément ; et, aussitôt, en voilà qui se mettent à peindre, et très bien. C'est pas de l'esprit de contradiction, ça ?

— On n'aime pas être brimées !

— Ta ta ta ! Vous adorez les gros méchants genre Brando qui vous flanquent des raclées sensuelles au cinéma. Passons. Pour la conduite des voitures, c'est pareil. On vous apprend le code de la route ? Parfait ! Vous passez le permis en montrant vos jambes à l'exami...

(Paf ! Ça c'est le bruit d'une bonne gifle que, sournoise, Odile m'a balancée à ce moment-là.)

— ... nateur, enchaîné-je, et vous achevez une vie de révoltée en faisant le contraire de ce qui est inscrit dans le code. Vous tenez la gauche, vous allumez le clignotant d'un côté et vous tournez de l'autre, vous ne changez pas de vitesse parce que ça vous embête. De plus, vous êtes de mauvaise foi, parce que d'abord vous voulez avoir les droits des hommes, mais, quand vous crevez un pneu, vous protestez comme de beaux diables si un pauvre pigeon n'a pas la galanterie de se fourrer du cambouis plein les pattes en tripotant un cric sale à votre place.

Vous dire l'indignation de ces deux mégères dépasse mes capacités d'expression. Il faudrait Dante, ou Jean Rigaux (avec Rigaux, ça serait plus marrant)

Pour en revenir à Odile, je vais essayer de vous décrire sur le vif ce qui se passe quand elle conduit, moi assis à côté d'elle. Déjà, pour entrer dans la voiture du côté droit, je m'accroche. Je ne sais pas entrer du côté droit. J'ai toujours une poignée de portière qui me pénètre dans le pantalon, et toc, 1000 balles de stoppage. C'est anormal aussi. Une fois assis, je me recroqueville au maximum parce que j'ai de grandes pattes, et, malheureusement, mon genou a une affinité stupéfiante pour le levier de changement de vitesses. Odile, je lui rends cette justice, n'est pas de celles qui hésitent à en changer. Surtout pas à passer en quatrième, avec un bon coup dans ma rotule gauche ; ça, elle adore. En plus, assis à droite, je ne sais pas où appuyer le bras gauche, et je ne peux pas appuyer le bras droit, parce que si j'ouvre la glace de mon côté, ça va faire un courant d'air. C'est l'ennui du printemps et des saisons en général, sauf l'hiver. L'hiver, j'ai mis au point un système absolument merveilleux. Comme on sort relativement peu, et comme, depuis des lustres (ou des appliques, disons), je ne vais plus à mon bureau en auto, tous les ans, à la fin d'octobre, je démonte complètement Titine dans l'entrée de l'immeuble (Titine, c'est le nom de notre enfant à essence, ça ne vient pas de Célestine, mais c'est le diminutif de « tinette », ne pas confondre), j'enveloppe les pièces dans des papiers graissés et je les range dans le bas du buffet de la salle à manger. Je suspends l'assurance, et je ne paie pas de garage pendant quatre mois. C'est toujours ça de pris...

Bref, au départ, dès l'installation, il y a quelque chose qui ne me plaît pas dans la manière de conduire d'Odile, et c'est cet entêtement à s'asseoir à gauche au volant. J'ai mis au point, sur le papier, un système assez bouleversant dans lequel on construirait, à droite, un volant et un pédalier muni d'une certaine résistance à la manœuvre. A gauche, à la place qui deviendrait apparemment celle du passager, on mettrait, ingénieusement dissimulée, une petite manette de télécommande de la direction et deux genouillères de manœuvre des vitesses et du frein, comme sur les machines à coudre. J'ai aussi à l'étude un système de conduite par visée, soit directe, soit par caméra. A ce moment-là, on pourrait même se mettre dans la malle arrière, et la femme, au volant, aurait l'illusion d'être seule maîtresse à bord. De toute façon, vous pensez bien que si la femme est capable de conduire une voiture (ce qu'elle se gardait bien de faire du temps des boîtes de vitesses à baladeurs) on va se dépêcher d'inventer un truc dangereux et impossible qu'on mettra vingt ans à perfectionner, et ça fera vingt ans de répit pour nous les hommes.

On démarre. La première emballée à mort, Odile ne semble pas, aujourd'hui, pénétrée de l'urgence de passer en seconde.

— Qu'est-ce que tu attends ? lui dis-je en hurlant.

— Tu me casses toujours les pieds avec tes douze heures de Reims, ton Grand Prix de l'A.C.F., etc., répond-elle sur le même ton (on n'est pas fâchés, c'est à cause du bruit). Ton Fangio, eh bien, il passe les vitesses au régime maximum.

— Mais on n'est pas au Mans... On est boulevard de Clichy...

— Si je ne m'entraîne jamais, comment veux-tu que je conduise bien un jour ? je veux dire, comme une championne.

— Mais jamais je n'aurai les moyens de te payer une Ferrari...

— Je trouverai bien quelqu'un qui les aura.

L'idée de la gagner elle-même en travaillant honnêtement, vous pouvez toujours attendre qu'elle lui vienne. Je le lui dis.

— Je ne suis pas assez intelligente pour gagner ma vie, chéri, fait-elle.

— Et tu votes ! Eh bien, c'est complet.

— Ça n'a aucun rapport.

Ce quí est assez juste.

Elle passe enfin en seconde, puis en troisième, et vole un feu rouge avec un beau sourire à l'agent. Il hésite visiblement et, désarmé, laisse retomber la main qui tenait le sifflet.

Puis, d'un geste précis, Odile règle le rétroviseur de façon à pouvoir se voir dedans.

Je crois utile d'attirer, une fois encore, son attention sur les dangers d'une opération de ce genre.

— Si tu ne vois pas le type qui vient derrière, comment veux-tu conduire proprement ?

— Mais je ne vais pas en marche arrière, dit Odile, narquoise, en remettant en place une mèche. C'est à lui de me voir.

— Et s'il veut te doubler ?

— Il peut toujours essayer, ricane-t-elle en faisant une énorme queue de poisson au conducteur de la Simca qui nous précède.

Je le regarde, ça va, il n'est pas trop costaud, mais je réprimande Odile pour la forme.

— Une supposition que ce type te fasse la même chose, tu ferais un scandale.

— Ça ne serait pas galant, et puis il n'a qu'à avancer, ce crétin.

Odile, possède, je l'ai dit, cette notion singulière de « galanterie » que la génération des blue-jeans est heureusement en train de perdre.

Je profite d'une accalmie pour analyser mes impressions et laisser se détendre mon mollet droit avec lequel je freine... frénétiquement depuis que nous sommes partis. Souvent, je me dis que je devrais acheter une voiture à double commande, comme celles des moniteurs des auto-écoles. Je n'aurais qu'à dire à Odile que c'est une bonne occasion qu'on m'a proposée... Mais, l'embêtant, c'est que, *mon* jour de conduite, ça sera l'enfer. Pourtant, je suis sûr que ce que je supporte en ce moment est extrêmement mauvais pour mon cœur. Je devrais être plus prudent.

Je me demande pourquoi les constructeurs ont simplifié à ce point la conduite des voitures. Le démarreur électrique, c'est une aberration. Si les moteurs partaient encore à la manivelle, je suis sûr qu'il y a beaucoup moins de femmes qui piqueraient la voiture de leur mari à tout propos et hors de tout propos. Les constructeurs et les ingénieurs, emportés par le délire inventif, oublient, par moments, qu'ils sont des mâles. C'est une erreur funeste, que nous payons aujourd'hui.

Au fait, puisque nous en sommes là, j'y reviens : personne n'a jamais empêché une femme d'inventer quoi que ce soit. Et tous les inventeurs sont des hommes. Surtout dans le domaine des arts ménagers...

Ça y est. La lumière se fait dans mon esprit. Je vois clair dans la conspiration. Les femmes compliquent la vie des hommes pour obliger ceux-ci à la simplifier et entretenir en eux la flamme créatrice.

— Bougre d'andouille ! crie sauvagement Odile à un chauffeur de taxi, qui, avec la souveraine indifférence des gens de sa royale espèce, vient de s'arrêter pile, bloquant la file de gauche où nous nous trouvons. Et, cela va de soi, son passager est en train de lui payer une course de 350 francs en pièces de cent sous, pour tout arranger.

Odile fait une savante manœuvre, déboîte à droite sans clignoter, j'entends un grincement de freins sinistre — heureusement que les D.S. ont des freins à disque — et elle repart sans se soucier de la tempête. Comme le chauffeur de taxi repart aussi, cela donne l'occasion à Odile de perfectionner son vocabulaire technique. Finalement, elle en trouve une bien bonne.

— Va mettre ta gaine, eh, scandale !

Je souris, approbateur, et Odile complète :

— Tu ferais mieux de rester à Levallois !

Depuis la Zazie de Queneau qui dit à Charles, le chauffeur de taxi : « Vous l'avez pas trouvé sur les bords de la Marne, par hasard ? », Odile, avec intelligence et goût, s'essaie à rénover son vocabulaire. Malheureusement, les chauffeurs sont souvent plus grossiers que littéraires, mais on trouve quelques connaisseurs.

On a fini par aboutir avenue Foch, et on file vers le Bois pour prendre l'autoroute. Françoise demeure un peu après Saint-Germain. Faut être fou pour habiter en dehors de Paris, mais si je dis ça de Françoise, Odile va faire du cent trente dans le Bois et j'ai encore des choses à faire avant de mourir.

— T'entends ce bruit ? dit Odile.

— Ce n'est rien. Les culbuteurs ont un peu de jeu.

— Comment tu le sais ?

— Si tu crois que je ne le sais pas, tu n'as qu'à ne pas me le demander.

— Oh ! Tu fais toujours tellement le malin...

— Ben, qu'est-ce que c'est, selon toi ?

— Moi, je pense que c'est la chaîne de distribution.

Oh ! Très bien ! Madame parle technique, maintenant. Comme elle a peut-être raison, je me garde d'insister.

Une jolie petite Bristol rouge nous dépasse en faisant : Vzzou...

— C'est ça qu'il me faudrait, dit Odile.

— Moi aussi, dis-je.

— Je l'ai dit d'abord.

— Bon, bon, prends-la...

— Chiche !

Elle appuie à fond. Je vous assure que je suis inconscient. Jamais je n'aurais dû dire ça. Titine n'a jamais été habituée à rouler à 130, sinon très épisodiquement, et puis on va louper la sortie de l'autoroute.

Ça y est. On l'a loupée.

— Et Françoise ? dis-je.

— Pourquoi ne me préviens-tu pas, espèce de crétin ? dit Odile en levant le pied. Maintenant, où veux-tu que je tourne ?

— Tu vas trouver un coin.

— Oui, dans cinq ou six kilomètres. Si je coupais par le trottoir ?

Le trottoir, pour elle, c'est la banquette gazonnée du milieu. J'ai des visions affreuses de retrait de permis, de fourrière, de non-assistance à personne en danger de mort, et de prise de sang.

— Si tu fais ça, c'est fini nous deux.

Elle hésite, le monstre. Je vois dans son menton qu'elle hésite.

On a réussi à revenir dans le bon sens et à prendre l'embranchement de Saint-Germain. Au moment de tourner à droite, une voiture américaine arrive à notre gauche à fond de train, et, rasant le pare-chocs d'Odile, file vers la droite. Odile a tout bloqué d'un coup — bon réflexe — et nous prenons un formidable choc dans le derrière. Enfin, c'est Titine, plus exactement...

On descend. De la Dauphine qui nous suivait descend une jeune femme, assez mignonne, petite, blonde, bien balancée. La pauvre gosse est atterrée.

— Je m'excuse. Vous avez freiné si brusquement...

— Pouvez pas regarder ? dit Odile, rogue. Qu'est-ce qu'il fallait, que j'emplafonne la Dodge ? Sans blague...

On échange des adresses d'assureurs, j'empoche discrètement la carte de la blonde. Nous remontons. Titine en est quitte pour un affreux renfoncement du derrière...

— Ah là là, dit Odile, je te jure, les femmes, ce que ça peut conduire mal...

Et elle embraye avec furie.

Boris VIAN,
Constellation, nº 135, juillet 1959

BEAUX-ARTS

LUCIEN COUTAUD

Attribuée, généralement, sous nos latitudes, à un dénommé Dieu, la création *(sic)* satisfait en gros l'ensemble des individus qui en composent l'élément humain. Mais s'il ne fallait citer qu'un de ceux dont elle ne paraît point combler les désirs, le nom de Coutaud viendrait au bec de la plume le plus aussitôtement du monde. C'est ainsi : Coutaud s'est mis au travail, et ceux qui le connaissent savent que lui, du moins, à l'encontre du grand feignant, ne se reposera pas le septième jour. Coutaud ne se reposera jamais.

D'ailleurs, il n'a pas besoin de se reposer. Il n'a besoin de rien. Il se fabrique son univers à lui, il en règle la topographie, il en conçoit les habitants, il en délimite les reliefs. Il sait que les ruines du château de Sade en font partie, mais qu'elles s'y trouvent à l'abri de l'usure du temps protégées par un dais empanaché, sous un ciel froid où des nuages, comme des roses de vapeur blanche, traînent désespérés (en quoi ils ont tort).

La peinture doit-elle raconter quelque chose ? A cette insidieuse question, Coutaud répond oui — et il raconte. Il raconte ce qu'on voyait de chez la porteuse de pain, dans un univers glauque où, de constructions percées de regards noirs et anguleux, jaillissent les palpes digitiformes que l'on retrouve aux environs de la tour, devant un horizon agrandi où surgissent çà et là les représentants de la faune, de la flore et des deux magots de ces domaines inconnus. Qu'il peigne la Bretagne avec ses habitants dont les membres élémentaires, darwinisés en fonction des influences amères de l'air océanique, pour parler comme Buffon, sont écailleux, natatoires, et, disons le mot, pisciformes, avec ses armoires profondes, bâillant sur la ligne verte de l'eau contre le ciel, et la corne imminente du beaupré d'une frégate de trente-sept canons (on ne les voit pas mais ils sont sûrement à l'intérieur et M. du Gay Trouin, tapi tout au fond, se prépare à prolonger la civadière avant d'attaquer les Flessinguois attardés) — ces armoires profondes de mille recoins anguleux plaquées de médaillons callipyges, obscènes comme seuls peuvent être obscènes des meubles dont on ne sait jamais s'ils ne sont pas, parfois, des lits — mais où en suis-je? Je suis perdu... perdu dans la planète de Coutaud.

Voici que se lèvent des polyêtres, barrés en tous sens de lignes de force, ponctués de cercles magiques, dont les taches éclatantes distillent le fluide. Voici que cède la couleur et que demeurent les prismes, enclos dans l'étroit rectangle des pages libres de la civilisation de Gilbert Lély. Voici le cœur de Coutaud, hérissé de flèches en pleine chair. Traits acérés qui se recroisent à mailles aiguës, mollets en fuseaux, articulés par miracle aux genoux et aux chevilles, fines comme les rotules sous la retombée d'un pont, croupes dont on se demande par quel artifice elles se bombent à partir d'enveloppes linéaires, réseaux d'envoûtement tissés sur des corps anthropomorphes... à première vue...

Il y en a deux qui font l'amour sur un coffre de cristal et le jaloux couché dedans, guette, à travers la plaque transparente, la consommation de son infortune. Il y a le marquis, bardé d'éclats meurtriers, à la tête d'aigle double et qui s'appuie sur une canne acide comme une aiguille. Il y a toutes les femmes aux hanches évidées, articulées à la taille à l'instar du triangle coupant d'une balance sur son coussinet d'agate. Et les revoilà un peu plus loin, cernés d'une phosphorescence redoutable, verte et trouble... c'est comme ça que ça se passe quand on met du blanc sur du noir.

Le monde de Coutaud est là, à demi replié devant vous (parce que ce n'est pas un monde qui se donne comme ça, à membres écartés), il faut s'y plonger, l'explorer, le comparer — mais on pourrait en mettre bout à bout tous les éléments : c'est un monde cohérent, qui tient le coup ; un monde de spécialiste. Qu'il dérive du réel ? On se dit, à bien y regarder, que ça doit être le contraire, comme La Nouvelle-Orléans n'est qu'un reflet de cette New-Valois du « Pylône » où se déroula le carnaval de Faulkner.

Coutaud travaille chez lui, dans un bâtiment comme une montagne de béton creux, gris et inquiétant, là-bas, près de la porte du Sud. Coutaud, homme du Sud, se fabrique son monde et se moque de l'autre. Coutaud n'a pas de temps à perdre : il peint les hommes tels qu'ils devraient être, aux autres de les peindre tels qu'ils sont ; de toute façon, leur état actuel n'est pas satisfaisant, comme disait Guy Fawkes à la veille de la Conspiration des Poudres.

Boris VIAN,
Derrière le Miroir, n° 14-15, décembre 1948

Ce texte avait été repris par Michel Fauré dans *Les Vies posthumes de Boris Vian* (10/18, n° 929, 1975).

CAMILLE BOMBOIS

Camille Bombois habite rue Emile-Desvaux, dans le XXe arrondissement *(sic)*, une ruelle étroite et serpentine bordée de part et d'autre de pavillons coquets. Le sien, badigeonné d'un ocre jaune saisissant, s'isole du monde par une robuste grille de fer peinte en vert sombre. Au coup de sonnette, la silhouette du peintre apparaît en haut du petit escalier de ciment qui monte sur la droite et il descend manœuvrer la serrure. Nous remontons ensemble. Mme Bombois, une dame à cheveux blancs, toute ronde, nous guide vers la salle à manger, sommairement meublée, avec le piano droit, le buffet, les murs au papier terni, avec des cadres dorés et vides, et deux éléments surprenants : un poste de télévision flambant neuf et un éclairage fluorescent au plafond. Mme Bombois m'explique :

— Cette lumière-là, c'est plus économique et c'est meilleur. Pour la peinture, ajoute son mari. On voit mieux.

Il a un savoureux accent de terroir, et roule ses *r* comme un vrai Bourguignon. N'est-il pas né d'ailleurs, à Venarey-lès-Laumes, en Côte-d'Or ? — Tout près d'Alésia, précise-t-il.

J'expose au maître de céans le but de ma visite : recueillir les impressions du forain qu'il fut avant de se mettre à la peinture, de ce forain dont les souvenirs transparaissent dans nombre de ses toiles. Pourquoi les baraques l'attirèrent-elles ?

— Ce qui m'a poussé, c'est quand j'étais jeune, dans mon pays, à Laroche-Migennes, il venait un manège; ce qui me tentait, c'était la musique. En ce temps-là on actionnait le manège à la main, et j'ai demandé à tourner la manivelle, ce qui ne me fut pas refusé.

— Vers quelle époque?

— Eh bien... en 1905. J'avais dans les vingt-cinq ans...

Un rapide calcul. Bombois aurait donc actuellement dépassé soixante-dix ans. A voir ce corps trapu et massif, cette tête solide, ce port ferme, on ne s'en douterait guère : cinquante-cinq tout au plus. Mais les souvenirs s'enchaînent.

— J'ai donc suivi les forains, et après quelque temps, j'ai été employé dans un cinéma ambulant, puis dans le manège à vapeur de Paul Denis à Brienon dans l'Yonne. A la suite d'une altercation pour le paiement, je l'ai quitté, et je suis rentré chez un lutteur, un athlète nommé Lucien Gay. Là, je faisais deux numéros, la lutte et les poids.

— La lutte?

— Oui, avec les amateurs du pays qui se présentaient. Dans les fêtes foraines, dans chaque pays où on revient, il y a un compère. C'est moi qui le choisissais. On m'appelait Rabasson. Alors j'allais trouver un bonhomme, et on s'entendait. A la représentation après le salut, je faisais mon possible pour tenir le plus longtemps, et à la fin, je me laissais tomber, et c'est lui qui gagnait; et comme il était connu dans le pays, c'est lui qui faisait la quête et il ramassait plus de sous... On partageait les bénéfices. L'hiver, on faisait les casinos.

— Et les poids?

— Oh, j'étais de force moyenne, je ne peux pas rivaliser avec les Rigoulot et les Cadine...

— T'exagères! dit Mme Bombois. Tu étais plus que de force moyenne!

— Je me suis entraîné, après, avec Cadine, en 1907, à Ménilmontant, avoue Bombois modestement. Au gymnase Rosset.

— Et quand avez-vous quitté les forains ?

— Eh bien, c'est à la suite d'une altercation avec le directeur du manège, où j'étais retourné ensuite et qui ne voulait pas me donner mes sous. Alors j'ai cassé des lampes. Ils étaient furieux. Ils m'ont emmené à la mairie et me sont tombés dessus à cinq. Le directeur du manège, il avait 1,90 mètre et un coup de poing américain. Bah ! je leur ai flanqué la trempe à tous les cinq. On a dû me faire trois « cousures ». Mais cette affaire-là m'a coûté 3,50 francs d'amende. Je n'avais plus de sous, et je ne pouvais plus manger ; alors je me suis fait embaucher au Petit-Creusot à Chalon-sur-Saône et j'ai travaillé là. Et puis un soir, en revenant à la pension, j'ai rencontré deux civils, qui m'ont dit :

— Vous n'êtes pas un dénommé Desbois ?... Dubois ?...

— Bombois, c'est moi, oui.

— Eh bien ce soir vous passerez au poste !

J'avais reçu une feuille verte pour payer pour bris d'objets d'autrui, mais la bataille, hein, c'est réciproque. Alors le soir j'ai mis mes fringues dans mon sac et je suis parti pour Paris !...

Bombois évoque encore quelques souvenirs de sa vie de lutteur.

— Pour les poids, un soir, un jeune homme d'un restaurant de Beaune est venu me trouver, et il m'a demandé de le laisser gagner, pour avoir l'air d'être le plus fort. Alors, il l'a remporté, et il nous a invités à manger. A la fin du repas, une bonne est venue m'offrir un cigare avec une faveur. Moi, je refuse, parce que je ne fume pas. « Alors, je viendrai vous retrouver tout à l'heure », qu'elle m'a dit. Bon, elle vient et moi je commence avec elle ; et deux jours après, j'avais plein de boutons. Je vais voir le toubib. « T'as la frotte ! » qu'il m'a dit, « mets cette pommade-là pendant trois ou quatre jours ». Et ça s'est passé. Ça, c'est le souvenir de Beaune !

Mme Bombois s'esclaffe.

— Ça t'apprendra ! C'était bien fait, tiens !...

— En 1907, je suis arrivé à Paris ; j'ai travaillé

comme terrassier en face la gare de l'Est. J'ai vu là une grande charpente, et j'ai demandé à un des compagnons si ça travaillait.

— Demande au capotasse !

J'en vois un qui se promenait les mains derrière le dos, je me dis que ça doit être celui-là, j'attends qu'il me fasse face et je lui demande s'il y a du travail.

— T'es terrassier ? il me demande.

— Oui, m'sieur.

— T'as tes clous ?

— Oui, m'sieur.

— Ça te fait rien de travailler au poste de nuit ?

— Non, m'sieur.

— Tu viendras ce soir à six heures !

Bombois est resté terrassier sept ans. Ses premières ébauches de peintre datent de 1911-1912.

— Je ne vais pas dans les bistrots, me dit-il. Je ne bois pas, je ne fume pas. Alors, le dimanche, j'allais me promener sur la butte Montmartre, et je voyais des peintres, comme ça, ça m'amusait, et je m'y suis mis. J'ai acheté une boîte de couleurs numéro quatre. En 1912, je me suis mis à faire la foire aux croûtes. Mais j'aimais pas ce que je faisais ; c'est ma femme qui restait à côté, moi je n'osais pas. Je voulais pas qu'on voie que c'est moi qu'avais fait ça. C'est à la foire aux croûtes, place Constantin-Pecqueur, que Noël Bureau m'a connu et m'a lancé.

— Mais quand vous êtes-vous consacré définitivement à la peinture ?

— Oh, pas tout de suite. D'abord, il y a eu la guerre de 1914, et quand je suis revenu, j'étais bobinier de nuit à l'imprimerie 123, rue Montmartre. Je manipulais les bobines de 450 à 611 kilos ! Là, on tirait *L'Avant-Garde, L'Humanité*, etc. A cette époque-là, je dormais quatre heures sur vingt-quatre, parce que je peignais dans la journée. Alors, je m'endormais partout, dans le métro. Et au bout de sept ans d'imprimerie, j'ai connu Florent Fels. Il m'a dit : « Bombois, il faut quitter ta cotte et ta veste bleue et te consacrer à la peinture. Et tu verras que tu gagneras des sous. »

Il me montre sa dernière feuille de paie de l'imprimerie, datée du 18 novembre 1925.

— Depuis je peins régulièrement. Mais je ne bâcle pas. Je mets tout de même deux mois à faire un tableau.

— Votre première exposition ?

— C'était dans la rue du Faubourg-Saint-Honoré. Mais j'en avais honte. Moi, je faisais ça pour m'amuser. Eux, ils prenaient ça au sérieux. Je ne suis pas resté longtemps dans la galerie, je ne voulais pas qu'on voie que c'était moi qui avais fait ça. Maintenant, je me suis mis à la portée du travail. Je me défends. Mais je ne vais jamais dans les musées.

— Quels sujets vous intéressent spécialement ?

— C'est tout de même le cirque. J'y allais souvent ; au cirque Médrano, j'ai fait la connaissance de Maiss et Béby.

— Ils sont venus manger ici, ajoute Mme Bombois. C'étaient des grands amis.

— En somme, vous êtes satisfait du métier de peintre ?

— Je suis très content, mais maintenant je fais plus attention qu'autrefois. Vous savez, je fais ça comme si je maniais la pelle ou la pioche, c'est du travail, c'est pareil.

— Et vos projets actuels ?

— Continuer à peindre le plus longtemps possible. Mais il faut que je fasse attention. J'ai déjà eu trois congestions cérébrales. Jusqu'ici, c'est sorti par le nez. Mais il faudrait que ça s'arrête à la station nasale !

Je suggère que la cuisine de Mme Bombois doit être trop appétissante et leur sourire me prouve que j'ai deviné juste.

— C'est un de nos plaisirs, dit Mme Bombois.

— Avec la télévision.

— Oui, c'est agréable, le soir, ça distrait.

Depuis mon arrivée, j'entends, de la pièce voisine, venir des pépiements et des cris d'oiseaux.

— Vous avez des serins ?

— Onze serins et serines dans la même cage, monsieur ! C'est quelque chose !

Mme Bombois suit mon regard.

— Les cadres vides vous étonnent, monsieur ? C'est

que la chaleur du chauffage central abîme les toiles, alors l'hiver on les enlève.

Dommage. Mais je n'ose pas demander à Bombois de me montrer sa production récente. Je me lève pour prendre congé. Ils sont là, souriants, semblables, ils ont l'air d'être le frère et la sœur. Je pose encore une question, indiscrète.

— Vous êtes mariés depuis longtemps ?

— Quarante-huit ans, me répond Mme Bombois, l'air de trouver cela tout naturel...

Me revoilà dans la rue. J'emporte précieusement quelques photos anciennes, et une petite carte imprimée :

Monsieur et Madame C. Bombois
Artiste peintre...

Boris VIAN,
Du, n° 5, 1952

PRÉTEXTE II

Depuis que M. André Gide a découvert qu'une femme, on peut la mettre à plat ventre et que, par conséquent, autant vaut prendre un homme, la concurrence est rude qui met aux prises l'éternel féminin et le mâle indécis. A dire vrai, la bagarre dure depuis plus de temps encore, et les anciens parchemins de la Bibliothèque nationale prouvent qu'en 1827 déjà « elles » cherchaient dans la parure des armes pour la lutte.

(Je n'ose remonter plus loin, car cela devient du racontar et des on-dit, et on ne rencontre plus de témoins binoculaires de ces époques révolues.)

Mais 1827 peut encore aller; la mère de votre grand-mère a vu ces choses — et il faut tout de même croire votre grand-mère lorsqu'elle vous répète ce que sa mère lui disait.

Les Secrets de Flavie (ou l'Art d'être Belle) ont été l'occasion pour le méchant enfant Dropy de jouer à mange-madame avant l'embellissement en question. C'est, sans doute, la raison pour laquelle certaines de ces aimables poupées vous décevront — mais il vaut mieux savoir ce que l'avenir vous réserve, pour peu que vous y prêtiez la main, et ce que dissimulent les guêpières, balconnets, remonte-viandes et autres bride-mégères, remis à la mode par d'affreux couturiers sans cœur et sans poitrine. Dropy n'a pas dessiné les autres : celles qui sont belles sans secrets, celles qui ne font pas de cinéma; c'était bien inutile, nous les croisons tous les jours, et d'ailleurs mieux vaut y toucher (cf. Règles complètes du touche-dropy) que de les regarder sur des images.

Celles des images, bien entendu, on ne les voit jamais. Elles n'existent pas. Moi non plus. Mais Dropy existe.

... Tant pis pour elles...

Boris VIAN,
Inédit. Préface pour un
album de dessins de Dropy

UN APPARTEMENT DANS UN DÉ À COUDRE

Mais si, vous avez de la place !

J'ai rencontré Maurice dans l'autobus. Il avait l'air grognon.

— Et ton appartement ? lui ai-je demandé.

Car je savais l'origine de son humeur. Il m'a regardé, hargneux.

— C'est la plus grande idiotie de ma vie, a-t-il dit. J'aurais bien mieux fait de rester chez ma mère.

— Mais tu ne pouvais pas faire vivre Jacqueline chez ta mère ! Une belle-mère et une belle-fille, il vaut mieux les séparer...

— Ah oui ? a répondu Maurice. Eh bien ! depuis que mes meubles sont arrivés, je n'ai même plus la place de m'habiller. Tu ne vas pas me dire que tu y arrives, toi ?

Maurice et moi, nous avons trouvé des logements analogues : une pièce, une cuisine-douche et une entrée d'un mètre sur cinquante centimètres environ.

— Moi ? dis-je, ravi. Mais c'est merveilleux. Odile et moi, nous avons trop de place !

On ne s'est pas dit au revoir. Il doit être fâché. Oh, je m'attends à le voir arriver un de ces jours ! Il va oublier sa colère, et la curiosité le poussera, tôt ou tard, à venir voir si j'ai menti. Je l'attends de pied ferme. J'ai réellement plus de place qu'il ne m'en faut.

Certes, cela ne s'est pas fait tout seul. D'abord, il m'a fallu vaincre la routine stupide qui préside à l'arrangement habituel des « studios meublés ». Vous savez ce que je veux dire : le lit (1,95 m × 1,40 m) dans un angle. Près de la fenêtre, une armoire-penderie (2 m de haut, 1,10 m de large, 0,65 m de profondeur). Bien au centre de la pièce, de façon qu'on ne puisse plus bouger, une table (0,90 m × 0,75 m), et un bahut bizarroïde au beau milieu du seul mur restant libre (1,20 m de haut, et 1,10 m × 0,50 m). Quelques chaises, un guéridon rond (0,60 m de diamètre). Bref, une fois que tout le monde est assis, à condition de ne pas respirer trop fort, on a de l'espace... Mais au-dessus ! Et il faut se garder de bouger si l'on veut s'épargner les ecchymoses.

J'ai eu la chance d'avoir une cuisine relativement vaste, de 2,50 m × 2 m environ. Notez que, même sans cuisine, je m'en serais tiré... J'ai même établi les plans complets d'installation d'un espace de 3 m × 3 m × 3 m, et j'ai constaté qu'il me restait un cube d'air libre, incroyable ! Mais n'anticipons pas. Je voulais de la place ; il n'y a pas d'exemple qu'un peu de volonté ne vienne à bout des problèmes les plus insolubles. J'ai joué les Le Corbusier en petit ; et j'ai gagné... Il est vrai que le gouvernement ne s'en est pas mêlé.

En premier, l'armoire. Rien ne donne plus une impression d'écrasement qu'une haute armoire sombre dans un studio clair, et, ma foi, pas tellement grand, puisqu'il est temps de préciser qu'il mesure 4,50 m sur 3,10 m à peu près. L'armoire était de pitchpin — ce n'est pas gai à regarder — une chose carrée, énorme, avec un fronton saillant.

Pas d'hésitation. Pitchpin ou pas, un coup de peinture blanche là-dessus, et hop ! à la cuisine, le monstre. Elle est maintenant adossée au mur du fond, symétrique de l'ensemble évier-cumulus par rapport à la cuisinière électrique sous laquelle se niche commodément la boîte à ordures. Ainsi camouflée, de la même couleur que les murs, elle se fond dans la blancheur générale, et l'on n'a plus l'impression de se trouver Petit-Poucet devant la Muraille de Chine. A qui m'objectera que les odeurs de friture risquent de se communiquer aux vêtements, je répondrai, *primo*, que ma penderie est fermée en temps utile, car on ne s'habille pas en même temps que l'on prépare son repas. *Secundo*, que, de toute façon, je ne suis pas partisan des fritures, car elles pèsent sur l'estomac, *tertio*, qu'après tout on vend, de nos jours, des désodorisants à la chlorophylle.

Puisque nous sommes dans ma cuisine, je vais vous parler d'un petit dispositif extrêmement simple et fort pratique. Représentez-vous le mur du fond. A gauche, le cumulus et l'évier. Au centre, la cuisinière électrique (non, je ne suis pas un capitaliste; cela coûte 270 F par mois en location à l'E.D.F.). A droite, la penderie (sur le sommet de laquelle j'ai d'ailleurs pu caser quelques valises vides). Il reste donc peu de place pour égoutter la vaisselle, car le mur de gauche, en retour, est percé d'une fenêtre qui atteint presque à l'évier. Aussi, juste au-dessus de la cuisinière, se repliant contre le mur, j'ai installé une large planche qui vient s'abaisser sur les brûleurs. Raffinement complémentaire : elle est montée de telle sorte que, dans sa position de travail, elle descend en pente douce vers l'évier et permet à l'eau de le regagner. Un bon ripolinage protège le vulgaire bois blanc dont elle est constituée, et un taquet la maintient relevée lorsqu'on utilise la cuisinière. Naturellement, au-dessus de l'évier, des placards accueillent toutes sortes de marchandises et de vieux bocaux vides.

Dans un autre angle de ma cuisine se trouve une douche. Un de ces jours, je vais récupérer l'espace disponible au-dessus : j'y monterai un petit séchoir à linge (en prenant garde de retirer le linge pendant la douche) ou une case de débarras supplémentaire dont le fond sera protégé par une feuille de plastique, et qui recevra les cent mille choses qu'on ne sait jamais où mettre et qu'un vieil instinct de conservation vous interdit de jeter.

Au-dessus de la table, par exemple, je vais installer une planche à repasser garnie de tissu de verre. Elle remontera contre le mur, de la même façon que la planche à égoutter. Sous la fenêtre, bien qu'elle soit basse, il y a place pour un coffre qui recevra des casiers à légumes en fil galvanisé, du matériel à faire les chaussures, ou ces chaussures elles-mêmes. Il y tiendrait (au cas improbable d'un héritage important) un de ces petits frigidaires de 35 litres parfaitement suffisants pour Paris. Enfin, de quelque côté que je me tourne, je découvre des surfaces libres, des vides qui aspirent à être comblés, des terres vierges que je coloniserai tôt ou tard. Et l'espace central reste libre.

Mais revenons au studio. Aussi bien, c'est là que j'ai fait porter les ressources principales de mon indiscutable génie organisateur. Mettant en balance la surface totale disponible et celle occupée par les meubles, j'eus vite fait de conclure qu'à moins d'innover, je serais réduit à me passer d'un coin de repos genre « salon ». Le lit, la table, et le reste casés (j'oubliais de mentionner un terrifiant lampadaire sur pied dont l'abat-jour peint représente une caravelle vouée à couler bas si jamais on la construit, et qui, je le sens, va être victime d'un accident, un de ces jours), une fois tout placé donc, impossible d'arpenter la pièce à grands pas lorsque je suis en proie aux tortures de l'inspiration. En outre, le problème se compliquait, dans mon cas, de l'existence d'un bureau, le seul meuble que j'aie réussi à acheter au cours de ma chienne de vie, un monument de métal au dessus gainé de pégamoïd, reposant sur deux caissons dont l'agencement de tiroirs-classeurs est le plus ingénieux du monde. Seul inconvénient, ce bureau mesure 1,95 m sur 0,85 m. J'ajoute (décidément j'oublie tout) deux fauteuils genre « club » — et l'on sait la surface que cela occupe — plus une respectable quantité de livres, de disques, et un pick-up, meuble d'honnête encombrement.

Que l'on ne crie pas au mensonge. Je jure que tout cela tient chez moi, et que je peux arpenter, etc. Voilà comment. (J'expose une des solutions possibles; il en était une autre encore plus « compacte ». Mais il ne faut pas non plus avoir l'impression d'une pièce vide, cela fait peur.)

On trouve un peu partout des lits-armoire; des lits-canapé; des lits-tiroir; des lits-pliants, des lits-chaise, des lits-guitare; des lits-que-sais-je encore... Je mets un zéro pointé à tous ces systèmes. Remonter une planche à égoutter le long d'un mur exige peu d'efforts. Remonter un lit, même le mieux équilibré du monde, c'est pénible. En outre, replier un objet pour en mettre un autre à la place ne me plaît pas. Dans le même ordre d'idées, je trouve regrettable que des gens qui habitent Charenton travaillent à Levallois ; c'est du temps perdu. Haro sur le temps perdu. Un lit doit rester béant ; après tout, n'importe quand, on peut avoir envie de s'y allonger, ne fût-ce que pour lire son journal.

Or, d'un seul coup, je découvris la solution qui me permettrait :

1° De garder mon lit sous sa forme.

2° De caser les livres, les disques, le pick-up et un des fauteuils-club.

3° D'isoler mon lit de la vue du visiteur éventuel. (J'avoue que je ne le fais pas tous les jours. J'adore dormir dans un lit bien défait... On peut fourrer ses pieds dehors, dans des coins froids.)

4° Provoquer les remarques admiratives du genre : « Oh, que c'est ingénieux ! » ou : « Mais vous êtes extraordinaire ! »

5° De créer, en somme, une pièce supplémentaire dans mon studio.

Ce n'est pas compliqué. J'ai eu pour dix mille francs de bois et de vis, pour deux mille cinq cents francs d'échelle. Le « contreventement » du lit est assuré par de jolies petites poutrelles de treillis, comme disent les ingénieurs, constituées de lattes de 3 cm × 2 cm de section et assemblées de la sorte : les quatre éléments forts sont les quatre piliers d'angle, construits en U, dans lesquels on peut loger des masses de livres.

La hauteur de l'échafaudage est, sous « plafond », de 1,65 m. Pas assez pour se tenir debout, d'accord ! Mais, justement, c'est le coin de repos, et il y tient le pick-up, les disques et un des fauteuils-club. Cela aurait pu être plus haut... L'espace entre le lit et le plafond eût alors été un peu bas. Tel quel, on peut largement s'asseoir sur le lit sans se cogner la tête au plafond. D'ailleurs, on ne se tient pas debout sur un lit, et l'expression « dormir debout » est purement imagée.

Quand on est couché, n'importe qui peut entrer ; on ne vous voit pas. Et la place est considérable. Je n'ai pas encore épuisé les possibilités du système. Songez que j'aurais pu construire le tout au-dessus du bureau, donc un peu plus près du sol (car, à un bureau, on est assis), donc à moindres frais encore. J'en ai le vertige. Et tout cela sans préjudice de ce que je vais construire au-dessus du bureau.

L'ascension quotidienne de l'échelle vous entraîne agréablement. Le point de vue, de là-haut, est très agréable. On peut aussi toucher le plafond, ce qui fait très intime.

Enfin, le bureau sous le lit résoudrait fort bien le problème de la personne qui travaille pendant que son compagnon ou sa compagne dort, à l'abri de la lumière.

Voici donc la pièce maîtresse. Le reste n'est que broutille. Sur ce socle peuvent se greffer mille objets : petits pots de cactus accrochés aux piliers d'angles, panière à disques joués souvent, penderie, annexe au fond, etc., etc.

On m'objectera un inconvénient : pour faire le lit, ce n'est pas très commode. C'est vrai pour vous ; ce ne l'est plus pour moi. Avez-vous songé que, depuis des siècles, on n'a jamais essayé d'améliorer ce système qui consiste à défaire le soir ce que l'on refera le lendemain ? J'ai mis au point le procédé du lit *permanent* à drap du dessous toujours sans plis, et drap du dessus toujours mobile. Faire son lit une fois tous les dix, douze jours, quand on change les draps, cela représente un progrès, non ?

Odile m'a dit l'autre jour : « Mon chéri, j'espère que tu ne vas pas être fâché, mais je... »

— Quoi, mon ange ?

— Je crois que... enfin... Oh, chéri, tu me jures que ça ne t'ennuie pas ?

Mon œil s'est illuminé de l'éclair vert de la compréhension, et j'ai pris ma tendre Odile dans mes bras.

— Ma chérie, lui ai-je dit, j'espère que ce seront des jumeaux... Après tout, pourquoi se gêner quand il y a de l'espace ?...

Et j'envisage certains aménagements, je ne vous dis que ça !... J'en ai la cervelle qui bouillonne. Ils me font rire, avec leur Salon des Arts Ménagers !...

Claude Varnier,
Constellation, n° 49, mai 1952.

RÉPONSE À UN LECTEUR

D'un lecteur : Médecins acrobates

« Je lis avec beaucoup d'intérêt dans votre n° 49 l'article de Claude Varnier : *Un appartement dans un dé à coudre.* La disposition du « studio-chambre à coucher » me paraît extrêmement ingénieuse. Un seul point noir cependant. Si un jour, ce qu'à Dieu ne plaise ! M. ou Mme Varnier sont malades, dans ce lit surélevé, comment conçoivent-ils la position du médecin qui viendra, soit pour ausculter M. Varnier, soit pour délivrer Mme Odile Varnier qui, si je comprends bien, se trouve dans une situation intéressante ?

« Si ce mode de logement se généralise, ne faudra-t-il pas ajouter, aux études médicales déjà si complexes, des examens d'acrobatie sur échelle ?

« Je serais heureux de savoir quelle solution M. Varnier envisage pour ce problème qui semble lui avoir échappé... »

Docteur Jean Dupont,
Maxula-Radès (Tunisie)

Il se trouve jusqu'ici — touchons du bois — que ses utilisateurs n'ont guère eu besoin d'avoir recours aux bons offices des médecins. Naturellement, prévoir des jumeaux en cet espace exigu tient de la boutade... Et dans les moments vraiment « graves », on comptera bien un peu sur les parents... Mais jusqu'ici, pour les rares indispositions survenues, le docteur s'est prêté fort aimablement au jeu de l'échelle. Ajoutons que l'air des cimes que l'on respire là-haut est sans doute fort salubre, car il est très peu fréquent que le médecin soit appelé; et signalons encore, chose étonnante, qu'à proximité du plafond, on dort véritablement d'un sommeil de loir.

B.V.,
Constellation, n° 51, juillet 1952

J'AI TROUVÉ UN APPARTEMENT ET DEPUIS...

... je ne m'en sors plus

Tout a commencé le jour où je suis tombé de l'échelle. Depuis le temps, j'aurais dû être habitué, bien sûr, mais j'avais fait un rêve. Je gambadais dans une prairie ravissante plantée de fleurettes variées, et hop ! j'ai sauté le ruisseau. Une chute d'un mètre soixante-cinq, ce n'est pas bien grave, naturellement ; mais, en pleine nuit, vers les neuf heures du matin, ça saisit. Et ce chameau d'Odile se tenait les côtes et hurlait de joie !

— Ah ! c'est drôle, je t'assure !

— Ecoute, mon chou, m'a-t-elle dit, je crois qu'on ne peut pas continuer à coucher comme ça en l'air. C'est très bien parce que ça économise de la place, mais tout de même, un jour, on va vieillir, et on ne sera plus assez souples. C'était très amusant d'avoir une échelle pour se mettre au lit, mais depuis un an et demi que ça dure, je crois qu'on a épuisé toutes les satisfactions des petits oiseaux.

— Où veux-tu en venir ?

— Chéri, il faut qu'on trouve un appartement plus grand.

Le coup m'a envoyé atterrir dans le fauteuil. Ça la reprenait !

— Je ne suis pas millionnaire, dis-je tout net.

Quand, au bout de quinze jours, j'ai compris que

c'était sérieux et qu'elle serait capable de bouder une année durant sans le moindre effort, j'ai cédé.

— Voilà une adresse. C'est un agent immobilier qui a trouvé quelque chose à Jacques. Va le voir. Il s'appelle Dimanche. M. Dimanche.

Je pensais au fond que ça n'engageait à rien; qu'importe si l'on me demandait un million de reprise puisque je n'en avais pas le premier sou. Ça distrairait Odile. Elle partit aussitôt pour voir l'agent en question, et revint très optimiste.

— Il m'a dit qu'il nous trouverait sûrement quelque chose...

Ce soir-là, je grimpai à mon échelle dans une quiétude admirable, et les jours passèrent, sereins.

Un lundi matin, un mois plus tard environ, Odile se tira du lit avant onze heures.

— Je vais téléphoner à Dimanche. Il a peut-être un appartement pour nous.

Elle revint perplexe et hors d'haleine.

— Ces six étages me tueront! Il nous a donné rendez-vous cet après-midi, chez Graff, à trois heures et demie. Il a peut-être quelque chose qui nous intéressera.

— Quoi? dis-je encore, inconscient du monstrueux cataclysme qui allait absorber mon insouciante existence dans ses tortueuses volutes.

— Deux petites pièces... mais c'est tout neuf.

— Trop petit! tranchai-je.

— Il y a une terrasse...

— Je ne vais pas écrire sur une terrasse!

— Allons toujours voir...

Nous trouvâmes M. Dimanche au rendez-vous. Il nous confia qu'il était très pressé et nous entraîna aussitôt au-dehors. Nous enfilâmes une étroite venelle aux pavés disjoints.

Au bout de l'impasse s'érigeait une bizarre construction de béton. Nous enfilâmes un escalier obscur et deux étages et demi plus haut, nous nous trouvâmes devant une petite porte laquée de vert sombre.

— C'est là, dit-il en introduisant la clé dans la serrure.

Dehors, il y avait du soleil, bien que l'on fût au début de novembre. Dedans, il y en avait encore plus. Tout était blanc, neuf, reluisant, laqué, depuis la cuisine jusqu'à la salle de bains, en passant par ces deux pièces immaculées et cette entrée petite mais confortable.

— Voilà, nous dit M. Dimanche. Vous y êtes. J'ajoute qu'il y a en plus la disposition d'une terrasse d'environ cent mètres carrés.

— Combien ? demandai-je, le cœur tremblant.

Il dit un chiffre, et je constatai juste au moment de m'évanouir, que le parquet était d'une bonne souplesse.

— L'ennui, glissa ici M. Dimanche, c'est qu'il me faut une réponse demain à cinq heures et demie du matin, car il y a un peintre terrafuégien sur l'affaire et il est assez pressé. Mais si vous pouvez trouver deux cent mille francs de plus que lui, vous êtes ici chez vous. Bail de vingt et un ans, trente mille francs de loyer. Et la petite reprise que je vous ai citée vous rend propriétaire de tout le matériel : cumulus, baignoire, etc.

Le reste de l'après-midi, inlassablement, je fis le tour de mes connaissances. Je téléphonais et arborais un ton de circonstance.

— Allô, vieux. Je m'excuse de te déranger.

— Oui ? Qu'est-ce que je peux faire pour toi ?

— Il m'arrive une catastrophe. J'ai trouvé un appartement.

— Un appartement ! S... !

— Mais voilà... continuais-je. J'ai juste trente francs sur moi. Pourrais-tu me prêter... euh... il me faudrait à peine...

J'ai dû recevoir en partage à ma naissance un extraordinaire don de persuasion. Au bout de quatre heures, j'avais sur mon carnet les éléments d'une fabuleuse addition. Le père d'Odile compléta la somme. Je tirai de son lit M. Dimanche, le lendemain à quatre heures du matin, et l'affaire fut faite.

— Attention, me dit M. Dimanche. Votre propriétaire est un garçon charmant, mais un peu insouciant. Pensez à lui faire étancher la petite fuite du toit dans la salle à manger. Et occupez-vous du chauffage.

Fort de mon bail de vingt et un ans et de quelques centaines de milliers de francs de dettes, ce qui me donnait un certain poids, j'élaguai d'un geste négligent ces misérables contingences.

— Bon, bon, admit M. Dimanche. Une chose encore. Invitez-moi à la crémaillère.

— Certes! assurai-je.

D'abord, déménager. Mais pas question de payer une entreprise spécialisée pour ça. Plus de sous. Je convoquai les camarades.

— Ma voiture est cassée, dit Marcel.

— C'est révoltant, gémit Yves, je n'ai pas une journée libre avant une semaine.

— Moi, dit Jean-Paul, je viens te donner un coup de main mercredi.

Ce fut un beau mercredi. En quatre voyages, nous eûmes à peine écrémé le dessus des étagères à livres et à disques. A une heure de l'après-midi, Jean-Paul, humide, regarda sa montre.

— Diable! s'écria-t-il. J'avais un rendez-vous urgent!

Je restai seul. Heureusement, j'avais encore Eddie. Il a une belle fourgonnette et un livreur.

— Il y en a pour deux heures à peine, dis-je à Eddie. Avec ton véhicule, tu penses!

— Bien, admit-il, sceptique. Passe samedi à trois heures, le livreur t'attendra.

Pour résumer la séance, je vous avouerai tout de suite qu'à neuf heures du soir nous y étions encore. C'est fou ce que ça contient un appartement, même dans un dé à coudre!

Voulant accélérer l'emménagement, comme le gaz n'était pas encore installé dans l'immeuble, j'avais, pour la bagatelle d'une quinzaine de mille francs, obtenu de l'électricien un « actadis », espèce d'engin grâce auquel on a, paraît-il, le courant électrique à bon compte. L'actadis brillait au milieu du tableau, et, après une légère anicroche — simple interversion du 110 volts éclairage et du 220 chauffage, ce qui m'avait donné l'occasion de voir claquer dans une gloire éblouissante quelques ampoules de 60 watts — nous avions branché les radiateurs électriques, deux monstres d'aluminium qui recelaient une quantité d'eau difficilement croyable.

Au milieu de la nuit, je fus réveillé par un bruit d'orage. De grosses gouttes claquaient sur le sol. Après m'être rendu décent — nous n'avions pas encore de rideaux — j'allumai. Le plafond était tout là-haut perdu dans un léger nuage.

Je descendis téléphoner malgré l'heure.

— Quoi ?... répondit la voix ensommeillée de l'électricien. C'est rien... un peu de condensation... Tout est neuf, faut que ça sèche.

Nous ouvrîmes donc un parapluie et passâmes une bonne nuit lovés sur le lit pour rester à couvert. Au matin, le soleil brillait, mais il pleuvait toujours.

— Moi, dit Odile, je vais prendre un bain.

Le cumulus est un appareil admirable qui, à toute heure, vous sert cent litres d'eau à 90° . Cependant, au bout de vingt minutes, j'entendis de vagues appels. J'ouvris la porte de la salle de bains. Une brume à couper au couteau me heurta de front et je reculai. Ma main se posa, chance insigne, sur le cor Raoux en laiton spiralé dont je charme mes soirées d'automne. Je soufflai deux coups.

— Par là ! me dit Odile.

Au jugé, j'avançai, sonnant de la trompe pour avertir.

— Lave-moi le dos ! hurla Odile. Revenant en hâte dans la chambre, je me munis d'un imperméable.

— Paré ! criai-je. J'arrive !

Malheur ! La brume avait envahi la pièce. Cinq minutes plus tard, je me retrouvais dans la cuisine. J'en profitai pour me faire un bon grog. La brume se dissipait, Odile ayant, je l'appris plus tard, ouvert la fenêtre de la salle de bains. Quand j'eus réussi à casser la glace qui l'emprisonnait dans la baignoire, elle se précipita sous les couvertures.

— Le chauffage électrique, ça n'a pas l'air d'être le rêve, remarqua Odile.

— Oui, lui rappelai-je, mais songe qu'on a le kilowatt à 7,40 F.

— La nuit ! précisa-t-elle. Le jour, c'est 21,40 F.

— Ça ne fait rien, dis-je, c'est quand même très économique.

Pour plus de sûreté, j'allai voir tourner le compteur. Horreur ! Il ronflait comme une toupie de Nuremberg. Les chiffres noirs nous rendaient déjà débiteurs de mille francs à l'égard de l'E.D.F. Quant aux rouges, ceux des heures de pointe, ils ajoutaient six cents francs au total.

— Seize cents francs en vingt-quatre heures ! dis-je. Il va falloir diminuer le chauffage !

Je mis les rhéostats au premier cran. Il était midi et nous avions faim.

— Comment se fait-il qu'ils n'aient pas encore livré la cuisinière électrique en location ? s'étonna Odile. Cela fait huit jours que la demande est signée. Si tu allais...

— Téléphoner, complétai-je, et j'y allai.

L'homme d'Oberkampf me rit au nez.

— Huit jours ? Mon pauvre monsieur, nous n'avons pas d'appareils. Il y a deux cent trente-sept demandes en souffrance...

Je revins à pas lents. Je trouvai Odile juchée sur une caisse — car nous n'avions plus d'argent pour acheter des meubles — devant la vieille bouillotte électrique qui l'a suivie dans tous ses voyages. Odile tenait un verre d'eau à la main et paraissait guetter la bouillotte. Comme le liquide allait déborder, elle versa quelques gouttes d'eau et tout se calma.

— C'est commode de faire une soupe là-dedans ! grogna-t-elle. Il n'y a pas moyen de régler l'allure. Alors, je suis obligée de refroidir un petit coup chaque fois que ça bout trop fort !

On a fait la cuisine trois jours dans la bouillotte, et puis, comme on en avait assez de manger de la soupe et des œufs durs, j'ai acheté un très joli réchaud à alcool qui marche fort bien. Les radiateurs électriques, je les ai débranchés. Demain, il y a un gentil fumiste qui vient percer de grands trous dans le mur, et l'on va mettre des tuyaux. Ça fera à peine vingt-cinq mille francs de plus ; comme je ne les ai pas, ça m'est absolument égal que ça en coûte cinq ou cinquante. On aura de ces trucs carrés en tôle où l'on met du bois qu'on allume et qui se nomment, je crois, des poêles. Et Odile vient de trouver un petit restaurant formidable, pas très loin. Le soir, quand il fait un peu trop humide chez nous, on va coucher dans un hôtel de l'impasse, épatamment chauffé. C'est un mauvais moment à passer. Dans un an, un an et demi, quand j'aurai payé mes dettes, on va être installés comme des rois. Pourtant, j'espère que d'ici là on aura trouvé autre chose, parce que deux pièces, c'est un peu lourd à entretenir.

Claude Varnier,
Constellation, nº 58, février 1953

CRITIQUE LITTÉRAIRE

LES PÈRES D'*UBU ROI*

On prend plaisir, en ces temps où le papier se fait si rare, à fureter le long des quais. Les bouquinistes offrent toujours leurs marchandises aux regards connaisseurs des bibliophiles. Au hasard des recherches, on trouve par exemple *Les Sources d'Ubu roi, ouvrage écrit en 1921 par un certain Charles Chassé et publié par les soins de H. Floury : appuyé sur de solides références, ce livre nous démontre que Jarry n'est pas l'auteur d'Ubu roi*, écrit, en réalité dans sa forme première, par deux potaches de dix et quatorze ans, élèves du lycée de Rennes !

Mais peu nous importe l'origine et les modifications successives de l'œuvre bien que le livre de Chassé contienne de savoureux passages. En tout cas, il reste prouvé qu'Alfred Jarry se serait simplement borné à modifier une quinzaine de lignes dans une œuvrette intitulée *Les Polonais*, inventant notamment — reconnaissons-lui ce mérite — le nom d'Ubu et à la faire représenter sous le titre devenu fameux d'*Ubu roi*...

Cependant, écrit ou non par Jarry, *Ubu roi* est vraiment très drôle. Et le plaisir que l'on prend à sa lecture ne diminue pas d'un point lorsque l'on nous explique l'étymologie de quelques mots fameux ou d'expressions pittoresques, qui firent la joie d'une génération.

Jarry eut-il du génie ? Ne fut-il qu'un raté ? Qu'importe ! Il fit jouer *Ubu*, nous assurent les véritables auteurs de cette œuvre, avec leur autorisation. Remercions-les donc...

... Et consolons-nous si Jarry n'était pas ce que nous croyons.

Consolons-nous, car, grâce à lui, nous avons tout de même dans notre bibliothèque : *Ubu roi*.

Hugo HACHEBUISSON,
Les Amis des arts, n° 4, 12 mars 1945

L'ÉTAGÈRE À LIVRES [1]

Loin de Rueil, de Raymond Queneau, vient de paraître en librairie après avoir été publié en feuilleton dans un grand hebdomadaire littéraire.

Ce mélange de vie et de rêve, de réalité et d'imaginaire, soulève pour nous le voile d'un monde un peu en marge et qui est bien pourtant en vérité le monde de tous les jours. Malgré le danger des comparaisons de ce genre, un rapprochement vient à l'esprit — ne parlons pas d'influence, de peur d'attirer sur nous les foudres de Jean Paulhan, et l'on craint les foudres de ceux que l'on estime. Il est difficile cependant de s'empêcher de penser à Joyce en lisant ces pages plaisantes où la vision de Jacques l'Aumône apparaît puis disparaît parmi la trame de son existence mi-vécue, mi-inventée.

Gallimard publie également, de Jacques Lemarchand, *Parenthèse*. Avec un livre parfaitement intelligent, ce jeune auteur fait tinter, pour la première fois depuis bien longtemps, une note d'humour dans la littérature française. Loin d'entreprendre son récit avec l'indifférence, l'absence, des auteurs de l'école américaine moderne, et de l'école de Sartre et Camus, l'auteur se signale de temps à autre à l'attention du lecteur et lui rappelle son existence par des réflexions sarcastiques, mettant en boîte avec un réel bonheur la méthode normalienne et tout ce qu'elle a d'artificiel. Nous n'avons pas le plaisir de connaître M. Lemarchand, mais pour la beauté de la chose, nous aimerions énormément qu'il sortît de l'Ecole normale...

A propos, voici l'intrigue : Dominique revient à Ormesse où dix ans plus tôt, il avait planté là sans un mot d'explication sa fiancée Anne-Marie. Et puis il repart, et il ne s'est rien passé. La parenthèse est fermée !

Nous avons eu beaucoup de plaisir à lire rapidement le *Doctrinal de Lao-tseu*, paru dans une charmante collection chez Jacques Haumont. Lao-tseu, grand sage chinois du VIe siècle avant Jésus-Christ (à cette époque reculée, il était aussi honorifique d'être sage que maintenant de faire du cinéma), consigna dans le *Tao-tö king* un certain nombre d'aphorismes ingénieux dont beaucoup présentent le particulier avantage d'une parfaite réversibilité.

Un mot enfin du numéro 9 de *L'Arbalète*, paru dernièrement chez Barbezat (Marc) de Lyon. Dudit Barbezat (Marc), nous ne connaissons que peu d'éditions. Elles présentent le point commun d'être imprimées sur fort beau papier, mais le format en varie considérablement. Réduit, dans *Recherches d'un chien* de Kafka (dont nous reparlerons) et les *Amours de Perlimplin et de Bélisse dans leur jardin*, de Garcia Lorca, il s'amplifie dans les cahiers de *L'Arbalète*.

Heureusement, la brochure est présentée sous étui de carton et ne prend pas la poussière, ce qui est consolant. Voici pour l'extérieur ; quant à l'intérieur, il contient, entre autres choses, les fragments du roman de Dorothy Baker *Young man with a horn*, vie romancée du plus grand des trompettes blancs de jazz, Bix Beiderbecke, mort prématurément en 1933.

L'Arbalète contient encore une admirable nouvelle de Damon Runyon, *Lily de Saint-Pierre*, de la même veine argotique et ambiguë que les réjouissantes nouvelles de *More than Somewhat*, un excellent fragment d'Hemingway, des pages de Saroyan, Gertrude Stein, Horace Mc Coy qui donne *On achève bien les chevaux*, Faulkner, Caldwell, d'autres encore et pour terminer, de Richard Wright, romancier noir, *Le Départ de Big Boy*, d'une bouleversante intensité de vie. Nous avons moins aimé la traduction de *Poison Ivy*, de Peter Cheyney, qui perd de sa saveur originale et gagne en vulgarité. Lisez dans le texte le meilleur des trois Cheyney parus en France (édités par l'Albatros) *Dames don't care*. Vous constaterez que le livre est beaucoup plus drôle.

Un reproche, pour terminer, à M. Marcel Duhamel : certaines négligences de traduction, et, ce qui est plus grave, certaines incorrections de style auraient dû être évitées.

Hugo HACHEBUISSON,
Les Amis des arts, n° 5, 1er avril 1945

L'ÉTAGÈRE À LIVRES [2]

La lecture de l'excellente traduction d'un des premiers ouvrages d'Erskine Caldwell, *Poor Fool*, paru chez Gallimard sous le titre français : *Un pauvre type*, vous laisse une impression complexe. Comme le note avec beaucoup de justesse Maurice Coindreau (le traducteur) dans sa préface, il est bon de lire au préalable les précédents ouvrages de Caldwell : *La Route au tabac* et *Le Petit Arpent du Bon Dieu*, mieux vaut ne pas commencer par *Un pauvre type*, qui donne exactement l'impression d'un commencement. Et ceci n'est pas un paradoxe.

A quatre points de vue au moins, il est préférable de rencontrer un auteur dans l'un de ses meilleurs livres : 1) On essaie de se procurer ses autres livres ; 2) conservant un bon souvenir de cet auteur, on est enclin à plus d'indulgence pour ses erreurs possibles ; 3) on distingue avec plus de facilité les bons passages de ses moins bonnes œuvres ; 4) on suit avec plus d'objectivité l'évolution de son talent.

Est-ce à dire qu'*Un pauvre type* soit mauvais ? Ce qui frappe tout d'abord, dans la comparaison aux autres Caldwell que l'on en fait nécessairement, c'est la différence des milieux dépeints. L'histoire du boxeur Blondy Niles, « pauvre type » passablement inculte, se déroule toute dans une ville. Pas une fois cette ville n'est présente. On cherche en vain l'atmosphère obsédante, presque hallucinante, créée par ces terres rouges, ce soleil, ces cahutes de pauvres Blancs, ces champs de coton mal cultivés dont l'aridité pèse sur les personnages des plus récents romans de Caldwell. On mesure, par son absence, à la lecture de *Poor Fool*, la part du décor — de la façon de le rendre plutôt — dans ces passages durs, cyniques, où des pantins dénués de tout ce qui peut rappeler un cerveau, mènent des vies brèves traversées d'éclairs sans grandeur, dont le récit impersonnel et dépouillé communique une angoissante mais prenante et presque nécessaire sensation de malaise.

⁂

Comment imaginer quelque chose de plus différent de Caldwell que le livre de Julien Gracq : *Un beau ténébreux*, paru aux éditions José Corti ?

A un groupe de jeunes gens réunis par les vacances sur une plage bretonne, vient s'imposer un jour un personnage énigmatique : Allan Murchison, dont la forte personnalité exerce une attirance bizarre sur les êtres dont l'esprit l'emporte sur le corps. Aux êtres plus vivants, plus sensuels, comme Irène, la jeune mariée, il inspire une quasi-répulsion, une terreur instinctive, tandis que Jacques, le zazou inoffensif et bruyant, ne se rend compte de rien. Allan Murchison, marqué par on ne sait quel signe qui le retranche du monde et de ses manières, entraîne toute la bande dans son sillage. Les vacances se prolongent au-delà des beaux jours. Des descriptions d'une haute qualité nous plongent dans cette atmosphère caractéristique et, peu à peu, se dégage du comportement d'Allan la raison de son pouvoir et de sa puissance : il porte sa propre mort en lui ; il est l'image même de cette mort qu'il a décidé de se donner le 8 octobre, et, malgré l'amour de Christie, il se suicide au jour dit, car on ne pardonne pas aux hommes un suicide raté.

Hugo HACHEBUISSON,
Les Amis des arts, n° 9, 30 mai 1945

UTILITÉ D'UNE CRITIQUE LITTÉRAIRE

J'ai promis samedi dernier à Jean-Pierre Dorian un article sur l'utilité d'une critique littéraire. Cette utilité m'est apparue, depuis, tellement indéniable que je ne vais pas perdre mon temps à vous la démontrer ; je vous ferai part, bien plutôt, du projet récent de MM. Jacques Demaux, ingénieur des Arts et Manufactures, et François Cottenot, futur interne des hôpitaux de Paris. Ces derniers rassemblent actuellement la documentation qui servira de base à un des ouvrages les plus importants de la science française depuis l'étonnant mémoire sur la Pogonotomie ou l'Art de se raser soi-même publié par le sieur Dusuel, fabricant de cuirs à rasoir, sur le Pont-Neuf, adossé à la grille d'Henri IV, à Paris en 1789 : le Traité encyclopédique du nombril, avec les photographies des ombilics contemporains les plus célèbres, et bien d'autres études dont je ne peux vous dévoiler les mystères pour l'instant. Le nombril, sur lequel tant de penseurs se sont penchés, n'a jamais donné lieu à un travail récapitulatif de ce genre ; et une des hypothèses hardies émise par un des chercheurs est que l'investigation du nombril, produit du hasard, doit se révéler un moyen d'approcher la valeur du nombre pi : il suffit d'imaginer une expérience analogue à celle de l'aiguille de Pascal pour concevoir la profondeur de cette observation. Le traité sera naturellement complété par un chapitre où l'on enseignera l'art de maquiller et d'apprêter le nombril pour développer sa personnalité et accroître ainsi le charme de cet élément, quelque peu dédaigné, de notre physique. « Montre-moi ton nombril et je te dirai qui tu es », tel pourrait être le sous-titre de l'ouvrage de MM. Demaux et Cottenot, dont l'utilité n'échappera à personne ; d'ailleurs l'utilité de la critique littéraire ne saurait non plus vous échapper.

Boris VIAN,
inédit [1948] écrit pour J.-P. Dorian

RAYMOND CHANDLER

La Dame du lac

roman

Traduit de l'anglais par Boris Vian

La dame du lac aurait pu raconter bien des histoires à Philip Marlowe, le limier de Raymond Chandler; mais elle était restée dans l'eau un poil trop longtemps, aussi Philip dut-il interroger des tas de gens et avoir des conversations désagréables à bien des égards. La moins pénible ne fut certainement pas celle qu'il tint avec Cooney et Dobbs près de la briqueterie, avec, pour résultat, un séjour bref mais instructif dans la prison toute neuve de Bay-City. Philip Marlowe est un garçon plein de ressources; cependant, son enquête ne paraît pas lui apporter toutes les satisfactions désirables. Est-ce à cause de la brune Miss Fromsett, dont les yeux bleu foncé lui font... tout de même quelque chose? Est-ce à cause des cheveux gris qu'il se découvre soudain?... Ou à cause des rapports... disons tendus qu'il conserve avec cette grande brute blonde de Degarmo? La personnalité sympathique de Jim Patton, le gros shériff de Puma-Point, compense un peu tout ce côté déprimant du métier de détective privé qui paraît consister à perdre ses dents, encaisser des raclées, et se faire eng..., par surcroît, tant par la police que par le client.

C'est de *La Dame du Lac* qu'a été tiré le premier film dans lequel la caméra joue elle-même le rôle du principal protagoniste, film que la Metro Goldwyn Mayer ne tardera pas à distribuer en France. La construction logique, serrée, impeccable de ce roman ne pouvait manquer de tenter les producteurs... même ceux de Hollywood.

Prière d'insérer pour la traduction de *La Dame du lac (Lady In The Lake)*, Gallimard, Série Noire n° 8, 1948. Minimes variantes avec le manuscrit ; Vian avait prévu le titre : *Je ne suis pas celle que vous croyez*. Pour la Série Noire Boris Vian a traduit : Raymond Chandler, *Le Grand Sommeil*, n° 13, 1948. Peter Cheyney, *Les femmes s'en balancent* (avec Michèle Vian), n° 22, 1949.

DÉCLIN DE LA LITTÉRATURE NOIRE

par Boris Vian

N'ergotons point sur la signification de ces mots « littérature noire »; on entend par là toute une gamme d'ouvrages dont il faut remonter fort loin pour trouver les origines et dont le *Sanctuaire* de Faulkner (avec *Pylône*, le seul ouvrage propre à justifier le Prix Nobel de cet auteur) reste comme le modèle actuel, les collections de Marcel Duhamel jouant le rôle de la grosse cavalerie. A mi-chemin du roman de police et du roman d'aventures, fortement teintée de « freudisme populaire », la littérature noire a pris en France, dès la Libération, une place extrêmement importante. Chaque éditeur a eu sa collection, les livres à succès se sont vus abondamment plagiés, certains ont encouru même les poursuites de censeurs indécents, fécondés, hélas! par une justice en faillite depuis des lustres et dont le fonctionnement actuel se nuance d'un arbitraire jamais encouru par les contemporains de la Bastille. Cependant, les propagandistes d'une vertu surannée, méconnaissant le salutaire pouvoir de « défoulement » de ces livres, combattaient de la sorte un danger né dans leurs propres esprits accablés de tabous; danger pas plus réel qu'eux-mêmes et qui n'empêchait pas la littérature noire de conserver la faveur populaire. Mais les attaques de ces gens qui jettent volontiers un hérétique dans un cul de basse-fosse pour assurer le salut de son âme ont fait que l'on parle aujourd'hui de déclin : mis à part ces obstacles volontairement dressés, qu'y a-t-il de vrai là-dedans ?

Je n'ai pas en mains les statistiques : je voudrais à tout le moins connaître le nombre de volumes vendus actuellement. Admettons qu'il baisse. La responsabilité en incombe d'abord, nous venons de le dire, aux tartufes omniprésents ; mais on pourrait sans doute trouver deux autres facteurs. Le premier est d'ordre économique. C'est la crise du papier entretenue par les exploitants d'une guerre inspirée du cinéma permanent. « Autrefois », les frais d'imprimerie et de brochage constituaient le gros du coût d'un livre, et plus l'on vendait de livres, c'est-à-dire de papier, mieux l'on amortissait ces frais. D'où l'intérêt des forts tirages populaires à bon marché. Aujourd'hui, le papier se taille la part du lion dans le prix de revient du bouquin, et l'on n'a guère intérêt à multiplier le nombre d'exemplaires, car les frais suivent le mouvement ; ainsi l'éditeur actuel préférera éditer du livre plus cher, de vente relativement mieux assurée, en tirages modestes. Raison valable.

Le second facteur, c'est la guerre elle-même. La guerre réelle qui a porté un coup fatal aux amis du dépaysement par le livre. Qu'est-ce qu'un assassinat soigné, fignolé, en regard de ces joyeux massacres au lance-flammes ? De quoi a-t-il l'air, Popeye, avec son épi de maïs, quand il pourrait tous les jours violer quelques indigènes à la baïonnette ?

A quoi sert de tuer en paroles quand on peut se massacrer pour, ou plutôt contre, des mots !

La littérature noire a toujours été le domaine favori de l'amoureux des mots, de l'être inoffensif et social qui, naïvement, juge bien préférable de voir tuer ou violer sur le papier plutôt que dans la réalité d'une guerre. Personnellement, je crois l'armurier cent fois plus néfaste que l'écrivain « maudit » (sans ignorer que bien des auteurs physiquement diminués aiment à se figurer le contraire et se donnent les gants d'Attila ; ceux-là justement sont dénués d'imagination). Aux êtres dénués d'imagination, il faut de vraies guerres. Prétendre que la littérature noire est source de crimes et de perversions, c'est faire bon marché des actualités, des discours des chefs d'Etat et de la propagande belliciste entretenue dans le monde depuis que la vente des armes rapporte. Celui qui veut tuer tuera, quoi qu'il ait lu : avant de descendre dans la rue étriper treize personnes, un jeune Américain étudia un chapitre de saint Augustin; il venait, en outre, de faire trois ans de guerre. Choisissez.

Mais nous parlions de déclin... où en sont donc les responsables ?

En vérité, le déclin de la littérature noire est un déclin du public, favorisé par les innombrables nécrophages qui bâtissent leur aisance sur la naïveté des sentimentaux. La guerre et ses fauteurs ont ruiné la littérature noire, et l'on peut conclure par la question classique des romans policiers. A qui profite le déclin de la littérature noire ? A la guerre, à ses chantres, à ses serviteurs. A qui profite la guerre ? A ceux qui la vendent, à ceux qui la bénissent, à ceux, enfin, qui la font faire par les autres...

... Il me semble que ça vous entraîne fort loin, le déclin de la littérature noire...

Choisir pour lire, n° 1, mars 1952.
Repris in *Dragée haute*, n° 6, Pentecôte 1986

GIBEAU, JUIN, ET CE QUI VOUS PEND AU NEZ

Cela se sait toujours. Dans le même temps que l'Académie dite française, avec un ensemble touchant, se découvrait devant l'ineffable Juin, le Ministère de la défense dite nationale, par diverses voies mystérieuses, agissait d'une part auprès de la Radiodiffusion gouvernementale pour couper ou supprimer certaines émissions, d'autre part auprès du jury Interallié afin d'éviter, comme il en était fortement question, que ces plaisantins ne couronnassent le livre de Gibeau *Allons-z-Enfants* [1].

Car tel est aujourd'hui l'homme à abattre. Et gageons qu'avec un ensemble touchant, chacun va s'incliner devant les consignes de la clique des culottes de peau. Sacrilège insigne : Gibeau, qui sait de quoi il parle — il a passé quinze ans de sa vie sous l'uniforme, dont quatre dans un camp de prisonniers —, Gibeau a osé dire du mal de ces messieurs, du petit morceau de bambou et de la feuille de chêne réunis.

Le Ministère de la défense nationale ? De la défense de quoi, au fait ? Serait-ce que ce « défense » est

1. En cette année 1952, tandis que le maréchal (depuis défunt) Alphonse Juin entrait triomphalement à l'Académie française, Yves Gibeau, ancien enfant de troupe, faisait paraître chez Calmann-Lévy son livre *Allons-z-Enfants,* aussi peu militariste que possible. Yves Gibeau et Boris Vian habitaient alors le même immeuble du 8, boulevard de Clichy, et se voyaient fréquemment. *(N.d.E.)*

entendu dans le sens d'interdiction ? Devrait-on pas abandonner un peu cette vieille idée qu'il y a quelque chose ou quelqu'un à défendre en France, hormis le militaire et son dévoué collaborateur, le politicien ? La liberté ? Elle se défend toute seule, voyons... c'est si simple : elle a des ailes, elle s'en va. Pas folle, la liberté.

Mais nous, nous restons là. Sans liberté, mais avec le Ministère de la défense nationale, et le maréchal Juin. Qu'il se trouve un aréopage de gâteux (ô Topaze de jadis, qu'allas-tu faire dans cette galère ?) pour couronner une baderne, passe encore ; si la longévité de l'académicien est proverbiale, celle du maréchal la dépasse encore. Et en Juin, on a rendu un hommage tardif à la durabilité de feu Pétain. Mais que les adjudants ne se contentent pas de saboter les finances françaises pour des décennies françaises et viennent fourrer leur groin dans la littérature, alors là, minute, m'n'adjudant, faut ce qu'il faut, mais faut pas charrier.

Le plus tragique de l'histoire, c'est que ça va se passer comme ça. Comme une lettre à la poste. Comme une élection d'un eisenhower. Gibeau aura pas le Prix Interallié, et son émission ne passera pas, et il peut bien crever, ce Gibeau-là, pourvu que la légende glorieuse ne souffre aucune atteinte. Et huit sur dix des gens qui font profession de défendre la liberté d'écrire vont applaudir, parce qu'après tout, eux aussi écrivent de très bons livres, parce qu'ils ont un peu peur de la police, ces gens-là sont armés, hein, et parce qu'un écrivain muselé, ça fait un peu plus de place pour les autres.

La collusion d'une partie de la presse et des représentants de l'ordre, qu'il soit militaire ou policier, est un des phénomènes les plus frappants de l'heure. Les plus frappants, les plus encourageants aussi. Quand on montre ainsi à visage découvert le faciès de la dictature et de la lâcheté, on constitue une bonne cible. Et Dieu merci, les marchands de canons ne nous laisseront pas tomber. Dans ce secteur-là, la production marche à plein. Et c'est rare s'il n'y a pas quelques caisses qui s'égarent; heureusement pour nous, le marchand de canons n'a qu'une politique, le commerce. A nous d'offrir plus que ceux d'en face. Nous avons la même monnaie : notre peau. Ne la laissons pas s'égarer dans les mauvaises mains. Messieurs du Ministère, n'oubliez jamais : un soldat sans général peut faire du dégât, mais un général sans soldats retrouve tout de suite sa vraie place : le poteau, la Chambre des députés, ou l'Académie française, selon le genre de pourriture qu'il a choisi.

Inédit, 1952
(de *Textes et Chansons*)

[COMPTE RENDU D'UN LIVRE DE BERNARD RÉGNIER]

S'il n'avait pas eu la malchance d'être précédé par un dénommé Schwartz, moine de son état, et peut-être aussi par divers pyrotechniciens chinois aux patronymes obscurs, soyez assurés que Bernard Régnier se serait fait un plaisir d'inventer la poudre. Il n'est que de constater la joyeuse inconscience avec laquelle il la fait parler. Et pas pour ne rien dire, juste ciel ! La matière abonde au contraire et l'on est enseveli dès les premières pages sous une avalanche de catastrophes et de gibier parmi lesquels surgissent les silhouettes inquiétantes d'un neveu, d'un oncle et d'une tante en quête d'aventures cynégétiques. Partis un beau matin de chez eux, ils ont décidé de faire fortune en vendant aux zoos de France et de Navarre des animaux sauvages capturés vivants au préalable. C'est cet « au préalable » qui donne au livre toute sa saveur, attendu que l'oncle est myope comme une taupe et n'hésite pas une seconde à confondre un lion avec sa femme, son neveu, ou n'importe quoi d'autre, tout en réussissant à se tirer des pires mésaventures avec la douceur et le naturel d'un Mowgli un peu monté en graine. Les divagations des aventuriers dans la brousse, narrées par le neveu, sont entrelardées d'anecdotes odieuses que chaque faux pas avunculaire fait opportunément surgir dans la mémoire de notre avisé mémorialiste. De surprenantes précisions biologiques émaillent l'ouvrage et lui donnent un caractère didactique très net encore qu'un peu suspect ; on ne saurait garantir le bachot aux étudiants qui auraient l'imprudence de les retenir de préférence aux élucubrations classiques d'agrégés sans fantaisie. Toutefois, les sentiments affectueux manifestés par nos explorateurs à l'endroit de leur gibier contribuent à élever tout l'ouvrage à un niveau moral bien supérieur, il faut le dire, à celui de volumes aussi répandus que l'annuaire des téléphones, où le meilleur côtoie, hélas, le pire.

Au cycle infernal de la vie des explorateurs modernes résumé par l'auteur dans cette saisissante formule : quinze jours d'expédition, quinze mois de conférences, on peut ajouter aujourd'hui quinze heures de franche gaieté en compagnie d'un affreux Jojo de l'aventure. Et l'on peut espérer que ce premier livre sera suivi de quinze autres, empreints de la même qualité. Une qualité assez particulière, pour que nous n'hésitions pas à forger le terme d'« Hurluberlhumour », un mélange d'innocence et de sadisme où rampent quelques fumées jaunes de pataphysique et qui constitue l'estampille bien personnelle de Bernard Régnier.

Boris VIAN,
inédit, non daté

ÉCONOMIE

DES FORTUNES À FAIRE AU CANADA

La Banque d'Edmonton ne payait pas de mine : une baraque demi-cylindrique dont l'aspect rappelait vaguement un fût de pétrole coupé en deux. Une pancarte bleue portait les mots *Banque Impériale du Canada*. J'entrai et tendis mon chèque au caissier. Il me reconnut, regarda le chèque et sa figure ridée se plissa d'un rire inhabituel. Son col blanc le gênait visiblement pour s'esclaffer autant qu'il le souhaitait.

— Mauvaise affaire, cette fois-ci, me dit-il.

Il gloussa de plus belle. Le directeur, un individu sérieux et compassé, accourut au bruit et me vit. Je restai stupéfait. Lui aussi éclatait de rire.

— Ce coup-là, vous y perdez ! dit-il à son tour.

Pour la première fois, en effet, dans l'histoire, le dollar canadien venait de dépasser la parité avec le dollar U.S.A. Je me joignis à la gaieté des deux hommes : je la comprenais trop bien. La forme de la baraque me parut symboliser les événements récents qui ont fait d'Edmonton la capitale d'une nouvelle ruée pétrolière, et qui sont en passe de faire du Canada une des plus puissantes nations industrielles du globe, en lui retirant le complexe d'infériorité qui l'a si longtemps paralysé devant son grand voisin du sud.

Deux pays seulement, l'U.R.S.S. et la Chine,

l'emportent sur le Canada par l'immensité de leurs territoires ; et, seule, l'U.R.S.S. possède, sans doute, plus de ressources naturelles. Nul ne sait encore quelles centaines de millions de tonnes de minerai de fer se cachent sous les mornes collines du Labrador, dans les déserts de l'Ontario, dans les îles de la côte. Nul ne sait quels gisements on découvrira, un jour, dans les montagnes de la Colombie britannique à l'extrême ouest, ou dans cette étendue de cinq millions de kilomètres carrés de roc et de forêts qui entoure la baie d'Hudson. On ignore quelles monstrueuses réserves de pétrole sont enfouies sous le sol de l'Alberta : 300 milliards de barils de pétrole brut — plus de la moitié de ce qui reste au monde — selon les dernières estimations.

Pourquoi le Canada ne s'est-il pas développé plus vite ? Peuplé d'à peine 15 millions d'habitants, ce pays géant, qui pourrait en nourrir dix fois plus, souffre d'un handicap dû à sa situation extrême, et à l'attrait exercé sur ses visiteurs par un voisin doué d'un climat plus favorable. Mais les choses sont en train de changer. A l'heure où certains économistes américains lancent un cri d'alarme, devant le gaspillage insensé auquel les Etats-Unis se livrent depuis trois quarts de siècle, le Canada prend conscience de son incroyable potentiel. Depuis la guerre, les changements survenus sont tels qu'on a pu les définir comme « une des merveilles économiques de l'époque ».

Tout, dans ce pays, est à une échelle démesurée. Les profits fabuleux sont, là-bas, chose courante. Vers 1900, la Compagnie des chemins de fer du Pacifique acquit, à regret, pour une somme dérisoire, les intérêts d'une petite société minière, la Cominco. Aujourd'hui, elle produit, par an, la bagatelle de 162 700 tonnes de plomb, autant de zinc, près de 600 000 tonnes d'engrais et plus de 400 tonnes d'argent, sans compter le bismuth, l'antimoine, etc. Bénéfice net : 20 milliards de francs ! Mais ce n'est rien à côté des 500 milliards que représente, à elle seule, la production de papier et de pâte à papier de l'année 1951 !

Ruées vers l'or en série

La rapidité avec laquelle, de nos jours, certains Canadiens s'enrichissent, n'a d'égale que celle qui fleurissait aux temps légendaires des ruées vers l'or, en Alaska ou en Californie. En 1943, Eric Harvie, un avoué de Calgary, loue 200 000 hectares de terrain dans l'Etat d'Alberta : simple spéculation. Depuis, le pétrole a jailli ; on estime qu'au cours des quatre dernières années, Harvie a gagné 90 millions... de dollars ! De tels chiffres font rêver : plus de 30 milliards de francs en quatre ans ! Et ce n'est pas fini, car Harvie continue à toucher la bagatelle de 10 000 dollars par jour !...

Le cas d'Harvie n'est pas unique, mais il reste rare. En revanche, on trouve des dizaines de gens comme Ernest Ridout : vendeur de journaux à six ans, conducteur d'un camion laitier pendant la guerre, il finit par se lancer dans les affaires immobilières ; aujourd'hui, il occupe 175 agents, et il a réalisé, l'an dernier, un chiffre d'affaires de plus d'un milliard. Jack Cooke, directeur du *New Liberty*, un mensuel de Toronto, fut vendeur, de porte à porte, avant de gagner 70 millions par an.

— Si j'étais encore un jeune homme, disait récemment le grand financier Bernard Baruch, j'irais au Canada.

Naturellement, ce n'est pas si facile ! Nombre d'émigrants ont pâti de l'avoir cru. L'étranger qui veut réussir là-bas doit tenir compte du caractère particulier des Canadiens. Il est bon d'ajouter que la meilleure affaire consiste à investir des capitaux dans une des industries en pleine expansion : encore faut-il en avoir.

Pour celui qui en dispose, un fantastique royaume s'entrouvre ! Le fer, l'aluminium, l'uranium, l'argent ne sont que quelques-unes des ressources du Canada. Voici Port-Radium, sur le grand lac de l'Ours, à 50 kilomètres du cercle polaire, une usine y produit assez d'électricité pour une ville de 25 000 habitants. L'équipement des maisons est entièrement électrifié.

Les appareils arrivent durant les quatre mois de l'année — de juin à septembre — où les lacs et les fleuves sont libres de glace. Les 300 habitants de Port-Radium n'ont jamais de répit : en été, quand la température monte à 10 degrés au-dessus de zéro, des nuages de moustiques et de sauvages mouches noires interdisent toute sortie; en hiver, il suffirait de respirer profondément quelques minutes, dehors, pour avoir les poumons gelés. Mais les 300 travailleurs restent à cause des hauts salaires : un mineur peut mettre de côté, chaque année, de 3 à 5 000 dollars.

Il arrive d'ailleurs qu'il les perde en une nuit de poker... Il n'a plus alors qu'à se remettre au travail. D'ailleurs, il se trouve bien à Port-Radium. La fondation de la ville est un véritable roman. Un ingénieur des chemins de fer, John Mac Mahon, découvrit, voici cinquante ans, des mines d'argent; il y gagna quelques dollars et, mis en appétit, fut en mesure de financer une expédition de prospection. Un garçon de dix-neuf ans, Benny Hollinger, fut embauché dans ce but, sous réserve que 50 % de ses découvertes reviendraient à Mac Mahon. Il partit, et, en son absence, Mac Mahon vendit à nouveau la moitié de sa part à trois de ses parents. La mine découverte par Benny rapporta 330 000 dollars! Chacun des cousins reçut 27 500 dollars.

L'un d'eux, Gilbert Labine, devait les faire fructifier. Un jour de 1913, il eut l'occasion de manier un fragment de pechblende, ramené des fabuleuses mines de Tchécoslovaquie où les Curie avaient trouvé le radium. Labine avait un œil photographique, et il n'oublia pas l'aspect noirâtre et gras de l'étrange produit. De 1920 à 1930, avec une chance diverse, il découvrit de l'or. Un jour de 1930, il tomba sur le premier gisement de pechblende! A cette époque, le radium valait 70 000 dollars le gramme. La raffinerie que construisit Labine mit trois ans à obtenir 30 grammes de produit... Le marché saturé s'effondra à 25 000 dollars; la demande n'était pas encore suffisante. En 1940, le gisement du grand lac de l'Ours cessa d'être exploité, et Labine fut écrasé sous le poids d'un million de dollars de dettes !... Quelques années encore, et la bombe atomique plongeait Hiroshima dans l'enfer de la désintégration. Avec fièvre, le monde se ruait en quête d'uranium : on se souvint de Labine : Port-Radium fut créé.

A l'avant-garde de l'âge atomique

Aujourd'hui, la pechblende de Labine a fait du Canada un des trois Grands de l'âge atomique. Du noir oxyde d'uranium qu'on raffine à Eldorado, la Commission de l'énergie atomique américaine fait les barres d'uranium qui alimentent, au Canada, le plus rapide des réacteurs construits jusqu'alors. Mais le Canada entend consacrer son minerai à des utilisations pacifiques. A Beaverlodge, on a découvert des gisements encore plus considérables qu'à Port-Radium, et la Compagnie de l'énergie atomique du Canada vient de se créer pour les exploiter. L'intérêt que le Canada porte à Beaverlodge est prouvé par la rapidité avec laquelle on a développé les nouvelles installations. Aujourd'hui, trois puits de mine trouent le sol ; plus de 600 hommes sont à l'œuvre. Une raffinerie a été construite, qui va traiter 2 000 tonnes par jour du précieux minerai. Comme elle est loin, la boutade de Mark Twain, qui définissait une mine : « Un trou dans la terre, avec un menteur assis dessus !... » Mais ne se prend-on pas à regretter le temps heureux où elle avait quelque pertinence ?...

A Ungava, s'étendait un lac de fer de 400 millions de tonnes. Longtemps connu, ce gisement ne fut mis en exploitation que tout récemment. Actuellement, 6 géants de l'industrie sidérurgique viennent d'y investir 80 milliards. Une voie ferrée de 500 kilomètres va raccorder Ungava au port des Sept-Iles, sur le Saint-Laurent. Trois mille hommes y travaillent. Les rails s'allongent vers le nord et, cent mètres derrière, la locomotive halète, impatiente. On lutte contre la montre : le premier train de minerai doit partir en 1954.

L'immense forêt canadienne attire aussi l'argent. A Prince Rupert vient d'être mis en place un des énormes « complexes » de production de pâte à papier, financé par la « Celanese », une affaire américaine de textiles synthétiques. Il faut savoir que la Colombie britannique a fait l'objet d'une exploitation forestière tellement intense qu'on a pu parler de suicide. Et il est désormais convenu d'adopter la règle d'or, selon laquelle on ne doit pas exploiter plus qu'il ne repousse dans le même temps. Le site de Prince Rupert a été redécouvert. Tout en haut de la côte, se trouvent les restes d'une cité abandonnée. C'était, au siècle dernier, un fructueux terrain de chasse pour les Indiens. En 1906, les Blancs arrivèrent en masse et ils bâtirent une éphémère cité de baraques et de tentes. Le chemin de fer devait y trouver son terminus ; et déjà les rêveurs imaginaient une ville florissante. Mais la ligne fut détournée vers Vancouver, et Prince Rupert retourna dans l'oubli... Jusqu'à ce que l'œil d'un intermédiaire, au courant de la voracité de la « Celanese », tombe sur cet endroit spécialement adapté au traitement du bois. Le gouvernement concéda aux exploitants un territoire grand comme le quart de la France.

Le Canada voit d'un œil réticent cet afflux de capitaux étrangers. Mais le premier fautif est le Canadien. Prudent de nature, il hésite à engager lui-même toutes ses ressources dans des aventures qui comportent une part de risques. Ne suffit-il pas que la demande baisse pour provoquer des pertes énormes ? Ce n'est pourtant pas l'argent qui manque au Canada, où le revenu national s'est élevé à 8 trilliards de francs en 1951 !

Quelles extraordinaires figures, d'ailleurs, parmi les hommes d'Etat canadiens ! Que dire du Premier d'Alberta, Ernest C. Manning ? Il a mené sa barque avec une telle habileté que tout le pays nage dans l'opulence. Dès qu'il a un instant de liberté, il prend la parole à la radio pour prêcher le retour à Dieu et, pendant soixante minutes, il chante des hymnes, lui au violon, sa femme au piano. « Des phénomènes politiques, dit-on de Manning et de son ministre des Mines, Tanner. Ils sont d'une honnêteté fantastique. » Tanner lui-même est évêque de l'Eglise Mormone. Le ministre des Finances ne le cède en rien à ses collègues pour l'habileté. Au cours de l'été 1950, ayant vu investir 7 à 800 milliards de capitaux américains dans son pays, Abbott se rendit bien compte qu'il y avait spéculation : on considérait en effet que le dollar canadien, coté 9/10 du prix du dollar yankee, était au-dessous de sa valeur ; on s'attendait, par conséquent, à voir les Finances relever le taux. Mais le ministre surprit tout le monde : il décréta le change libre. Les affairistes qui comptaient, le change relevé, revendre leurs dollars canadiens et réaliser d'énormes bénéfices se trouvèrent devant un dilemme : ou ils vendaient, et le cours baissait, ou ils gardaient et faisaient travailler l'argent, et celui-ci montait, pour leur profit, certes, mais aussi pour celui de l'Etat ! Ainsi, les investissements s'accrurent... et continuent de s'accroître.

Actuellement, le niveau de vie du Canadien moyen s'améliore avec une rapidité stupéfiante. Depuis la guerre, la population canadienne a augmenté de 12 %, et le revenu moyen national de 50 % ! Même les Etats-Unis n'ont jamais connu un « boom » aussi considérable — qui dure depuis douze ans, et ne fait que commencer. Le Canada de 1952, selon les statistiques, consomme 25 % de plus de produits de basse-cour, 75 % de porc, 100 % de café ; il va au cinéma deux fois plus souvent, brûle le double d'essence... et mange près du triple de glaces ! Miracle de la richesse dans un pays pourtant plutôt frais !... Avant-guerre, 1 Canadien sur 10 possédait une voiture ; la proportion est aujourd'hui de 1 sur 7. Dans 47 % des ménages, on trouve un réfrigérateur. Lorsque l'on traduit ces chiffres secs en objets réels, on est saisi d'admiration... et d'un peu d'envie.

Gardons-nous pourtant de nous imaginer qu'il suffit de se rendre au Canada pour y faire fortune ; ce serait ne pas tenir compte des difficultés rencontrées, là-bas comme ailleurs, par celui qui se trouve brusquement en terre étrangère, livré à lui-même ; et ce serait oublier la prudence héréditaire des Canadiens. Du jour au lendemain, vous ne deviendrez pas le patron de l'usine. Ce pays étonnant, qui compte un nombre considérable de races et deux langues aussi différentes que le français et l'anglais, est jaloux de ses traditions et de son indépendance. Très religieux, très travailleurs, les Canadiens ne voient pas toujours d'un bon œil l'arrivée des étrangers. Les Américains ont longtemps raillé leurs voisins du nord et ils s'en souviennent.

Mais ils s'en souviennent avec humour : un Yankee demandait récemment : « Edmonton, c'est grand comment ? » Et son interlocuteur lui répondit, très sérieux : « C'est grand comme Chicago, mais ce n'est pas encore construit. »

De même, on peut lire cette annonce dans *Le Citoyen*, journal d'Ottawa : « Aidons nos pauvres cousins d'Amérique ! Allons voyager chez eux, pour leur apporter des dollars qui vaillent quelque chose ! » L'annonce est due à une grande agence de voyages. Elle traduit parfaitement la joie des Canadiens devant l'extraordinaire réussite de ces dernières années : leur pays est bien le seul au monde qui puisse se vanter d'avoir triomphé du sacro-saint dollar !

Claude VARNIER,
Constellation, n° 54, octobre 1952

DU NOUVEAU DANS LES ACHATS EN VIAGER

Je prenais ma petite dose de chance, l'autre matin, au kiosque de la Loterie, au coin de ma rue, quand une tape amicale me fit tourner la tête. C'était mon facteur.

— Et vous, lui dis-je, vous ne taquinez pas la chance ?

— Moi ? Mais je la chatouille tous les jours. Chaque matin je prends un billet qui me coûte 300 francs.

Je crus qu'il plaisantait, mais il reprit, très sérieusement :

— Depuis cinq ans, j'achète une petite propriété en viager. Dans une dizaine d'années, sonnera la retraite... Alors, avec ma femme, nous économisons pour notre maison à la campagne. C'est à cent kilomètres de Paris. Ce n'est pas très grand. Mais la bâtisse est confortable et nous aurons les meubles. Il y a un jardin, des pommiers, une tonnelle, et presque deux hectares derrière avec un petit bout de ruisseau. Nous y allons de temps en temps... Parfois, on n'ose entrer, quoique les propriétaires soient très gentils. On regarde seulement par-dessus la haie... Vous comprenez, c'est un peu gênant d'avoir l'air d'aller voir comme ça, tous les quinze jours, s'ils ne sont pas morts.

« Le viager, c'est la seule loterie ou tout le monde gagne, continua-t-il en tirant sur sa pipe. Mes vendeurs retirent de leur jardin presque tout ce qu'il leur faut. Il leur manquait juste un bout de retraite. Moi, je leur sers leur retraite. Chaque mois, ils touchent mes 9 000 francs.

« Ils ne risquent rien. Si je ne paie plus leur rente, ils peuvent me reprendre leur viager, le revendre. C'est moi qui perds tout, les frais d'actes et les échéances que j'ai versées.

« Mais, de mon côté, je n'aurais jamais eu, sans cela, aucune chance d'être propriétaire. Avec le viager, je suis forcé de faire des économies et je suis sûr d'avoir un jour ma bicoque et mon jardin. Bien sûr, ce n'est pas pour tout de suite ! Ne pouvant verser une grosse rente, j'ai dû traiter avec un couple (ça double les chances contre moi), et des gens assez jeunes, dans les soixante-cinq ans. Remarquez, on ne sait jamais ! Un beau matin, comme ça, subitement, on peut se réveiller contribuable à l'impôt foncier ! »

— Mais c'est horrible, ce que vous dites là, m'écriai-je. Votre beau rêve, c'est un assassinat ! Ce qui peut vous arriver de plus heureux, ce que vous attendez en somme, malgré vous, c'est qu'un rôdeur entre une nuit chez vos propriétaires et les égorge...

Mais il ne m'écoutait pas. Un catalogue d'oignons à fleurs sortait de sa poche.

— Le climat est doux dans ce coin-là, reprit-il. Les azalées y poussent en pleine terre !

Comme à la loterie, la chance dans le viager sourit aux audacieux. Des voisins mariaient leur fille, l'autre mois. Au lieu de stocker les petites cuillers, les vases et les pelles à tarte, les jeunes gens demandèrent froidement à tous les parents et amis de leur remettre le chèque plus ou moins gros qu'ils eussent consacré à leur présent. Ils expliquèrent pourquoi : ils achetaient un appartement en viager, et la corbeille de mariage servirait à payer l'enregistrement. Les deux beaux-pères se cotisaient pour verser la rente trimestrielle. Les jeunes mariés n'avaient donc plus qu'à attendre le décès de la propriétaire septuagénaire pour être chez eux. Toute la noce ne fut occupée que de ce cadeau fastueux — un appartement — pas encore libre, il est vrai.

Tant de toasts furent portés à la prompte installation du nouveau ménage, que le ciel dut les entendre. Trois semaines exactement après la signature de l'achat, la septuagénaire mourait subitement. Les jeunes mariés sautèrent dans un taxi, et se trouvèrent nez à nez avec les neveux de la défunte qui opposèrent un veto formel au droit des acheteurs.

— Il faut vingt et un jours pleins, dirent-ils, entre la vente et le décès pour que le viager soit exécutoire. Notre tante est morte le vingt et unième jour. C'est nous qui prenons l'appartement.

— Mais non ! Vous vous trompez ! C'est le vingt-deuxième jour !

Les héritiers ne voulurent rien entendre. Le surlendemain, les jeunes mariés revenaient avec un huissier pour faire apposer les scellés. Finalement, les agendas du notaire, de son clerc et celui de la défunte servirent de base au règlement. La mort avait eu lieu vingt-deux jours et trois heures après la signature. Les héritiers n'eurent qu'à rengainer leur mauvaise humeur pendant que les jeunes mariés pendaient la crémaillère. L'appartement ne leur avait rien coûté. Les frais d'enregistrement avaient été payés par leurs amis. Et le premier versement était à échoir en fin de trimestre.

Mais tous ne reçoivent pas ainsi les caresses du hasard. Un ami de mon père, dont les enfants sont devenus à leur tour des personnes respectables, avait, en 1914, décidé de consacrer ses économies à l'achat en viager d'une villa en grande banlieue où il voulait voir s'ébattre sa turbulente progéniture. Son notaire lui signala un vieux garçon affligé d'une maladie de cœur, et d'une propriété à Meulan, trop vaste pour lui. Le père de famille s'embarqua pour Meulan le dimanche suivant. Il sonna en vain à la porte du jardin.

— Le voisin est à l'hôpital, lui dit-on. S'il est encore en vie.

Il trouva le célibataire très mal en point, le teint cireux. L'infirmière vint interrompre leur entretien.

— Il ne tiendra pas jusqu'à la signature, se disait le père de famille.

A la lueur d'une amélioration, le moribond put se traîner chez le notaire. Il exigeait une grosse somme comptant, bien qu'il gardât la jouissance de la propriété. Mais comment résister à un désir qui était presque une dernière volonté ? L'ami de mon père est mort. Ses enfants ont des enfants à leur tour, qui continuent de payer sa rente trimestrielle au moribond de Meulan. Celui-ci n'avait qu'un souffle de vie en 1914. Mais il s'est arrangé pour le faire durer. On le voit, le matin, aller chercher son journal à cinquante mètres de sa maison. Le voyage dure une heure. A chaque pas, il s'appuie contre le mur avec des mains diaphanes et ridées pour recueillir une respiration toujours prête à s'exhaler depuis trente-neuf ans.

Les spéculateurs sur la vie — la leur ou celle des autres — prennent pour indice des rentes les prix les plus divers. Des postiers ont choisi le timbre-poste, des pharmaciens l'eau minérale, des restaurateurs le prix du vin, des boulangers celui de la farine. Mais, généralement, les notaires recommandent l'indice officiel du coût de la vie basé sur le prix moyen de cinquante articles. En pratique, l'achat en viager est beaucoup plus cher que ne le promettent les tables de rentes officielles. Les viagers sont rares et très recherchés. Dans les transactions de gré à gré, le propriétaire se montre facilement exigeant. Traditionnellement, il n'a pas droit à un versement comptant s'il conserve la jouissance exclusive de son bien. Mais il demande un quart ou un tiers du prix, un acompte qui est aussi un dessous de table. Les vendeurs, eux non plus, ne se contentent pas toujours du taux officiel de la rente. Ils fixent eux-mêmes une somme trimestrielle d'ordinaire sensiblement plus élevée. Les chances normales se trouvent alors faussées à leur profit.

J'ai vu vendre récemment un pavillon de banlieue de trois millions. La propriétaire, âgée de soixante-cinq ans, exigea 800 000 francs comptant et une rente de 30 000 francs par mois au lieu des 248 000 francs d'annuité officielle. Si la septuagénaire vit dix ans, elle aura encaissé 800 000 francs grossis des intérêts qu'elle aura pu tirer de cette somme, mettons 1 200 000, plus 3 600 000 francs d'annuités, plus les intérêts des versements différés, soit au total plus de cinq millions, sans avoir quitté sa maison.

Tous les viagers ne sont pas de bonnes affaires. Le viager tend d'ailleurs à devenir de moins en moins une bonne affaire pour l'acheteur, en raison des progrès foudroyants de la longévité. Les hommes, qui pouvaient normalement espérer vivre avant la guerre jusqu'à soixante-trois ans, ont maintenant la promesse de soixante-dix ans et demi. Les femmes sont passées de soixante-sept ans et demi à soixante-quinze ans. Tout homme qui atteint soixante-dix ans a une chance normale de vivre encore neuf ans et quatre mois. Toute femme septuagénaire est théoriquement assurée d'atteindre ses quatre-vingt-un ans. La pénicilline, les antibiotiques ruinent les espérances des acheteurs trop pressés. Pour les consoler, les notaires leur disent qu'ils profiteront eux-mêmes plus longtemps de leurs acquisitions.

Le viager est pourtant une formule bien faite pour séduire les gens de notre temps. Il assure une fin plus confortable à des vieillards gênés. Il ouvre l'accès de la propriété à des titulaires de revenus modestes.

Mais il se heurte à la superstition. Beaucoup de personnes pensent hâter leur mort en vendant leur bien pour le jour de leur enterrement. Les coups de sonnette de leurs acquéreurs tintent à leurs oreilles comme leur propre glas. C'est si vrai qu'au lieu de céder leur maison à des gens connus qui la leur achèteraient beaucoup plus cher, quantité de propriétaires âgés préfèrent traiter anonymement au taux officiel avec une compagnie d'assurances ou avec un spéculateur du viager opérant à grande échelle sur la loi des grands nombres. Ces spéculateurs ont des réseaux d'informateurs à travers la France entière, des équipes de démarcheurs. Ce sont en même temps des spécialistes de la vente des appartements et de la copropriété. Ils jouent sur les deux tableaux, déménageant leurs rentiers, débitant en tranches l'immeuble dont la propriété leur est promise, gagnant à tous les coups.

Mais la crainte d'appeler la mort en se servant de son linceul comme tapis de jeu n'est pas seulement répandue parmi les perdants désignés. Elle sévit aussi parmi les gagnants. Récemment, à Versailles, un agent d'assurances logé avec ses trois enfants dans un grenier, visite un client âgé et solitaire, s'extasie sur son logis ensoleillé et se le voit offrir en viager. L'acte a été passé le 1er mai, spécifiant des échéances à terme échu. Le 22, le vieux monsieur, hanté par la crainte des voleurs, se blesse avec son système de fermeture compliquée, le 27 il est transporté au plus mal à l'hôpital, et le 29 l'agent d'assurances alerté apprend qu'il est propriétaire. Enthousiasmé, il se consacre désormais à la prospection des viagers en puissance. Il découvre une septuagénaire maîtresse d'une maison entière qui ne sait comment subsister. Elle montre la plus grande répugnance pour le contrat qu'il lui propose. Mais il fait si bien qu'elle signe. A peine sortie de chez le notaire, elle s'en repent. Elle s'est condamnée elle-même, pense-t-elle. Elle en perd le boire et le manger, s'affaiblit, souffre de troubles de la vue et se fait écraser par une auto devant sa porte. Délirant, l'agent d'assurances trouve alors un domaine. Mais sa femme se dresse devant lui :

— Nous avons gagné deux fois sur la mort. Cette fois, c'est cette maison qu'elle va frapper. Nous avons trois enfants. Si tu signes, je deviens folle.

Il renonça à avoir son château.

Longtemps, les contrats basés sur la mort d'un des contractants ont été interdits comme immoraux. Le viager ne fut autorisé en France qu'en 1860. On supposait auparavant que l'assassinat, en l'espèce, était trop tentant.

— Le viager excite certainement moins ses bénéficiaires à l'empoisonnement que l'héritage, disent les policiers. En cas de mort suspecte, l'acheteur sera soupçonné. Les cas d'assassinat par des acquéreurs de ce genre sont extrêmement rares. En revanche, on a reproché à des bénéficiaires de viagers d'avoir pratiqué l'empoisonnement par gâteries, en comblant imprudemment de foie gras, de paniers de vins, de gâteaux, des personnes âgées sujettes à l'indigestion...

Mais le viager n'inspire pas que des vœux homicides. Des vieillards isolés, qui acceptent de partager leur maison avec les acquéreurs à crédit de leur héritage, ont souvent trouvé une famille inespérée parmi ces successeurs d'abord redoutés.

Un peintre, passant un jour dans la vallée de Chevreuse, s'installa avec son chevalet devant une chaumière moussue. La maison du bonheur ! Le ménage de vieux artisans parisiens qui l'habitait sortit pour le voir peindre. La maison du bonheur ? Celle de la misère ! dirent-ils. Si seulement ils avaient quelques milliers de francs de plus ! Le peintre les leur offre. Il achète la bicoque à condition qu'il puisse dresser un lit dans le hangar dont il fait son atelier. Chaque samedi, les deux vieux qui s'ennuient attendent leur peintre, le nez collé à la vitre. A Noël, il vient réveillonner chez eux avec quelques amis, les invite.

Un jour de printemps, le peintre, en revenant, trouva porte de bois. Ses deux amis étaient à l'hôpital. Huit jours après, il était propriétaire. On vous montrera dans la vallée les ruines écroulées de la chaumière du peintre. Il n'y est jamais plus revenu.

Odile LEGRILLON,
Constellation, n° 59, mars 1953

LE PRIX D'UN PARLEMENTAIRE [1]

Un problème que l'on se pose parfois, c'est la valeur d'un parlementaire; on dit en effet, couramment, « Untel est à vendre » ou « Untel est vendu », mais on omet de préciser le prix. Est-il possible, à partir des quelques éléments dont nous disposons, de fixer un barème approximatif qui permette à l'usager de s'y retrouver? Le vague qui règne est bien gênant, et l'étranger, le touriste que nous essayons d'attirer sur notre territoire peuvent avoir envie d'emporter chez eux un souvenir autre que la Tour Eiffel. La Chambre des députés est en passe de devenir, hors de nos frontières, aussi prisée que notre premier monument d'exportation : pourquoi n'en pas profiter et ne pas céder quelques-uns de ses pensionnaires? On en retrouvera toujours assez; en outre, les éventuels acheteurs s'en lasseront vite et nous les réexpédieront pour rien [2].

Belle occasion de monter un fructueux petit commerce.

1. Le vocable « parlementaire » dérive, on le sait, du vieux français « parler menteur », et sa signification va donc de soi. On a dit d'abord : « Untel a un parler menteur », et le contenant s'est réduit peu à peu au contenu. Parler-menteur a donné parlementaire à la suite d'une de ces inversions sonores baptisées astucieusement « phonobranlettes » par le célèbre linguiste canadien Frédéric Laframboise, qui fit dériver cette dénomination de la « chaise à la branlette », le fauteuil à bascule des Canadiens.

2. Je rappelle que l'extradition permet aisément ce mouvement de denrées indésirables.

On signale dans la jurisprudence récente une évaluation intéressante mais elle ne laisse pas que de nous plonger dans l'inquiétude : le jury des assises n'a-t-il pas récemment acquitté la femme de je ne sais quel fort en gueule d'Orléans ? Chevalier, je crois ? Qu'elle avait occis... On s'est, à l'occasion, répandu sur les vertus de la victime, présentée pourtant par les journaux comme un mufle de belle grandeur — est-ce que les juges sont intelligents, je n'en sais rien [1], toujours est-il qu'ils ont attribué à la peau du personnage, par leur décision, une valeur rigoureusement nulle. Peut-être ont-ils exagéré ? Ou auraient-ils tenu compte de ce que, mort, il n'était plus cessible qu'une fois ?

Arrêtons-nous sur cette remarque ; elle est caractéristique ! Il est excessivement remarquable que le fait d'être déjà vendu n'empêche jamais le parlementaire vivant d'être encore à vendre. C'est un des rares cas commerciaux de cessibilité permanente [2], et quoi que l'on croie, il ne s'ensuit pas pourtant que l'acheteur dispose d'un droit seulement symbolique sur l'acheté, car il le tient, dans une certaine mesure, sous sa coupe, et se fait rendre des services.

La vente d'un parlementaire est, on le voit, une opération financière complexe et met en jeu tout un code plus ou moins occulte assez ridiculement tenu secret par les intéressés bien que l'homme de la rue en connaisse les moindres détails.

Il est assez symbolique que la seule évaluation récente de la valeur du parlementaire provienne de la justice : quel arbitre mieux placé en l'occurrence qu'un juge, invendable par définition puisqu'il n'existe pas, à notre connaissance, de monnaie divisionnaire assez petite pour qu'on puisse l'acheter sans y perdre (il y a bien l'agent, mais l'agent ne se laisse pas faire et peut-être au fond vaut-il mieux garder ses

1. Si. Ils ne le sont pas.
2. Ce cas diffère de celui des places (théâtre, cinéma, taxi, etc.) en ce qu'il s'agit pour le parlementaire d'une cessibilité permanente, continue.

onze agents que de les échanger contre ce seul juge). Mais le temps n'est pas de philosopher; il nous faut éclairer le lecteur, que l'on gruge assez souvent pour lui fournir, en compensation, un conseil utile; quel prix devez-vous donc mettre à votre parlementaire ?

Eliminons d'emblée cette idée que l'on a intérêt à acheter le parlementaire selon le procédé de la location-vente, ou à crédit. En réalité, dans ces conditions, le parlementaire ne vous appartient jamais. Le procédé est astucieux : un individu, non encore parlementaire, se présente à vous et vous propose, pour rien, car il est rusé, de l'élire. L'ayant élu vous seriez en droit de vous dire que c'est *votre* parlementaire ; or, il vous prouve immédiatement le contraire en faisant voter quelques surtaxes progressives qui, sous couvert de l'acheter définitivement, vous ruinent et n'aboutissent à rien puisque — attention, là est l'astuce — il s'arrange toujours, par le moyen du *déficit*, pour faire annuler la vente, et, miracle de la combine, c'est vous qui vous trouvez en faillite. Le jeu est joli. Il lasse, cependant; mais le parlementaire a plus d'un tour dans son sac et a su entourer de la menace de châtiments si sévères toute propagande en faveur d'une grève de l'impôt (qui ruinerait immédiatement ses machiavéliques combinaisons), que le client se trouve (ou croit se trouver) assez désarmé. A notre avis, il n'y a en réalité de la part du client qu'un peu de paresse, d'inertie, qui ne saurait tarder à passer; nous étudierons à cet effet les nouvelles méthodes et ferons part au lecteur de nos solutions.

Le vrai moyen d'acheter un parlementaire, c'est la méthode directe. Et à ceux qui nous demandent : faut-il l'acheter sur pied ou abattu, nous répondons : choisissez la seconde solution. Ne nous laissons pas, ce faisant, leurrer par la décision Chevalier : il s'y manifeste un sentiment d'envie de la part des robins, un désir de ramener à leur propre valeur quelque chose d'un peu plus précieux tout de même. Chevalier abattu valait encore cher. Fixons des chiffres : personnellement nous considérons comme assez bon marché tout parlementaire mort qui nous sera offert pour une somme d'un à cinq millions selon grosseur.

Cela peut paraître dispendieux. En réalité, un calcul du niveau de l'école primaire vous met immédiatement à même de vous apercevoir que, vivant, c'est encore plus ruineux.

La Parisienne, n° 5, mai 1953
(de *Textes et Chansons*)

LE PROBLÈME DU COLON

Tout comme celui du prix d'un parlementaire, que nous avons tenté d'éclairer ici même, le problème du colon traîne dans l'atmosphère comme la queue d'un singe pêcheur dans le Gange. De la sorte, il serait bien extraordinaire que l'on me vît hésiter à le traiter; nous autres écrivains engagés qui n'avons aucun scrupule à noyauter les équipes de droite (?), qui n'avons assumé d'autre mission que celle, courageuse, d'éclairer nos semblables, et qui joignons à de grandes vertus démocratiques une connaissance extrêmement creuse de toutes les questions quelles qu'elles soient (et quelles qu'elles doivent être par la suite, ou « devenir », comme on dit) — où en étais-je — nous autres, dis-je, pensons que le sujet de la présente étude ne rompra pas l'harmonie d'une œuvre entièrement vouée à la glorification de la sagesse, et comme il n'est rien de plus agréable que de dire aux gens qu'on aime qu'on les aime, si ce n'est de dire aux gens qu'on n'aime pas que l'on ne les aime pas, je vais, sans plus tarder, vous faire un aveu affreux qui risque d'ébranler pour au moins des siècles les fascistes fondements de *La Parisienne*; je vais aujourd'hui même vous exposer ce qu'il est séant de penser du colon.

En anatomie courante, le côlon est une partie de l'intestin où se rassemblent, avant leur expulsion, les déchets de la digestion. Ici, par une espèce de synecdoque, c'est le colon, sans accent circonflexe, qui se prépare à jouer le rôle de déchet [1]. Il y a là-dedans quelque chose d'assez prophétique : cet « avant leur expulsion » devrait éclairer toutes les cloques, basses ou hautes, qui continuent de digérer, de l'Indochine à la Tunisie. Notre colon à nous s'efforce, préalablement à son départ, d'accumuler le plus de matières nutritives possible : en ce sens, son fonctionnement se rapprocherait plutôt de celui de l'intestin grêle — néanmoins on voit que tout ça se passe au niveau de l'abdomen et non point à celui du cerveau. Notre colon a réussi par un beau tour de force évolutif (y a-t-il mutation *vraie* ? je ne sais, mais je pose la question à Jean Rostand) à assimiler parfaitement la piastre et d'autres nourritures de papier indigestes pour l'homme normal. Il s'en est même engraissé ; et l'espèce dite du diètelme, une sorte de ver bouffeur qui vit en rémora avec le colon, aurait, selon certaines feuilles malveillantes, acquis un embonpoint particulièrement remarquable. Nous n'avons pas prolongé outre mesure les investigations anatomiques : sous le scalpel, le colon exsude un jus véritablement répugnant, qui lève le cœur ; cependant on peut noter encore, physiologiquement parlant, que le colon ne se développe bien que dans un environnement qui, lui, dépérit. Au vrai, il nous semblerait même que ce soit la présence du colon qui provoque ce dépérissement : on remarquera, au voisinage des entassements de colons, l'existence, notamment en Afrique du Nord, de zones dites bidonvilles, établies — mais en moins cher — sur le modèle des camps de concentration et dans lesquelles on réalise mécaniquement une remise à zéro de l'« indigène », matière première réelle de la vie du colon, et sur laquelle nous croyons, pour que notre conglobation se mue en synathroïsme, que le temps est venu de nous étendre un peu. Car si le colon se satisfait de nourritures aussi éloignées en apparence que la piastre et l'indigène, c'est que selon

1. Une synecdoque, ou une métonymie, ne me poussez pas trop là-dessus, c'est déjà beau de le dire, et ne me gâchez pas mon épitase.

un processus admirablement mis en lumière par quelques chercheurs sagaces, il réalise au préalable le tour de force de *convertir* l'indigène en piastres ou même en « francs » qui sont une autre espèce de papier dont il est friand. Là, nous avouons nous sentir un peu dépassés pour l'analyse précise de la méthode : il est des profondeurs auxquelles le colon seul peut atteindre, et c'est là que ça se passe ; pourtant, l'énumération de quelques-uns des accessoires employés par le colon pour cette étrange alchimie ne manquera pas de vous ouvrir quelques lumières. Le colon isolé, jadis, se satisfaisait assez de la chicote, au besoin du revolver ; cependant, il s'est assez vite rendu compte que ce second instrument, un genre de poinçonneuse extra-rapide, laissait l'indigène en mauvais état, et ne l'emploie plus que par plaisir, en dehors du travail de la digestion : l'exemple le plus récent d'utilisation massive de ces instruments, et d'autres de modèles extrapolés, que l'on nomme fusils ou canons, fut observé à Madagascar, avec un rendement, paraît-il, excellent. Le plus utilisé cependant des outils coloniaux est la police ; c'est un conglomérat de choses vivantes du genre « fripouilles » [1] condamnées par leur idiosyncrasie à ne jamais s'attaquer qu'aux êtres humains désarmés, et, de préférence, affaiblis ou attachés : on conçoit que toute l'action de la police, étant donné ce caractère, vise à réaliser, comme le colon, parmi les indigènes, sans armes, mais souvent nerveux et râleurs, un état d'insuffisance permanente qui les lui livre sans défense. L'action policière qui complète ainsi celle du colon, est presque toujours taylorisée : la division du travail se pratique en bon ordre, selon le procédé de la chaîne, on fait d'ordinaire circuler l'indigène au long d'une file double de gueules-de-vache dont chacune exécute un geste précis ; les chaînes assez longues

1. On se rappelle qu'il s'agit de la plante, voisine de la citrouille, nommée en langue vulgaire « flicarde infecte » ou « gueule-de-vache » à quoi on voit qu'elle se rapproche aussi de la famille des gueules-de-loup.

amènent la mort de l'indigène ; dans le cas contraire on le réserve, encore vivant, à l'intention d'une variété de fripouilles moins abondantes, celle des « inspecteurs » qui sont en quelque sorte le bureau d'études du passage à tabac ; on leur doit d'intéressantes innovations comme l'empalage au manche à balai, l'électrocution sur secteur, l'asphyxie en plusieurs temps, sèche ou aqueuse, voire la castration simple ou la banale partie de chaussettes à clous. Chargé des public-relations, le « commissaire », spécialiste de l'euphémisme et de l'apodioxis, auxquels il mêle volontiers le diasyrme et l'anthypophore, évoque l'activité de ses subordonnés en des comptes rendus plein de modération d'où il appert que les accidents ou maladies subites sont infiniment fréquentes dans les locaux de la police, faute de crédits pour les désinfecter [1]. Sur quoi l'on en vote, et l'on fait suer le burnous pour payer. Ainsi, physiologiquement, la vie du colon est une symbiose complexe. Il s'y ajoute un parasitisme supplémentaire, celui du « militaire », variété d'homme amoindri par le procédé de l'« uniforme » qui est une préparation à l'uniformité totale du cercueil. L'uniforme, espèce de cible en forme d'individu, se met volontiers au service de la police, qu'il double fréquemment, ou du colon, à qui il ne coûte pas cher, ses frais d'entretien étant généralement supportés par l'indigène ; il nous resterait maintenant, pour être complet, à examiner tout au moins sommairement la sociologie du colon, que nous avons effleurée déjà par places ; elle s'exprimera plus simplement par quelques aperçus sur sa mentalité dont on déduira son comportement en groupe.

Poussé à bout, un vieux colonial ne manque jamais de s'exclamer : « Enfin, monsieur, nous leur avons apporté la civilisation à ces gens-là ! » Sur quoi un titi

1. Que l'on se garde de croire que la police est l'apanage du colonial ; loin de là ; la « métropole » (c'est une réunion de gens un peu demeurés souvent imbus de fort vieilles idées jamais mises en pratique dans la réalité) en profite aussi ; mais cela se voit moins, car pour occuper une partie de la police et l'abrutir, le métropolitain a imaginé l'automobile ; mais ceci est une autre histoire.

se lève dans l'assistance et s'écrie d'une belle voix de contralto : « Si vous leur avez apporté la civilisation, faudrait peut-être les traiter comme des gens civilisés. » Et le colon, superbe, répond d'une voix ample : « Il n'y a rien à faire avec ces brutes ! »

On le voit, ma métabase est subtile. Que veut dire par sa première proposition le vieux colonial [1] ? Et pourquoi enchaîne-t-il de la sorte ? Il y a, dans tout ce qui concerne le colonialisme, une curieuse réversion du sens des mots, laquelle s'exprimera le mieux par cette couverture du supplément illustré du *Petit Journal* parue vers 1900. On y voit, sous une tente, un beau militaire tout blanc brûler la cervelle à un indigène désarmé et d'allure inoffensive, et la légende porte : *Trait d'héroïsme du général Gallieni à Madagascar*.

Ceci éclaire d'un jour singulier tout le problème : le monde du colonial est un monde inversé, où l'héroïsme, c'est la boucherie, où la légalité, c'est son caprice, où la justice, c'est la raille, où le citoyen qualifié n'est pas le premier occupant, mais l'intrus, et où le résistant prend le nom de terroriste. Le cerveau du colonial est-il le négatif du cerveau de l'homme normal ? et compte-t-il sur le soleil pour le développer ? Encore une erreur funeste — on ne les compte plus.

L'ennui du colon, c'est l'indigène (sans qui il est pourtant absolument désemparé). L'ennui de l'indigène, c'est le colon. La solution consisterait, semble-t-il, à les séparer. Une séparation peut se faire de diverses façons : on va bientôt avoir un exemple de séparation nette en Indochine où le colon, purement et simplement, s'en retournera d'où il vient ; les Mau-Mau utilisent l'astuce de la précipitation, ou transformation de l'un des composants du mélange en résidu insoluble dit aussi cadavre. Pour ce faire, ils se sont bornés, confiants (pour cause) dans l'efficacité

1. Je suis extrêmement renseigné sur la mentalité des vieux coloniaux. Je reçois gratis depuis un an (quelle vache m'a joué ce tour ?) un torchecul nommé *Maroc-Demain* où abonde le très vieux colonial comme Robert Perrier... vous vous souvenez ?

des méthodes qui leur furent appliquées, à proclamer l'ouverture de la chasse avant la date prévue. Cela semble commencer à fonctionner à la satisfaction générale. La Tunisie, l'Algérie, le Maroc étudient actuellement le problème. Qu'ils soient assurés de notre sympathie : on mesurera l'abnégation de cet encouragement si l'on réfléchit que les colons qui seront expulsés de là-bas risquent de nous retomber sur le dos et qu'il est assez peu alléchant d'envisager l'arrivée de ces gens moralement ignobles, mentalement arriérés, imbus de leur supériorité imaginaire et complètement dépourvus de logique.

Mais quoi, après tout, nous n'avons rien fait contre alors que ça nous dégoûte ; il sera donc juste que nous subissions un petit quelque chose, bien peu au regard de ce que subissent là-bas tant d'honnêtes bougres.

On peut, naturellement, évoquer une solution de compromis ; on me parlera de situation de fait, de nécessités inéluctables, d'intérêts en jeu et autres tartes à la crème. Revenons un peu aux sources, je vous prie : qu'est-ce que nous (je dis nous, mais c'est nos arrière-grands-dabuches) avons été faire aux colonies ? Les colonies elles-mêmes, me répond-on. Eh bien si c'était pour ça, il aurait mieux valu rester chez soi ! Conçoit-on l'absurde d'une telle situation ? Se rendre là-bas à seule fin que ce là-bas existe et se pose en problème ? C'est la manie, ma parole ! A bien creuser, il est possible que la question soit du même ordre que celle qui taquine depuis tantôt vingt-cinq siècles les mathématiciens : le monde mathématique est-il un existant que l'on découvre ou n'existe-t-il qu'à mesure qu'il est découvert ? Est-ce un domaine que l'on explore ou un parapluie que l'on ouvre (comparaison inexacte, mais si ravissante que vous serez certes heureux de la trouver ici). Bref, y aurait-il des colonies sans les coloniaux ? Répondons hardiment oui et non ; car des colonies sans colons ne seraient pas des colonies, mais nul ne niera que sans Bugeaud, l'Algérie s'étendrait quand même au sud de la Méditerranée. Du moins je le crois. Après tout, je n'en sais rien. Je me suis bien avancé aujourd'hui ; d'habitude, je suis si mesuré dans le fond comme dans la forme... et si *Maroc-Demain* me suspend mon abonnement, hein ? Avec quoi j'allumerai le feu cet hiver ? Le voilà, le premier problème colonial. Et le second, c'est l'ennui.

Le colonial, être inférieur, a conscience néanmoins de son infériorité, ce qui lui flanque un vigoureux complexe, et il a le cafard parce qu'il est trop bête pour se faire rire, alors il se distrait en faisant des tas d'enfants, le problème de l'espace vital s'enfle et s'étend, les enfants pauvres sont obligés d'aller chercher fortune aux colonies, et ça recommence, et ça continue, le soleil luit sur la ville et sur les champs, mais pas pour tout le monde parce qu'il y en a plein en prison, heureusement pour eux, comme ça ils ne liront pas les revues actuelles, qui manquent vraiment par trop de tenue littéraire et font preuve d'un dangereux esprit réactionnaire fort insalubre pour le prisonnier moyen. Ainsi soit-il.

Inédit [1952-1953]
(de *Textes et Chansons*)

CES CHÈRES CONSULTATIONS GRATUITES

Chaque matin, à peine sorti du coma léger dans lequel me plonge un excès de travail vespéral, je saisis le téléphone :

— Allô, S.V.P. ? Si vous pouvez, naturellement.

— Mais oui, monsieur.

— Je voudrais l'adresse du sorcier australien du XVIIe qui est spécialisé dans la pluie, celle d'un fabricant de sirènes d'alerte, d'un spécialiste des cornes de brume, d'un ingénieur des chemins de fer qui puisse me renseigner sur les pétards de voie, d'un Son et Lumière pas cher... Voyons, ça fait cinq... C'est tout pour aujourd'hui.

— Dans quelques instants, monsieur.

Le problème est simple : *c'est ma femme*. Cette petite est pleine de bonne volonté, mais elle dort trop. Je pense que ça doit être une maladie, c'est pour cela que je ne la brusque pas, et qu'en aucun cas je ne me permettrais la moindre remarque désobligeante à son sujet. Mais, l'ennui, c'est que pas un docteur n'accepte de la soigner. Parfois, au prix de mille ruses, je réussis à la mettre en présence d'un homme de l'art. Oh ! ça ne va pas sans peine ni argent. Il n'est pas question d'aller bêtement trouver un médecin et de lui dire :

— Docteur, examinez-la, et dites-moi ce qui ne va pas.

Non, quand je fais ça, je sais ce qui arrive. Au bout d'un quart d'heure, quand l'individu a bien palpé Odile — et ça, ça m'énerve — au bout d'un quart d'heure d'attouchements déplacés, le médecin, un peu congestionné, se tourne vers moi, et, au culot, comme ça, me dit :

— Vous, vous avez une maladie de foie.

Comme si ça prouvait quelque chose... Tout le monde en a une. Le fait même d'avoir un foie, si vous désirez mon avis impartial, *est une maladie*. Le foie est, *à l'état naturel*, un organe malade. Quand on le guérit, c'est le patient qui est malade.

Ça me rappelle que je vous parlais du sommeil de ma femme. Eh bien, Odile — qui du reste a *le foie en parfait état* — Odile, pas question de la faire entrer chez un médecin. Chaque fois que j'esquisse une tentative en ce sens, elle me rit au nez.

— Moi ! Mais je me porte comme un charme.

Que suis-je obligé de faire ? D'entrer en contact indirect avec un médecin, par l'intermédiaire d'amis complaisants. Ça se produit à l'occasion d'un dîner en ville. Je m'arrange pour être en face du médecin — à côté, si c'est possible, d'une doctoresse, mais il y a là une énigme, pourquoi ne fait-on plus de doctoresses en France ? C'est une erreur, je pense. Je suis pour les doctoresses, les jolies, car une doctoresse laide, obligatoirement, est bourrée de complexes et de frustrations, et se venge sur vous en vous faisant faire des piqûres à la première occasion.

Je prends donc contact avec un médecin au cours d'un dîner, et je laisse, çà et là, traîner quelque habile remarque sur un problème qui le passionne. Notez qu'on fait des erreurs : je me suis couvert de ridicule un jour que je proférais des aphorismes excellents, certes, mais incompréhensibles pour mon sujet : j'étais tombé sur un spécialiste de la sclérose en plaques, et j'en vins à lui dire que, personnellement, je la préférais en comprimés, ce qui jeta un froid. *Vous*, vous auriez compris qu'il s'agissait d'une fine plaisanterie. Lui ? Pas du tout !

Dans le cas le plus courant, ça se passe comme ça :

— Vous êtes médecin ? dis-je.

— En effet, répond l'homme de l'art.

— Quel métier passionnant ! dis-je. Déceler chez

autrui les stigmates de la maladie... Un beau carcinome...

— Je vous en prie, dit-il en riant... Ne me coupez pas l'appétit...

— Alors, le diagnostic ne vous passionne pas ?

— Heu... Je préfère une jolie femme... Tenez, la petite qui est à la gauche du maître de maison, voilà un cas que j'étudierais volontiers. Ha ! Ha ! Ha !

— Quand vous voudrez, docteur, dis-je, c'est ma femme.

Il renverse un peu de potage et reprend son souffle.

— Excusez-moi, dit-il. Je ne voulais pas être insolent !

— Mieux vaut faire envie que pitié, lui réponds-je d'un ton magnanime. Voudriez-vous dîner avec nous la semaine prochaine ?

— Mais...

Il me regarde pour s'assurer que je ne plaisante pas. Mais non, mon vieux, je ne plaisante pas ! Je suis bien trop sûr d'Odile pour m'inquiéter. Et puis, ce médecin m'a l'air idiot.

De retour à la maison, je dis à Odile :

— Le docteur Schmürz vient dîner la semaine prochaine.

— Encore un dîner ! ronchonne Odile. Avec tout l'argent qui passe à ces dîners, il y a longtemps que j'aurais pu me payer ces petits soldes de chez Perugia que j'ai vus rue de la Paix...

Que répondre ? Je prends la mine résignée et noire de l'incompris.

L'un dans l'autre, chacune de ces consultations dérobées me revient à 15 000 francs. Que ne ferait-on pas pour une femme que l'on chérit ?

L'ennui, c'est que les médecins que j'invite sont souvent célibataires. Voici pourquoi. Le coup de la consultation gratuite, on ne le fait pas aux vieux ; donc, on ne peut réussir qu'avec un jeune. Et ça, chaque fois, ça fait des histoires. En effet, pour qu'il y ait le même nombre d'hommes que de femmes, je suis obligé d'inviter en même temps une vieille camarade (en tout bien tout honneur), jolie de préférence, pour mettre à l'aise l'homme de l'art. Bien que je prenne la précaution de ne jamais inviter deux fois la même (ou peut-être à cause de ça, tiens... Ça serait encore plus ridicule. Décidément, je ne me ferai jamais à la jalousie, c'est grotesque), Odile tique régulièrement. Néanmoins, j'ai la conscience tranquille. Le médecin est là et, Dieu aidant, elle va peut-être enfin savoir l'origine de sa maladie.

La conversation donne à peu près cela :

Moi. — Docteur, je voudrais vous poser une question... Le sommeil ne peut-il pas être considéré comme un état pathologique ?

Le docteur (s'esclaffe). — Mon cher, vous avez un bordeaux formidable. Le sommeil, pathologique ? Hum... Vous pensez à la maladie du sommeil. Mais le trypanosome n'a rien à voir avec le sommeil.

Moi. — Non, docteur, je connais fort bien le trypanosome, j'en élevais dans une cage quand j'étais petit. Je voulais parler du sommeil. Dodo... ronron... coucouche panier, quoi...

(C'est, curieux, mais les médecins ne parlent pas le même langage que vous et moi ; il faut toujours avoir recours à des métaphores pour leur expliquer ce que l'on ressent.)

Odile. — Si tu laissais le docteur tranquille et si tu allais retrouver cette charmante brune dont je ne me rappelle pas le nom... Elle n'attend que ça, d'ailleurs.

Quand je reviens auprès d'elle, Odile me dit :

— Chéri, le docteur est d'accord pour m'examiner pour rien. J'ai pris rendez-vous pour demain. Ne t'occupe donc pas de moi.

Ça fait déjà neuf visites chez le docteur Schmürz, toutes gratuites. Je commence à être inquiet. Odile devait être vraiment malade, pour qu'il la soigne comme ça. Pourtant, elle n'a jamais eu aussi bonne mine. La chérie ne m'oublie pas, d'ailleurs. Le lendemain de sa première visite, le docteur m'a envoyé une énorme caisse d'échantillons médicaux gratuits : hépatrol en ampoules buvables, hépatite B 12 en piqûres, héparine, hépatant du docteur Mochard, Hépaminondas au chocolat purgatif de l'abbé Papatakis, que sais-je encore ? Odile lui a évidemment parlé de ma maladie de foie. Je suis heureux qu'elle ait enfin trouvé un docteur qui lui convienne ! Je viens de faire mon relevé de l'année dernière, et c'est atterrant. Voilà le total de janvier 1958 :

Rhume Odile janvier 1958

Fleurs aux Vincent	2 500
Taxi aller-retour	1 800
(Il faut dire que les Vincent habitent près d'Orly.)	
Médicaments	837
Rhum	4 200
(J'ai aidé un peu Odile.)	
Invitation dîner Dr Rombier	18 700
(Je me souviens qu'on avait acheté un foie gras, et il a bu beaucoup de champagne.)	
Boîte chocolats Mme Rombier	5 400
Emmené Dr Rombier et Mme Rombier théâtre	6 800
Souper	11 000
Convalescence Odile sports d'hiver (invitée dans le chalet des Rombier, mais équipement et faux frais)	28 000
	79 237

En juillet, elle a eu ses migraines. Ça a fait un chiffre un peu inférieur : on a rencontré le Dr Régis chez les Rambarde, et ils habitent Paris. En outre, le Dr Régis n'était pas marié. En septembre, pour son embarras gastrique, je m'en suis tiré, parce qu'on a fait un repas d'hommes avec le Dr Laurent, et comme il avait bien bu, c'est lui qui a payé le Moulin-Rouge après le dîner. Il l'a senti passer...

Mais Odile dort toujours trop. Après toutes ces consultations « gratuites », j'ai compris que j'allais devoir m'arrêter. Mon portefeuille ne résistera pas, et mon foie non plus. C'est pour ça qu'au début de cette histoire je téléphonais à S.V.P.

Le meilleur truc pour Odile, jusqu'ici, ç'a été les vaudouistes de Haïti. Ils sont arrivés un matin avec une chèvre vivante, un coq blanc, des tambours, des torches, et ç'a été absolument formidable. Le seul inconvénient du vaudou, c'est le sacrifice du coq. Ils ont massacré pour l'éternité le dessus de lit en Irlande que ma belle-mère nous avait confié comme avance sur l'héritage. Ce qu'ils ont fait de ce truc, c'est affreux à dire. Le vaudou, ç'a un charme fou : il y a un autel pour le sacrifice du coq, les types chantent en tapant sur des tambours, les filles se roulent par terre en proie au délire sacré de la possession, et il y en avait une qui a de très jolies jambes. Malheureusement, j'ai appris qu'en fait elle est danseuse au Moulin-Rouge, et mariée à un type très bien... C'était pourtant très pur, très authentique, ses convulsions. Mais, comme nappe pour l'autel, ils ont pris le couvre-pieds en Irlande. Le coq, notez, ils voulaient nous le laisser pour le déjeuner. Mais je n'en étais plus à mille francs près. Je leur ai dit : « Emportez-le ! » Les torches ont fait de la saleté, bien sûr, mais Odile s'est réveillée. Assez surprise, mais elle a bien pris la chose, dans l'ensemble.

Le sorcier australien qui fait la pluie, il paraît qu'il est étonnant aussi. C'est dans un style très différent. Et *il pleut* vraiment dans la pièce. On m'a assuré que c'était plus troublant qu'Haïti, et surtout moins sale. Plus primitif.

Le reste viendra. Et je n'ai pas tout épuisé. J'ai encore le lettrisme, Claude Luter, la stéréophonie, les avions à réaction...

Je guérirai Odile. J'en fais le serment. Maintenant, si ça ne vous fait rien, je vais me recoucher, pendant qu'elle est au marché : j'ai un petit coup de pompe...

Constellation, n° 133, mai 1959

Il existe une copie dactylographiée de ce texte sous le titre : « Pourquoi les femmes dorment-elles tellement ? ». Les variantes sont minimes.

AVEZ-VOUS L'ÉTOFFE D'UN MILLIARDAIRE ?

Tout le monde, sans exception, voudrait être milliardaire ; chacun se considère aussi doué que le voisin pour exercer cette fonction sociale séduisante, et les esprits les plus divers s'accordent sur l'intérêt de cet état. « Si j'avais les moyens » est une petite phrase qui revient plusieurs fois chaque jour dans la conversation de l'homme normal, et qui sert de base solide à l'expression de ses opinions.

Mais l'homme normal a le tort de ne pas étudier plus à fond le problème. S'il consentait à le faire, il serait amené aussitôt à répondre à la question que nous lui posons ici : « Croyez-vous avoir l'étoffe d'un milliardaire ? »

L'homme normal me regarde avec une certaine perplexité.

— Vous en connaissez, des milliardaires, vous ?

Ce second *vous* a un petit côté provocant, mais je ne perds pas mon sourire.

— Hé, oui... J'en connais, figurez-vous.

(Si, si, je vous assure. J'ai déjà dîné, bavardé, conversé avec des milliardaires. Il faut me croire.)

— Et (poursuit l'homme normal toujours) pourriez-vous me dire ce qu'ils ont et que je n'ai pas ?

Là, ma réponse est toute prête...

— Ils ont des milliards...

L'homme normal est durement touché au foie par ce crochet inattendu. Je profite de mon avantage.

— Et, malheureusement, lui dis-je, vous avez tendance à confondre les *conséquences* de ces milliards avec les *raisons* qui font qu'« ils » les ont.

L'homme normal se détourne et part sans me serrer la main ; il me laisse les consommations, ce qui est un bon réflexe de milliardaire. On fera peut-être quelque chose de ce garçon-là...

C'est pourtant simple. Quand on se voit milliardaire, on se voit toujours en train de *dépenser* le milliard, jamais en train de le gagner. Le dépenser, nous sommes bien d'accord, tout le monde le pourrait. C'est d'ailleurs parce que tout le monde est doué pour dépenser que très peu de gens arrivent à être milliardaires... Les milliardaires sont des dépensiers ratés, que voulez-vous, des anormaux. La preuve, c'est qu'une quantité infime de milliardaires arrivent à dépenser leur fortune ; et, toutes proportions gardées, ils dépensent bien moins que vous et moi.

Moi, par exemple, si j'avais des milliards, je peux vous citer un tas de trucs que je ferais et qui coûteraient bien plus que ce qu'ils ont. Quelquefois, je me mets en colère contre « eux », d'ailleurs. Ce sont des types pas drôles et complètement dénués d'imagination, à mon avis. Si j'étais l'un ou l'autre de ces milliardaires bien de chez nous qu'on peut rencontrer dans le métro, eh bien, je vivrais *vraiment* dans le luxe. Ça ne consiste pas à avoir des énormes châteaux et des terres *là où il y a de la place*. Ça, c'est un luxe de paysan enrichi, un luxe de gagne-petit. Non... Le luxe, ça serait d'acheter les immeubles de tout un côté de l'avenue de l'Opéra et de les raser, puis de les remplacer par un énorme champ de pois de senteur avec, au milieu, une maisonnette extrêmement confortable, mais d'une seule chambre. Voilà le luxe. Ça demande de l'esprit, un peu de raffinement et d'imagination. Si ça les intéresse, j'en ai des kilos à vendre, mais cher. Livrés à eux-mêmes, que font-ils ? Des écuries de course (laissez-moi rire !), des mondanités assommantes (fêtes vénitiennes ou autres) et *tout ça, ça finit d'ailleurs par leur rapporter*. Je vous assure, ôtez-vous définitivement de l'idée que le milliardaire a des milliards à *dépenser* ; le milliardaire a des milliards à *gagner*, et si sa femme ne l'aidait pas un peu à « claquer son fric », comme on dit vulgairement, il finirait « trilliardaire », perspective assez dégoûtante pour l'attirer. Je sais que certains s'y emploient d'ores et déjà.

Le vrai milliardaire idéal, digne de ce nom, dirait :

— Adolphe Schmürz (c'est moi), vous êtes l'homme que je cherchais, préparez-moi un plan d'action !

— Bien, Luigi, je réponds.

— Il faut que ce petit milliard parte en six mois... J'en ai un autre qui s'amène, et j'ai besoin de place.

— A vos ordres, Luigi. Voulez-vous dans le grandiose, dans le poétique, dans le cruel ou dans l'amusant ?

— Dans le grandiose, me dit Luigi. (Il est comme ça, c'est un vrai seigneur.)

Sur quoi, toc, toc, et toc, je lui fabrique les plans d'une station de sports d'hiver en *Beauce*, sur plateforme artificielle à 2 500 mètres d'altitude. (Pas mal, celle-là... Ça va lui coûter plus d'un milliard, mes enfants... Il va être obligé de donner un coup de tube à Aristote pour qu'il l'aide ; et moi de rire !)

(En passant, je lance un défi à n'importe quel milliardaire : je le mets sur la paille en moins d'un an, rien qu'avec des projets constructifs et sains d'aspect. Chiche.)

Mais cessons de donner gratuitement à ces gens-là des idées qu'ils auraient les moyens de payer et revenons au vif du problème. Nous avons vu que certains des signes caractéristiques du milliardaire sont des *conséquences* du milliard, et non de ses causes. Cependant, avant le milliard, il doit bien y avoir moyen de repérer, chez le futur milliardaire, des indices avant-coureurs de cette maladie pas exactement pénible, mais insolite, et assurément plus contagieuse qu'est l'aptitude à gagner un milliard ou plus.

Le but que je vise en tentant de repérer ces indices avec précision est simple : je voudrais, si vous les reconnaissez chez vous, vous permettre de mettre les bouchées doubles et d'arriver rapidement à votre premier milliard. Si vous avez réussi à gratter péniblement quelques malheureux millions, et si vous constatez, en répondant à mes questions, que vous *n'avez pas* ce qu'il faut pour faire un milliardaire, je désire, en outre, vous épargner les espoirs fallacieux, les déconvenues amères et les fatigues inutiles : restez-en là, le yacht de la môme Moineau n'est pas pour vous :

Question n° 1. — Voyez-vous un inconvénient à ce que les autres travaillent pour vous ?

Réponse	Points
— Oui.	0
— Non.	2

2. — *Celui qui a l'idée est-il plus important que celui qui a l'argent ?*

— Oui.	0
— Non.	2
— Quelquefois.	1

3. — *Un sou est un sou ?*

— Oui.	2
— Non.	0
— Ça ne compte pas.	1

4. — *Est-il plus déshonorant de faire de la prison pour faillite frauduleuse que pour crime passionnel ?*

— Oui.	0
— Non.	2

5. — *Un ami vous fait entrer dans une affaire. Hésitez-vous à lui passer devant le nez si l'occasion se présente d'améliorer ainsi votre situation ?*

— Oui.	0
— Non.	1

6. — *Dormez-vous beaucoup ?*

— Tout le temps.	0
— Oui.	1
— Non.	2

— Jamais. 3

7. — *Etes-vous content de vous ?*
— Non. 0
— Oui. 2
— Très. 4

8. — *Perdez-vous vos moyens devant une éventualité imprévue ?*
— Oui. 0
— Non. 1

9. — *Deux femmes sont amoureuses de vous. L'une est ravissante, adorable et pauvre. L'autre est plutôt moche, mais son père a une grosse usine. Epouserez-vous :*
— La première ? 0
— La seconde ? 2
— (Vous ne vous mariez pas.) 1

10. — *Est-ce que vous acceptez d'être mal vu si vous en tirez un bénéfice ?*
— Oui. 3
— Non. 0

11. — *Estimez-vous que les intermédiaires reçoivent des pourcentages hors de proportion avec leur rôle ?*
— Oui. 0
— Non. 5

12. — *Passez-vous vos vacances de préférence chez les parents de votre fiancée plutôt que dans la villa de votre patron ?*
— Oui. 2
— Non. 0
— Seul. 4

13. — *Estimez-vous qu'il faut fixer ses dépenses en fonction de ce que l'on désire dépenser ?*
— Oui. 0
— Non. 2

— Qu'il faut gagner plus que l'on ne désire dépenser. 2

14. — *Préféreriez-vous dans un procès être le procureur général plutôt que l'avocat de la défense ?*
— Oui. 2
— Non. 0

15. — *Etes-vous capable de vous quereller avec votre patron devant une tierce personne ?*
— Oui. 2
— Non. 0

16. — *Etes-vous capable de réprimander un de vos subordonnés devant votre patron ?*
— Oui. 2
— Non. 1

17. — *Etes-vous capable de vous faire enguirlander par votre patron sans lui répondre ?*
— Oui. 0
— Non. 2
— Lui répondre sans vous mettre en colère. 4

18. — *Etes-vous capable de risquer votre dernier million pour en gagner un second ?*
— Oui. 0
— Non. 1

19. — *Etes-vous capable de risquer votre dernier million pour en gagner dix ?*
— Non. 0
— Oui. 3

20. — *Etes-vous le fils d'un milliardaire ?*
— Oui. 50
— Non. 0

De 50 à 100, vous avez toutes les raisons de finir milliardaire. C'est comme si c'était fait.

De 30 à 49, il vous suffit d'un peu de chance pour accéder à cet état envié. Et de beaucoup de travail, mais ça sera fatigant. Au-dessous de 30, ne vous en faites pas, et continuez à lire les détails concernant la vie de vos milliardaires favoris dans la rubrique spécialisée des quotidiens.

Et rappelez-vous, je vous le répète, que pour *rester* milliardaire, il faut dépenser beaucoup moins d'un milliard, et qu'on arrive au même résultat apparent *en se contentant de gagner des millions et de tout dépenser*. Par conséquent, si vous vouliez être milliardaire *par pur snobisme*, contentez-vous d'avoir un train de maison d'une centaine de millions par an, personne n'ira voir si vous en mettez en réserve ou si vous croquez tout au jour le jour. Evidemment, pour gagner une centaine de millions par an, on se trouve devant diverses difficultés d'un autre ordre que nous n'avons pas la prétention d'aplanir en quelques lignes.

D'autre part, on ne voit pas bien l'intérêt d'une grosse fortune si l'on doit perdre le sommeil et avoir des ulcères à l'estomac. En pareille matière, on ne saurait s'embarquer sans précautions multiples, et je recommande la plus extrême prudence à tous ceux à qui le milliard pend au nez : n'acceptez pas les yeux fermés de devenir milliardaire. Une expérience idéale consisterait à rencontrer un milliardaire célibataire du sexe opposé et à l'épouser ; de cette façon, pendant que ça dure, vous êtes à même de vérifier si ça vaut ou non la peine que ça donne.

Adolphe SCHMURZ,
Constellation, n° 136, août 1959

Quand la roue de la fortune est chevauchée, lancée ou manœuvrée par un hêtre humain normal, c'est que le jeu n'est pas truqué, à son niveau du moins, de cet hêtre humain normal. Sans ça, l'hêtre humain normal serait millionnaire, et pas obligé de faire tourner la roue.

A poil, avec un bandeau sur les yeux, en équilibre précaire et le cheveu blond en comète, la fortune était plus sexy mais trop 1900. Elle ne s'allongeait que contre franc or. Aujourd'hui, on la débite en tranches comme le chien chaud ou la frite qui pue, à toute heure et en tout coin. Mais qui a envie d'une souris à deux cents balles ?

Boris VIAN.

Extrait d'un album de photographies de René Maltête : *Paris des rues et des chansons*, Editions du Pont-Royal, 1960. Le texte de Boris Vian était reproduit en fac-similé.

ÉDUCATION

IL NE SUFFIT PAS D'ÊTRE COURTOIS... SOYONS GENTILS

Dans un fulgurant aphorisme, le Grand Chancelier de l'Ordre de la Courtoisie française a prononcé les paroles suivantes : « La courtoisie est à l'action ce que le parfum est à la fleur. » Il s'ensuit immédiatement qu'un dormeur, inactif par nécessité, peut être considéré comme une fleur inodore, ou qu'il est peu courtois de ronfler. Une question se pose aussitôt : comment sait-on que l'on ronfle si l'on est seul ? Et l'on en déduit la conséquence subite : l'homme seul n'est jamais discourtois.

Je vois bien un mauvais esprit, au troisième rang, qui me déclare : 1° Pour s'assurer que l'on ronfle, même si l'on est seul, il suffit de s'endormir dans un endroit où il y ait de l'écho, et de s'éveiller assez rapidement pour entendre l'écho du ronflement qui vous revient. 2° Il est bien évident que pour que le problème de la courtoisie se pose, il faut être au moins deux, et, par conséquent, je suis un crétin. Il va de soi que mon interlocuteur est discourtois, mais il serait peu courtois de ma part de le lui faire remarquer. (Seconde observation : l'homme courtois est la victime désignée de l'homme discourtois.)

D'ailleurs, le problème est plus troublant qu'il n'en a l'air. Imaginons un dialogue entre un pillard pouilleux du Kurdistan méridional qui s'approche, la pipe bourrée de crème de marron, d'un immonde traîne-savates de Bosnie-Herzégovine (disparue, hélas! depuis bien des lustres).

— Affreux chien puant, dit courtoisement le premier, as-tu du feu?

— Sale type, répond courtoisement le second, j'en ai, voilà.

Eh bien, en vérité je vous le demande, y a-t-il de quoi fouetter un chat? Tout est relatif. Ces deux gaillards sont parfaitement courtois, mais il leur manque le langage et les formules nécessaires à l'expression de la courtoisie formelle. Je vous assure qu'ils n'ont pas dans leur vocabulaire de termes plus doux que ceux que j'ai trouvés.

La vérité, c'est que les gens attachent beaucoup trop d'importance aux mots, et pas assez aux gestes qui les accompagnent. Je vais poser une colle au Grand Chancelier de l'Ordre de la Courtoisie.

Je vois passer une charmante jeune femme. Il pleut, j'ai un parapluie, elle n'en a pas, le petit ruisseau a grossi, il va faire une énorme rivière, elle veut traverser, il n'y a pas de clous, j'achète des clous, j'en plante un, deux, cinq, bref, je lui dis :

— Mademoiselle, me permettez-vous de vous aider à traverser à l'abri de cette coupole de soie qui éloignera l'eau du ciel de votre corps précieux?

Sur quoi, avec ma maladresse habituelle, je lui fais un croche-pattes en voulant l'aider, elle tombe, je la roule dans la flotte, ceci avec la plus parfaite amabilité, en essayant de la ramasser, je la relève enfin, je l'achemine péniblement de l'autre côté de la rue, et j'ajoute courtoisement :

— Merci pour ce moment délicieux.

Répondez-moi, Grand Chancelier, aux termes de votre analogie, en quoi ai-je été discourtois?

Il faut donc convenir que la courtoisie, à l'inverse du parfum que l'on peut détacher de la fleur et fourrer dans des flacons de formes insensées que des parfumeurs déments vous vendent à des prix astronautiques, ne saurait être séparée de l'action. Ou alors, c'est peut-être moi qui suis idiot, et peut-être encore, comme je le pense, le jour où m'est arrivée cette maladresse avec cette jeune femme, me suis-je montré parfaitement courtois Elle n'a pas protesté, d'ailleurs, ce qui me laisse supposer que tel est le cas.

Imaginons — Dieu sait que nous ne sommes pas à court d'invention — un cas fréquent : le tamponnement. Le Grand Chancelier peut-il me dire s'il y a une façon courtoise d'emboutir son prochain ? D'abord est-il *courtois* d'emboutir son prochain ? On me répondra que l'on n'emboutit son prochain que si c'est *inévitable*. Ce qui est inévitable exclut-il donc la courtoisie ?

Le problème de la liberté se trouve ainsi posé avec violence. Sommes-nous libres de tamponner ou non ? Et en fin de compte, *sommes-nous libres d'être courtois ?* Ou aimables ?

Voyons un peu un prototype d'accident courtois. Deux véhicules courtoisement menés par deux conducteurs courtois s'emboutissent parce que les deux conducteurs courtois souriaient courtoisement à l'agent courtois qui leur donnait aimablement le feu vert et les conducteurs ne se sont pas vus.

Constat courtois.

Premier conducteur : Mon Dieu, mon cher, quelle sottise ! Je ne vous ai point vu.

Deuxième conducteur : Est-ce bête ! Moi non plus.

L'agent : Oh, quel dommage ! Deux si jolies automobiles ! Messieurs, soyez assez aimables pour me tendre vos papiers, je vous prie ! Je suis affligé de voir ces affreux dégâts !

Premier conducteur : Ce n'est rien que du métal, mais j'aurais eu une peine immense à détériorer ce monsieur charmant dont je viens d'abîmer la voiture.

Deuxième conducteur : Que non ! Et c'est bien ma faute, aussi, je n'ai qu'à ne point bayer aux corneilles.

L'agent : Hélas ! mes amis, il me va falloir vous demander de me remettre les papiers et les certificats témoignant de votre aptitude à conduire les véhicules automobiles, ainsi que ceux qui établissent vos droits de possession sur iceux.

Le constat va prendre fin, quand un conducteur de poids lourd, discourtois et exaspéré par l'embouteillage qui s'étend maintenant de la rue La Boétie à la place de la République, fonce et écrase peu aimablement le trio et les deux véhicules amochés. Après quoi, la circulation peut enfin reprendre, et l'on est bien obligé de reconnaître qu'il était assez peu courtois de faire attendre tant de gens.

Ce qui introduit encore une notion nouvelle. Si, étant courtois avec un petit nombre de gens, on risque d'être discourtois avec un grand nombre de gens, vaut-il mieux pas s'abstenir?

C'est exactement le problème de l'égalité, après celui de la liberté. Rappelez-vous, lecteurs forts en histoire, la réplique célèbre : « Messieurs les Anglais, tirez les premiers. »

On ne fait pas plus courtois. Moyennant quoi, des centaines de braves gens prennent des pruneaux en pleine poire, si j'ose me permettre cette tournure agricole et frugiloque.

Etudions maintenant la courtoisie d'un point de vue utilitaire. La scène : l'avenue des Platanes-Pelés, bordée d'immeubles chics et de cafés somptueux aux glaces assorties. Le lieu : le trottoir, par une froide soirée brumeuse de novembre. Les personnages du drame : un pauvre miséreux, humblement accroupi dans une encoignure, le chapeau tendu, la parole murmurante : « La charité, messeigneurs, per favor. » Passe une dame, mais alors, charmante : cinquante-cinq ans, vêtue de noir, maigre comme un clou, les dents qui avancent, un chapeau qui a fait 14-18, bourrée de fric, et elle ouvre son sac.

— Pauvre malheureux, dit-elle, acceptez cette petite obole.

Eh hop! elle lui donne une pièce de cinq sous lourds. Le miséreux n'est pas ravi, tant s'en faut.

— Merci, madame, répond-il, courtois jusqu'au bout.

Passe un homme, mais alors, ignoble. Gras, vêtu de neuf, la semelle triple, le nez coloré par les fumées d'alcools de luxe, et il s'arrête.

— Lève-toi de là, animal ! braille-t-il.

Le miséreux se lève. A coups de pied, le millionnaire le fait avancer vers une voiture américaine de onze mètres trente de large. De long, on ne sait pas, ça se perd dans la nuit.

— Ouvre la malle ! rugit l'infâme.

Le miséreux ouvre la malle.

— Prends la valise ! C'est pour toi !

Le miséreux prend la valise et s'effondre sur le trottoir. Elle est trop lourde, c'est de l'or.

Eh bien ! supposons que le millionnaire ait été courtois avec le mendiant, celui-ci aurait sûrement — et non sans raison — flairé l'affaire louche. Ce type-là, se serait dit le miséreux, il veut me mêler à une sale histoire, détournement de fonds, trafic de mineures, traite des vaches, contrebande écossaise, que sais-je encore ? Tandis que la rude âpreté du langage du millionnaire amène dans la cervelle du miséreux un réflexe totalement différent.

— Il est complètement cinglé ! se dit le miséreux. Filons en vitesse avec la marchandise.

Que retenir de cette analyse idiote ? Que la courtoisie, en réalité, n'est pas une vertu. En effet, elle ne s'attache qu'à cette épluchure, le langage. La véritable solution, ce n'est pas d'être courtois, c'est d'être gentil. Quand on est gentil, peu importe qu'on utilise un langage courtois ou non ; chacun s'y retrouve, c'est une question de convention. C'est ainsi que l'on peut dire, affectueusement, « ma bonne grosse gourde » à sa belle-mère, sans manquer aux règles d'une courtoisie familiale qui l'autorise à vous répondre, avec un sourire : « Mon gendre, vous êtes une vraie tête de lard. » Ainsi, avant de répandre les règles d'une courtoisie de surface, prenons garde de réformer à fond les sentiments et les réflexes de ces messieurs-dames. On le voit, cela n'est pas près d'être réalisé.

Boris VIAN,
Constellation, n° 132, avril 1959

QUAND VOS FEMMES SE QUERELLENT

En dehors du mariage, qui est bien la pire de toutes, les femmes ont vraiment le génie de vous mettre dans des situations extrêmement embarrassantes. Le mariage, on s'en tire en disant « oui » à un bonhomme qui a une écharpe sur le ventre et en payant à boire à une quantité de gens qui ricanent (les gens sont ravis de voir leurs semblables se casser la figure exactement au même endroit qu'eux). Mais, pour le reste... que faire ? S'il suffisait de dire « non » à un autre bonhomme, qui aurait un signe distinctif comme l'écharpe (par exemple, un beau tatouage sur le front), le problème ne serait pas résolu pour autant, puisque le lendemain du jour où on aurait dit « non », on s'empresserait de redire « oui » à une autre, et ça recommencerait. Car les faits sont là :

1° On ne peut pas se passer de femmes;

2° Les femmes sont toutes les mêmes.

C'est pourquoi je vais probablement me battre en duel. Mais il faut que je vous raconte pourquoi.

Tout vient de cette manie qu'ont les femmes d'accepter les invitations adressées à leurs maris. Jeudi dernier, je reçois une lettre, à la suscription élégamment calligraphiée, sur papier paille parfumé (un bon numéro de Chanel, à coup sûr) et je l'ouvre. C'était un billet de ma vieille amie Rosette de K..., qui m'invitait à passer le week-end dans son petit manoir, à 80 kilomètres de Paris.

— Parfait, dit Odile, qui a l'odieuse manie de lire par-dessus mon épaule en faisant semblant de me câliner, qu'est-ce que je vais mettre ?

— Mais..., dis-je. Heu... Je ne sais pas... Tu n'as pas peur que ce soit un week-end d'hommes ?

Elle me regarda bien en face.

— Je mettrai un pantalon, si ça t'arrange.

— Ecoute, Odile, dis-je sur le ton de la raison, ne va pas encore t'imaginer des choses. Rosette est une vieille amie, un point c'est tout, et elle sait les soins qu'exige ma santé.

— Personne ne te soigne mieux que moi, dit Odile. Tu es un malade imaginaire, et le meilleur traitement pour ça, c'est de te le répéter tout le temps.

— En tout cas, c'est sûrement en toute simplicité, et n'importe quel vieux tailleur fera l'affaire.

— En toute simplicité, avec une écriture et un papier à lettres comme ça ! ronchonne Odile. Je suis tranquille. Il va y avoir des mémés de chez Dior et de chez Balmain...

C'est une caractéristique de ma femme qu'elle ne puisse imaginer les autres personnes de son sexe, fussent-elles des Brigitte Bardot, que sous l'aspect de « mémés ».

Bref, le samedi matin, nous filons sur l'autoroute de l'Ouest, encombrée d'agités qui vont passer le week-end je ne sais où. (On se demande où ces gens-là prennent l'argent ! Comment ils peuvent se reposer tout le temps, ça me suffoque.) Odile n'a pris que cinq valises, ce qui est une gentillesse de sa part, je ne m'y trompe pas.

Rosette nous accueille en bas du perron. Elle hausse imperceptiblement les sourcils en voyant Odile. Je n'ai pas eu une minute pour lui téléphoner.

— Que c'est gentil à vous, dit Odile. J'aime tellement cet endroit ! Quelle chance vous avez !

— Oui, en semaine, quand il n'y a personne, c'est assez tranquille, répond Rosette froidement.

Elle m'embrasse avec affection.

— Oh, c'est drôle, dit Odile avec un rire affecté, vous embrassez Jacques comme à la campagne, trois fois...

— C'est vrai, dit Rosette, j'aurais dû l'embrasser sur la bouche comme à Paris !

Toc ! Elle ne l'a pas volé ! Dieu m'est témoin que j'aime ma femme, mais ce qu'elle peut être taquine...

Cela dit, je ne sais où me fourrer. Rosette ajoute, pour me mettre à l'aise :

— Chérie, c'était avant que vous n'ayez épousé Jacques... Quand il était jeune...

Et elle sait bien, la mâtine, qu'Odile et moi nous avons exactement le même âge. En plus, cette remarque, je ne sais pourquoi, ne me fait aucun plaisir. Il y a un léger moment d'affolement dans la météo. Heureusement, un gaillard herculéen, blond, vêtu d'un chandail tout simple (en cachemire) et d'une paire de « slacks » de teinte neutre (un petit cuir de chez Dorian Guy) descend les marches quatre à quatre :

— Bonjour, Odile, bonjour, Jacques.

Et il embrassa ma femme comme du bon pain, trois fois.

— Comme à la campagne, dis-je...

Personne ne rit. Ça s'annonce bien.

⁂

Je ne sais qui a ouvert les hostilités, mais le dîner est à peine terminé que je sens le diapason de la conversation se durcir, si j'ose dire. Nous sommes au salon, en train de bavarder, et Odile est près de la fenêtre, dans une bergère ; elle discute avec une personne assez ravissante, Nadia M..., dont la chambre est, par hasard, juste à côté de la mienne... de la nôtre, je veux dire. Evidemment, si Rosette n'avait pas su que je suis marié et très sérieux, ce hasard aurait été une fort aimable attention.

Je prête l'oreille.

— Il faut être complètement demeuré pour aimer cette pièce de théâtre, dit Odile de ce petit ton que je lui connais bien, du genre glace de Saint-Gobain de quelques centimètres d'épaisseur.

— Eh bien, j'y ai pris beaucoup de plaisir, dit Nadia en riant, et Georges aussi, n'est-ce pas ?

Georges est cette espèce d'hercule blond qui m'a gentiment aidé à monter les valises.

— Oui, dit Georges, ça ne m'a pas déplu...

— Qu'un homme aime ça, reprend Odile, ça ne m'étonne pas... Après tout, il y a Jeanne qui est absolument suprême, là-dedans... Mais c'est odieux pour une femme qui a le sentiment de sa condition de femme.

Je n'ai jamais su où Odile allait pêcher son vocabulaire...

— Il est probable que je n'ai pas le sentiment de ma condition de femme, dit Nadia, un peu renfrognée.

— Ça, dit Odile, ça paraît évident.

— Et qu'est-ce que vous voulez dire ?

— Que vous êtes ravie de la vie superficielle que vous menez.

— Et vous menez une vie profonde, vous ? Vous creusez des puits de pétrole, peut-être ?

— Très drôle ! dit Odile, qui ricane.

— Moi, une fille comme vous, dit Nadia, j'appelle ça une em... bêteuse, et je reste polie.

— Faut pas forcer votre nature, dit Odile.

Comme elle a de bons réflexes, elle réussit à parer la gifle que Nadia lui expédie, mais Nadia ne se méfie pas des talons pointus de ma ménagère, qui lui arrange une cheville à sa façon.

Et là, me voilà devant le dilemme atroce ! Que fais-je ?

Ce dilemme a dû se poser à Rosette, à André et à Monique, à Geneviève et à Georges, les trois autres invités, car ils sont partis... Il ne reste outre les combattantes, que l'hercule et moi-même. On se regarde. Il y a un horrible instant d'incertitude où j'entends en imagination craquer mon maxillaire inférieur sous son poing comme un jambon. Mais il a l'air aussi embêté que moi.

— Venez voir le chenil, me dit-il.

Nous sortons sans nous retourner. J'ai le temps d'entendre le bruit affreux d'un vase qui se fracasse sur le parquet. Faux mouvement de l'une d'elles... Ça doit les calmer...

*
**

La cérémonie de notre coucher a été pénible.

— Tu es parfait, dit Odile. Me laisser seule avec cette mégère... Et même pas me soutenir d'un mot !

— Cela n'aurait pas été galant, dis-je.

— Mais être mufle avec moi, ça ne te gêne pas ?

— Je n'ai pas été mufle avec toi. Je suis parti.

— Tout ça parce que je cite textuellement tes propres opinions.

— Tu ferais mieux de parler des tiennes.

— Tu rejettes ta responsabilité !

Là, j'explose.

— Ecoute, Odile, je ne suis pas responsable de ce que tu dis, une fois pour toutes. Tu es majeure et vaccinée, tu sais ce que tu fais, du moins je l'espère, et tu te débrouilleras seule chaque fois que tu te disputeras seule avec une femme. Rappelle-toi Catherine.

— Ah ! Ça te va bien de me rappeler Catherine ! Encore une de tes maîtresses.

Jetons une bâche sur le pugilat qui s'ensuit. Je déteste le mot qu'elle a la manie d'employer à l'égard de mes meilleures amies. Et jetons une bâche non moins épaisse sur les réactions des hôtes de ce week-end devant mon œil au beurre noir du lendemain matin. Ma seule consolation ce sont les quatre zébrures rouges sur la joue de l'hercule. Il est d'ailleurs charmant, et, après le déjeuner, nous nous éclipsons vers le jardin potager.

— Nadia ? dis-je en montrant sa joue tandis que nous allumons une bonne vieille bruyère.

— Oui, dit-il. Odile ?

— Je l'avoue.

Je soupire en pensant à Nadia.

— Une fille que je ne connais même pas ! Voulez-vous me dire pourquoi elles ont la manie de vouloir faire battre les hommes à leur place ? Qu'est-ce qu'il fallait que je fasse ? Que je gifle votre femme ?

— Affreuse solution, dis-je. J'aurais été obligé de vous provoquer. Et je ne fais pas le poids.

— L'époque des duels devait être éprouvante, remarque-t-il.

— En l'occurrence, dis-je, étant l'offensé, j'aurais choisi le vilebrequin.

— Comment fait-on ?

— Une planche sur l'estomac, un vilebrequin à chacun et, au coup de pistolet, on tourne.

— Quelle méthode !

— C'est plus humain que l'épée, dis-je. Tuer à distance me révolte. Et le vilebrequin, on s'arrête assez vite de tourner. Dès que ça entre...

— N'empêche que ça bousille un complet. Ça vous arrive souvent, ces histoires-là ?

— Comme à tous ceux qui ont des femmes un peu nerveuses.

— Mais que doit-on faire ?

— Le code ne le prévoit pas. De toute façon, le code interdit le duel. Vous me direz que s'il fallait respecter le code, il y aurait des queues à la porte des prisons. Du reste, on ne connaît la loi que lorsque les gens l'enfreignent, et c'est pour ça que les juges se gardent bien de guillotiner tous les criminels. Il leur en faut quelques-uns en liberté pour pouvoir aborder des problèmes précis.

— Mais enfin, proteste l'hercule, elles fument, elles votent, elles jouissent de privilèges incroyables, et il faut encore qu'on se bagarre à leur place !

— On devrait les mobiliser, dis-je.

Je frémis en pensant à Odile en adjudant. Malheureuses recrues...

— En compagnies mixtes, ou féminines ?

— Arrêtez la boucherie ! dis-je. Ségrégation, S.V.P. Pas de mélange... Les femmes entre elles !

Il reprend le problème initial.

— Mais, est-ce que *vous*, vous vous êtes déjà laissé entraîner à vous battre dans un cas analogue ?

— J'étais très jeune, dis-je pour m'excuser.

C'était horrible. Je revois encore la scène. Dans un salon, naturellement. C'est toujours dans un salon. Cependant, à la décharge d'Odile, on peut admettre que cette fois elle était la victime. Son interlocutrice était une personne plus âgée qu'elle, coiffée d'un chapeau assez surprenant. Dès le début, elle manifestait des signes redoutables. Odile, pour ce cocktail, était vêtue plutôt simplement, et la dame avait remarqué que les jeunes femmes modernes avaient tort de ne pas mettre de chapeau, que ça faisait négligé.

— Je n'ai pas besoin de mettre mes rides à l'ombre, avait répondu Odile.

— Bien envoyé, ne pus-je m'empêcher de dire.

— Vous dites ça dans quel sens, jeune homme ? me demande alors un type sanguin, entre deux âges, boudiné dans un prince-de-galles ridicule.

— Pur esprit sportif ! réponds-je, très détendu.

Bon... Ça se calme, mais pas pour longtemps. La dame se met à parler de ses aventures d'alcôve. Petite observation négligente d'Odile :

— Et l'on assure que nous, les femmes, nous n'avons pas d'imagination...

Cela passe encore. Mais la dame persiste à accabler la réunion de remarques ineptes, et Odile, finalement, fait observer :

— Ce que ça peut-être barbant, les histoires de femmes... J'aime drôlement mieux les hommes...

— Ils n'ont sûrement pas de mal à s'en apercevoir, dit la dame, vous ne cachez rien, c'est sûr...

Ce n'est pas parce qu'Odile a un joli décolleté que je vais laisser cette rombière la houspiller.

— Ce qui est joli n'a jamais fait de mal à personne, dis-je.

— Il n'y manque qu'une étiquette avec le prix, dit la dame.

Très posément, je demande :

— Chère madame, dois-je inférer de ceci que vous considérez ma femme comme une...

Oui... Je dis le mot exact. Après tout, je ne l'ai pas inventé.

— Exactement, dit la dame pas dégonflée.

J'ai mon trait de génie et je rétorque :

— Ne l'est pas qui veut...

— C'est vrai, dit Odile, quand la marchandise est avariée, on peut toujours la mettre sous cloche, ça n'a pas meilleur aspect...

Et elle titille, espiègle, le galurin de la dame.

Bref, son mari étant actionnaire de la maison où je travaille, ça me coûte ma situation. Là, je ne pouvais pas faire autrement. Mais pourquoi les femmes ont-elles la manie de s'envoyer des « vannes » en public ?

La vérité, c'est qu'on devrait instituer deux catégories de querelles : les unes pour hommes, les autres pour femmes. Elles régleraient ça dans des salons spécialement équipés, avec tapis de judo, vases sans valeur, épingles à chapeau stérilisées, et chignons de rechange.

Les hommes, eux, ne se querellent pratiquement pas. Ou alors, ils font la guerre. C'est plus dangereux, en fin de compte, mais, pendant ce temps-là, on est débarrassé de divers soucis domestiques. Sans aller jusqu'à cette solution extrême, un conseil : si votre femme est nerveuse, tenez-vous à carreau. Dites à votre vieux copain Henri de la sortir, par exemple...

Adolphe SCHMURZ,
Constellation, n° 134, juin 1959

SCIENCES ET TECHNIQUES

PÉRENNITÉ DU MARAÎCHINAGE

Les hasards de la politique m'ayant conduit, cette année, en Vendée, terre d'élection de la mogette et du noha, j'ai profité de la mission qui m'avait été confiée par la rédaction du bulletin bimensuel des anciens élèves de sixième A du lycée Hoche à Versailles, pour approfondir cette ancienne et salutaire coutume du Marais, à laquelle la France est redevable de l'équilibre physique, moral et démographique incontestable des peuplades de Sol Sol qui, bel exemple de continuité, n'ont pas encore oublié les sages préceptes de nos aïeux au profit d'on ne sait quelle anarchie républicaine, et vénèrent en la défunte personne de Georges Clemenceau le symbole de la pérennité des institutions monarchistes et dictatoriales qui firent de la France ce qu'elle était en 1789 et qui pour peu que l'on prie de s'en occuper certaines individualités compétentes (actuellement en tôle, par une malencontreuse série de hasards, mais plus pour bien longtemps), ne demandent qu'à reprendre cette œuvre fâcheusement interrompue par l'irruption et les manières peu distinguées de quelques fanatiques ignares grossiers et malodorants, si nous osons nous permettre ce tour de pensée et de style inquiétant par son rien de hardiesse.

Cette ancienne et salutaire coutume, le maraîchinage, dont il nous a paru qu'une norme pourrait avantageusement concrétiser les possibilités et l'intérêt, tant pour les producteurs que les distributeurs, et nous n'aurions garde d'oublier les usagers.

Nous tenons à signaler que cette norme est établie suivant le plan type résultant de la décision numéro 7 du commissariat à la Normalisation, bien que celui-là s'applique particulièrement à la norme du produit. Néanmoins, le maraîchinage, en réalité une méthode d'essai, conduit dans des cas assez fréquents, au produit, et l'assimilation faite nous paraît, en ce sens, justifiable.

MARAÎCHINAGE

I. — *Généralités*

Objet de la norme.

La présente norme a pour objet de définir une méthode conventionnelle d'essai de résistance aux efforts alternés applicable à certains organes en mouvement dite maraîchinage.

II. — *Echantillonnage*

Prélever les échantillons au hasard de la fourniture. En l'absence d'autres recommandations, se baser pour leur choix sur des critères courants tels que le goût, l'odeur, ou l'aspect extérieur.

III. — *Conditionnement des échantillons*

Maintenir à une température minimum de 37° ± 2 %, et un degré d'humidité de 67 % ± 2 %.

IV. — *Appareillage*

On disposera :
1° d'un parapluie ;
2° de deux paires de lèvres assorties ;

3° de deux langues en bon état;
4° de deux portions antérieures de maxillaires inférieur et supérieur (soit en tout quatre portions de maxillaires);
5° d'appareils indicateurs qui feront l'objet d'une norme ultérieure, décrits sommairement ci-après.

V. — *Mode opératoire*

Disposer les langues derrière les maxillaires et les lèvres sur les maxillaires de façon à constituer deux bouches ordinaires.

Ajouter de l'ail à volonté (ce point est facultatif et destiné à permettre l'extension ultérieure de la norme aux pays méridionaux). Dissimuler l'ensemble au moyen du parapluie déployé.

Amener au contact, par une translation quelconque, les deux bouches ainsi réalisées.

S'efforcer, par une action mutuelle, réversible et alternative, d'intervertir les positions respectives des deux langues, qui doivent être particulièrement mobiles. A noter que ce résultat ne doit en principe jamais être atteint complètement.

VI. — *Expression des résultats*

Les résultats sont contrôlés au moyen d'appareils indicateurs de deux catégories; les uns consistent en sphères dont on mesure le durcissement au moyen de la bille de Bunell. L'autre est une sorte de fléau portant un contrepoids jumelé dont l'angle avec la verticale donne une idée approchée de la valeur de l'essai.

Il peut se faire que ce dernier système disparaisse complètement à la suite d'un essai de trop longue durée; on le retrouve alors à la fin de l'expérience, mais il ne fournit plus que des indications entachées d'erreur.

VII. — *Procès-verbal d'essai*

Inutile de s'en occuper.

Il est dressé sur place par les agents accrédités, qui attendent en général la fin de l'expérience pour intervenir.

Commentaire

Certains points n'ont, à dessein, pas été précisés. C'est ainsi que le lieu de l'essai est laissé à l'initiative de l'opérateur.

Il importait avant tout de ne pas cristalliser la technique mais de définir avec précision les conditions nécessaires et suffisantes à la réalisation d'un essai fructueux. Ceci en accord avec les principes généraux de la normalisation française, qui, contrairement à la réglementation rigide établie en Allemagne par le Deutscher Normenausschusz ou en Russie par la typification complète de l'O.S.T. s'efforce dans la plupart des cas de favoriser l'introduction des techniques nouvelles par une discipline souple et extensible.

A part ça, on b... [1] bien en Vendée, merci.

Inédit, 1946
Texte destiné à *La Rue*

1. Bouffe. Je n'avais pas osé le mettre dans le texte parce que Hincker et Sauvage n'aiment pas qu'on soye grossiers pour rien.

BILLET DE CONFESSION

Messieurs dames,

Les Amerlauds sont des gens très marrants. D'abord, c'est prouvé par l'histoire : on se rappelle celle du président Monroe et des petits Chinois... non, ce que c'était tordant quand on y pense ! Et depuis, ils n'ont rien perdu ! Ils ont eu Mark Twain, Henry Ford, Edison (dont Villiers de l'Isle-Adam traduisit les mémoires sous le pseudonyme de l'Eve Future), Father Divine, l'Office Hayes et Leonard Feather. Pour le quart d'heure, ils se glorifient d'un certain nombre d'autres joyeux lascars : James Thurber, le colonel Stoopnagle, Robert Benchley par exemple. Tout ceci n'est rien. Il paraît, dans un hebdomadaire pornographique intitulé *Life*, des histoires encore plus vésicantes que n'importe laquelle des œuvres de ces auteurs connus. *Life* est publié en France avec du retard sur la date de parution, si j'ose, par cette tournure elliptique, traduire le fait que le numéro du 10 juin n'est mis en vente ici que vers le 12 juillet. Des raisons d'imprimation. Mais cela n'empêche pas de rigoler. Notez que le numéro coûte 25 balles. Il faut reconnaître que ces 25 balles contractent un peu les zygomatiques dans le sens opposé à celui de la rigolade. Ça vaut le coup tout de même, mais enfin, c'est 25 balles ; alors, il vaut mieux qu'on soit plusieurs à en profiter. Au moins deux et demi ; parce que certains journaux sont fendants aussi, mais ne coûtent que 10 francs. Voilà le préambule.

Et voici, maintenant, le vif du sujet : Article paru dans le numéro 23 de *Life* du 10 juin 1946. Signé : John Foster Dulles et intitulé : « Réflexions sur la politique étrangère des Soviets et qu'est-ce qu'il y a à y faire. »

Le dénommé Dulles (John Foster) couvre son papier de pensées ingénieuses. Celle-ci, par exemple, nous paraît révéler avec un enthousiasme juste et mesuré l'idéal démocratique :

« Ils supposent qu'un homme qui ne met pas de serrure à la porte de sa maison n'a rien, à l'intérieur, à quoi il tienne beaucoup. »

(Nous traduisons malheureusement, car le caractère le plus humoristique de ce texte est que Mr. John Foster Dulles, américain, écrive en anglais.) On se rend immédiatement compte, malgré la brièveté de cet extrait, de la profondeur de Mr. Dulles. Mais savourez encore ces deux perles :

« Les chefs soviétiques sont encore plus soupçonneux à notre égard que nous ne le sommes au leur. Ils sont matérialistes et *très incrédules quant à la noblesse de nos professions de foi.* »

et

« Nous avons, en Allemagne, employé des méthodes et des pratiques qui sont inhumaines et injustes selon les lois mêmes d'après lesquelles nous condamnons les pratiques et méthodes soviétiques. »

Français, il faut faire attention à ce dernier paragraphe : comment les Américains ne nous traiteraient-ils pas de barbares et d'arriérés, nous qui avons le culot de ne pas nous laisser écraser par les conducteurs-allemands-prisonniers-de-guerre, nous qui avons déjà terminé certains procès de collaboration. (Pas tous, heureusement.)

Mais quittons les Soviets pour aborder le passage plus purement soutanique. Monsieur Dulles énonce deux théorèmes :

1°) Les Américains sont attachés à un certain nombre de libertés religieuses et intellectuelles, que le système soviétique éliminerait.

2°) Ce sont pourtant les seuls moyens que possèdent les hommes de faire avancer la civilisation.

Et s'efforce de les démontrer :

« La démonstration la plus significative que l'on puisse en donner se place sur le plan religieux. La raison déterminante et éternelle pour laquelle il faut donner la liberté à l'individu est que les hommes sont créés par Dieu leur père, à Son image. Par suite, la personne humaine est sacrée, et l'Etat n'a rien à y voir. C'est ce que croyaient nos ancêtres. Ils ont affirmé dans la Déclaration de l'Indépendance, que les hommes étaient *dotés par leur Créateur* (c'est Mr. Dulles qui met en italique) de certains droits inaliénables... » et plus loin : « Si une société cesse d'être une société religieuse, ou si elle tombe sous une autorité laïque (ou athée), comme c'est le cas en URSS, alors, il est à la fois logique et normal de traiter les libertés humaines comme les libertés des animaux sauvages, et de les supprimer, de façon que les hommes, comme les animaux domestiques, soient plus doux et plus en sécurité. Mais les dirigeants soviétiques devraient savoir... etc. »

Eh bien, Messieurs dames, on a assez laissé parler le nommé Dulles pour se rendre compte que vraiment c'est la plus répugnante émanation du Vatican, cet homme-là, qu'on ait jamais désiré voir dans le fond de la plus ignoble et nauséabonde sacristie du presbytère le plus infect et le plus puant, et c'est peu dire, car il faut transposer tous ces termes sur le plan de l'hérésie, puisqu'il doit être parpaillot.

Et d'abord, Messieurs dames, l'expérience a été faite. On a dit du mal de cette bougresse de IIIe République, mais quand même, question liberté de pensée, c'était encore moins moche que maintenant ; on n'était pas empoisonnés toutes les semaines par la canonisation de la mère Cabrini ou la réception de la marine amerlaude par le pape. Je dis ça ; c'était pas parfait, bien sûr ; mais on pouvait se donner rendez-vous dans un confessionnal sans trop risquer (essayez donc maintenant !). Et puis, nous avons connu le gouvernement religieux de Mgr Pétain, et alors qu'est-ce qu'on a dégusté comme liberté. Pour couronner le tout, maintenant, on a Mon Révérend Père Bidault à la tête du gouvernement ; pour dire ce qu'on pense, pardon ! c'est drôlement commode, demandez à Sauvage. Voici la liberté qu'on peut avoir sous un gouvernement religieux, Mr. Dulles. Venez donc chez nous, on priera de 5 ascètes.

Bien sûr, je pourrais continuer à citer et faire un papier encore plus long que celui de cette noix de Dulles. Mais il ne le mérite même pas. Il est trop pourri, il doit sentir mauvais de la bouche et ne pas oser approcher sa femme sans avoir recommandé sa semence au Seigneur. C'est encore un de ces abrutis de puritains, un aplatisseur de thorax, un raseur de poils et duvets superflus, un noircisseur de pellicule trop chaude et un allongeur de cache-sexe. Comme tous ces vieux sales, il doit pincer la serveuse au bar et fourrager dans sa poche quand les petites filles se baissent, et dire que l'Amérique, c'est la liberté, parce qu'on y interdit *Ambre* (ce qui est un bien, mais uniquement du point de vue de la littérature), parce qu'on y remonte le soutien-gorge de Jane Russell ou parce qu'*officiellement*, la prostitution n'y existe pas.

Messieurs dames, voici la liberté américaine selon Dulles. Bouche en cul de poule et bénitier, et puis, faites ce que vous voulez... mais si vous êtes nègre, fauché ou libre penseur, vous pouvez toujours cirer les godasses de ces messieurs de la calotte et du chapeau plat, vous prosterner devant l'effigie de la Mère Cabrini, et rester où vous êtes, parce que c'est Dieu et les camarades du révérend Dulles qui vous ont mis dans le Pétrin (Philippe) qu'Ils ont Fait Eux-Mêmes.

Boris VIAN,
Archidiacre honoraire de la Ville de Paris.
Inédit, 1946. Texte destiné à *La Rue*

HARO SUR LES GÂCHEURS

C'est avec une surprise nuancée de désolation que l'on constate, en ces temps de pénurie, le fâcheux usage fait par ses possesseurs d'une matière pourtant précieuse et rare. Qu'il s'agisse en effet du plastic, pour l'appeler par son nom vulgaire, ou de la dynamitegomme, laquelle n'est point, précisons-nous, un amusebadigoinces du type wrigley, la manière dont on emploie actuellement un produit commode aux mille possibilités constitue plus qu'un défi au bon sens et aux principes d'économie de millions de citoyens : comment, devant une telle aberration, ne pas crier au scandale ?

Quelles sont, en effet, les institutions visées par cette bande, dont on ne sait rien sinon qu'elle semble, pour une fois, organisée avec une apparence d'efficacité ? Des libraires, et des banques ! Et connaît-on d'édifice plus anonyme et moins significatif qu'une banque ? Connaît-on magasin plus inoffensif qu'une librairie ? Un livre, voilà bien une marchandise sans conséquence. Un livre ne se gâte pas, il ne sent généralement rien, il n'est pas contagieux, ne boit ni ne mange (s'il est mangé parfois par les souris). Pas besoin de frigidaire pour le conserver ; et quelle utilité souvent ! Le livre n'est pas dangereux : il attend ; c'est d'ailleurs sa mission. Le lecteur, lui, peut l'être certes ; et c'est un des rêves depuis longtemps dorlotés par le signataire de ces lignes que de rendre un jour obligatoire la protection du livre contre tout risque de lecture, tâche à laquelle s'emploient déjà diligemment les écrivains eux-mêmes. Comme la librairie, la banque est généralement propre, et, comme le livre, l'argent mis en piles ne présente de lui-même aucun caractère de nocivité.

Alors ? Comment les plaisantins qui nous réveillent la nuit comptent-ils justifier leurs gamineries de mauvais goût ? Prétendent-ils nettoyer de la sorte le garage d'Augias dans lequel nous sommes embouteillés ? Nous ne pouvons le croire ; il doit s'agir de débutants. Plutôt que de décourager leur bonne volonté, tentons de les éclairer. Allons, mes enfants, un peu de sérieux, l'heure est à l'union de tous les Français. Il y a mieux à faire que de démolir la banque Worms, fût-elle très laide.

Il existe en effet à Paris un bâtiment déjà ancien dont l'insalubrité, manifeste depuis des années, n'a fait que croître en flèche ces derniers temps. Eté comme hiver s'y entassent six cents représentants d'une espèce connue depuis près de deux siècles des naturalistes et dont le parasitisme le plus agressif constitue le mode normal d'existence. Des différences assez minimes permettent aux spécialistes de les diviser en quelques sous-groupes, identiques cependant quant à la structure profonde. Tous exercent en commun une activité néfaste qui se traduit notamment par une prodigieuse consommation de papier journal (qu'ils rendent inutilisable en l'appelant « Officiel ») et un usage si intensif des mots les plus spectaculaires et les plus odorants de la langue française que l'on risque d'aboutir sous peu à une dévaluation sans remède de ces inestimables joyaux folkloriques. Aveugles de naissance, ces malfaisants insectes paraissent, grâces en soient rendues à la Providence, avoir toujours à cœur de se grouper en un lieu unique. Ceci devrait, semble-t-il, rendre leur extermination aisée. Car — et voici où nous voulions en venir — il est possible de les détruire, grâce à de puissants insecticides dont le plastic est justement l'un des plus commodes.

Tel est donc le problème : il y a des gens qui disposent actuellement de plastic en quantités importantes ; on parle de kilogrammes ; il n'en faudrait guère plus pour interrompre immédiatement les lubriques débats des bestioles déchaînées. Or, loin de consacrer l'irremplaçable panacée à la tâche la plus urgente de l'heure, on démolit de belles banques en bonne pierre de taille que l'on convertirait à peu de frais en logements sains et l'on disperse aux quatre vents d'honnêtes livres de propagande que personne n'aurait jamais lus. Répétons-le vigoureusement, il est temps que de tels abus prennent fin : aux gâcheurs du plastic, un dernier avis amical : ne fatiguez pas plus longtemps l'opinion. Elle est pleine de bienveillance à votre égard, mais, de grâce, un peu de bon sens. Messieurs les saboteurs, le public attend autre chose de vous.

Boris VIAN,
inédit, non daté

NOTES D'UN NATURALISTE AMATEUR

I

LE COCHON ET LE SANGLIER

Entre le cochon et le sanglier, il y a la différence, notamment, de l'état domestique à l'état sauvage. Le cochon est un produit cultivé tandis que le sanglier pousse tout seul. Le cochon ne s'écarte guère de sa mangeoire, où il est assuré de trouver force bonnes épluchures, et le sanglier quête à travers les grands bois illuminés des couleurs automnales, car il est lyrique, les glands savoureux, les racines fraîches et les amanites senglières qui sont, comme leur nom l'indique, un champignon réservé à son usage. Le cochon a de la graisse, le sanglier du muscle. La peau du cochon est épaisse, mais sensible ; et celle du sanglier, hérissée de crins poussiéreux, certes, mais fort nobles, résiste à des horions extrêmement sévères, voire acérés si l'on ose dire. Naturellement, le cochon mène une vie plus tranquille, dort sous un toit qui fuit le moins possible — car c'est un animal qui se vend régulièrement et une des nécessités du commerce est de présenter un produit de qualité constante, quasi normalisée — se lave parfois — il est moins sale qu'on veut le dire — et préside, lorsqu'il est vraiment devenu un très gros cochon, à des cérémonies païennes dénommées concours agricoles à l'issue desquelles après l'avoir embrassé, cajolé, décoré de la Légion d'honneur et proclamé très gros et très grand, on l'immole d'un tranchelard perfide et on te vous le débite au cours du jour. Le sanglier finit parfois aussi misérablement sur un étal; mais jusqu'à son heure ultime, il résiste; et il a souvent la joie posthume de se voir exposé intact, avec tous ses poils, chez Chatriot ou en quelque autre lieu de luxe; car le sanglier ne quitte guère l'empyrée. Jusqu'à son dernier jour il lui reste la possibilité de se suicider en se lançant contre une automobile sur quelque autostrade et, si le cœur lui dit, il peut même choisir pour lieu de cette expérience un pont qui corsera son action sublime d'une belle noyade. Enfin, le sanglier a une bonne réputation d'ours, c'est étrange mais c'est ainsi, et figure avantageusement au blason d'illustres familles, quand son reflet rose, le cochon, n'a guère le loisir que de décorer de son effigie la vitrine d'un charcutier aussi gras que lui-même.

II

SUR CERTAINS GROUPES MAL CONNUS

Il existe actuellement en France certains organismes de structure bien particulière, et dont les éléments, solennellement, se réunissent afin de déclarer consommables la chair et le sang, amalgamés à des grammes d'encre et de papier, de certains autres éléments domestiques de la population écriveronne. Ces derniers, extérieurement, ne se reconnaissent l'un de l'autre par rien de distinctif; tous ont de belles grandes oreilles, un embonpoint de crémier (précisons que cet embonpoint est parfois mental et échappe à la vue, mais non à l'analyse), un goût prononcé pour la mangeoire et les eaux usées, et un groin effilé qui leur facilite l'accès aux salons encombrés où se font les réputasseries. Jamais ils ne s'éloignent de l'aréopage de leur choix; comme les « jurés » ne s'écartent guère les uns des autres, un simple changement de fusil d'épaule, à la minute ultime, permet de sauver à droite ce qui vient de se perdre à gauche ; cas unique en zoologie où l'on voie le fusil se muer en arme de salut ; mais passons. Le « jury » d'un prix littéraire, chose étrange, est, à l'opposé, un amalgame de gens souvent estimables, et le *billycoque* ou le *dorgeles militophile*, deux microbes visibles à l'œil nu qui contaminent l'un des plus connus, finiront certainement par crever de mort naturelle, intoxiqués jusqu'aux moelles par leurs sécrétions aussi peu malignes pourtant que l'on puisse rêver (toute cette faune est encore mal connue et peut-être l'existence de ces deux bactéries n'est-elle qu'un cas de parasitisme vulgaire). La fonction du jury est de se réunir et délibérer.

Comme on dit, le jury se consulte [1], et décide d'attribuer son satisfecit à l'un des concurrents ; parfois, ce n'est pas le plus gras, parfois même ce n'est pas un des concurrents ; c'est qu'il y a des surprises. Pourtant, une particularité du jury considéré dans son ensemble est que les caractères respectifs de chacun de ses éléments s'annulent en quasi-totalité au contact les uns des autres et c'est ce qui permet de considérer qu'un prix décerné par un jury s'applique pratiquement toujours à un concurrent standard, c'est-à-dire totalement dénué de points saillants, docile, apprivoisé d'avance et qui tend la tête à la couronne sans se douter qu'elle se resserrera demain pour lui pétrir et ramollir le nerf à penser.

Dès qu'il est primé par le jury, le concurrent est félicité, photographié, pesé et mesuré ; on lui demande d'exprimer ce qu'il ressent par le canal d'organes spécialisés de grand format, et il précise généralement ce qu'il entend faire des sous qu'on lui donne pour sa tirelire : acheter une bauge plus large, un véhicule qui lui évite de remuer seul son poids considérable, des ornements corporels de couleurs diverses, etc. Il ne se doute pas, le pauvret, qu'au moment de son couronnement, le président du jury, par le truchement d'un organe analogue à l'aiguillon de la guêpe *Polybia Brasiliensis*, lui a injecté dans la patte, sous le couvert

1. Oh là là.

de la lui serrer, un liquide paralysant à plus ou moins lointaine échéance et qui garantit son impuissance future. Il n'y a guère d'exemple, en effet, qu'un concurrent primé par le jury ait par la suite réussi quoi que ce soit : au plus parviendra-t-il à siéger un jour dans ce même jury, et l'on avouera que ce n'est pas une preuve. Ainsi endormi, le concurrent est désormais livré à la consommation courante, et l'on débite de lui au jour le jour ce qu'il faut pour satisfaire à la demande. Celle-ci, éteinte assez vite en général, il reste au concurrent, plus heureux que certains animaux domestiques, le loisir de panser ses plaies et de tenter de se remettre. Il y a des jurys plus mortels que d'autres : il en est un en particulier dont on ne prononce le nom qu'en tremblant (nom dérivé de « concours » par gâtification) et dont nul à notre connaissance ne s'est jamais relevé. La victime éventuelle de ce jury est tout entière débitée et il n'en subsiste rien ; les abats même, tout y passe.

L'attrait de la vie domestique est si grand pourtant que chaque année, au concours, se présente un grand nombre de postulants. Chacun, vêtu de ses plus beaux atours, se munit de sa sécrétion, agglomérée comme nous l'avons dit, et la passe sous le nez des membres du jury. Ceux-ci prélèvent une petite partie du suc admirable et le goûtent avec méfiance puis se communiquent leurs impressions. Parfois il y a fraude ; une année, par exemple, des jurés furent abusés d'un côté par l'odeur musquée d'un élytre de *Morinus Curatus* dont un concurrent baignait la vacuité de sa prose — et l'on sait la propension qu'ont les corps creux à retenir les odeurs — de l'autre côté par le parfum de laiterie émané d'un autre corps creux. Mais une particularité assez admirable du jury est que son choix lui importe peu : c'est que le jury n'ignore rien des funestes effets dudit, et avec une mansuétude que l'on se plaît ici à reconnaître, n'achève que des mourants, évitant de contaminer certains éléments restés sains sans s'en douter eux-mêmes.

Que le concurrent soit indispensable à la vie du jury conçu comme groupe, voilà ce qui paraît ressortir de nos quelques observations ; que le jury, d'autre part, se voue à la mort et à l'anéantissement au moins partiels du concurrent, c'est non moins évident. Mais en dépit de toutes les lumières que nous venons de jeter sur un point d'histoire naturelle particulièrement trouble, nous sommes forcé de reconnaître un fait : si nous avons évoqué, au passage, l'appartenance d'un concurrent à une classe plus générale, celle des écriverons, rien jusqu'ici n'a pu nous faire comprendre pourquoi certains écriverons se décident à jouer le rôle de concurrents ; on nous assure que la biologie comparée, la mise en évidence de critères tels que ceux qui distinguent le porc du sanglier pourraient nous être utiles ; mais le temps nous manque pour une étude au demeurant facile à faire ; on voudra bien cependant ne pas établir le moindre rapport entre la première partie de ces notes et la seconde, réunies ici par le plus pur des hasards et de façon tout à fait indépendante de notre volonté.

La Parisienne, n° 10, octobre 1953
(de *Textes et Chansons*)

UNE BELLE ÉPOQUE

Tous les vingt-cinq ans environ, la France invente une « belle époque ». Nous avons eu 1900... 1925... Chaque fois, les hommes « mûrs » se souvenaient avec nostalgie de leurs vingt ans. En 1970, l'époque de l'immédiate après-guerre sera-t-elle colorée à son tour des tons heureux du souvenir? Nous avons posé la question à Boris Vian, l'un des inventeurs du « Tabou » :

C'est une affaire de logement. En 1925, les peintres recevaient dans leurs vastes ateliers. En 1945, les jeunes habitaient des mansardes de trois mètres carrés. Ils cherchaient des endroits où se rencontrer. Ce fut d'abord le « Bar Vert », où un critique musical, Bernard Lucas, présentait des disques de musique classique. Il faut noter en effet que les années 45-50 ont vu une révolution formidable : celle du disque et du microsillon. On ne pouvait toutefois en rester à Beethoven, le jazz nous appelait. Guionnet ouvrit à cet effet le « Tabou ». On y vit Juliette Gréco, alors jeune comédienne, qui avait joué un rôle également, mais en vrai, dans la Résistance. Elle disait des poèmes, avec Anne-Marie Casalis, lauréate du prix Paul-Valéry de poésie. N'importe qui pouvait improviser à la trompette, danser sans rien payer, citer ce qui lui passait par la tête. Un type étonnant, Marc Dolnitz, rabattait sur le « Tabou » toutes les célébrités de passage à Paris. Sartre et Simone de Beauvoir devinrent des habitués... Et peut-être parce que Paris, à cette époque, était privé de moyens individuels de transport, il se fit une concentration artistique et intellectuelle étonnante autour du vieux clocher de Saint-Germain-des-Prés : le « Lorientais », où Claude Luter débutait; la « Rose Rouge » avec les Grenier-Hussenot et Yves Robert qui inventaient des formes nouvelles de cabaret-théâtre et où passaient les Frères Jacques; plus loin, la « Fontaine des 4 Saisons »; le bar du « Montana » où Astruc et Pagliero discutaient de « caméra-stylo ». Georges Vitaly lançait Audiberti et Schéhadé à la Huchette, aux Noctambules Gérard Philipe et Maria Casarès donnaient à l'amour fou les rythmes d'Henri Pichette; Prévert inventait le titre d'une collection policière : « Série noire ». Ce fut une époque aussi riche que d'autres.

J'ajouterai les noms de Roland Petit, Jean Vilar; des styles naissaient; des rythmes prenaient forme; même la mode, Dior, Fath... Et les photos de Cartier-Bresson; et les peintures de Nicolas de Staël, les livres et les pièces de Beckett, Ionesco, Ghelderode. Et Camus. Et Janine Charrat. La musique concrète de Boulez. Les chansons de Ferré, Brassens, et Philippe Clay, Yves Montand... Une belle époque? Pourquoi pas?

Gazette de Lausanne, 18 octobre 1958

LE LAMPISTE EST LE VRAI COUPABLE

Un général sans soldats est-il dangereux ?

Un commissaire ou un préfet de police sans agents ?

Un pape sans cardinaux, sans archevêques et sans curés ?

Ceux-là j'en veux bien.

Les Anglais le savent : un roi sans pouvoir est merveilleusement inoffensif.

Mais un lampiste est une force agissante.

Cent lampistes sont un danger pour l'individu.

Cent mille lampistes suffisent à une guerre.

Cent millions de lampistes font le malheur de l'humanité.

Le directeur de la S.N.C.F. n'est pas en mesure de faire dérailler un train de par ses propres pouvoirs, il faudra pour y arriver qu'il se mue en aiguilleur — ou en lampiste — et qu'il fausse les signaux. Mais un aiguilleur ! Quel poste de choix.

Hitler tout seul ! Merveilleux spectacle.

Mais quatre-vingt-cinq millions de lampistes derrière lui, et finie la rigolade. Hitler est mort, les lampistes restent et tâchent de se faire passer pour inoffensifs — comme tous les lampistes du monde.

Les lampistes entre eux se haïssent ; mais réunis, ils prennent le nom de peuple et deviennent invulnérables.

L'individualisme du peuple est la seule défense contre le lampiste. Le lampiste le sait bien. Tous amiraux dans la marine, finies les batailles navales.

Inédit (s.d.),
(de *Textes et Chansons*)

THÉÂTRE

NORMAN CORWIN

Il y a une espèce d'incohérence dans le choix des ouvrages étrangers sous lesquels traducteurs et éditeurs décident, chaque année, d'écraser (car ils sont de plus en plus gros) le public français. Depuis quelque temps, cependant, devant le considérable succès populaire remporté par des romans comme *La Mousson*, de Bromfield, ou *Autant en emporte le vent*, de Margaret Mitchell, un certain nombre d'éditeurs semblent s'orienter vers la reposante solution qui consiste à faire traduire le dernier *current best seller* américain. Ceci nous a notamment valu, ces derniers temps, l'inintéressant *Arbre de Judée* de Katherine Ann Porter et le pâteux *Ambre* de Kathleen Winsor, ouvrages que l'on peut, suivant l'expression de Claude Léon, situer, sans les brimer, entre le vaporisateur et la poire à injections. Le problème semble donc partiellement résolu pour la littérature, car il y a lieu de supposer que cette pratique (qui se révèle efficace, ces ouvrages n'étant généralement pas dénués d'attraits romanesques) se généralisera de plus en plus. On assiste, ici encore, à ce curieux repliement de chaque nation sur elle-même, qui semble bien caractériser notre époque d'échanges au ralenti et de secrets de fabrication à l'échelle nationale. Nous ne connaissons guère de la littérature américaine que ses produits courants ; de même qu'elle ne reçoit de nous que les œuvres (et la personne) de Georges Simenon. Si nous désirons en savoir plus, à nous l'uniforme d'espion et l'information clandestine arrachée à d'innocents militaires avant leur retour au foyer.

C'est de cette façon que l'on rencontre Corwin, Norman Corwin. Un simple nom, un petit livre broché du format oblong, bien connu des amateurs d'ouvrages américains à prix réduit. Muni d'un nom un espion consciencieux peut arriver à faire du bon travail de recherche. Il peut même s'apercevoir que ledit Corwin est considérablement plus connu aux Etats-Unis qu'un certain Faulkner, par exemple (le type même, pour un étazunien, de la vieille barbe). Il peut, par exemple, découvrir (et vous apprendre) en outre, que ledit Corwin (Norman) fit une de ses émissions de la CBS pour la poussière de 63 millions d'auditeurs. Rappelons, afin de permettre les comparaisons, mamelles généreuses de la science populaire, que le discours de Truman du 26 mai, à l'issue duquel prit fin une des grèves les plus importantes de l'histoire économique américaine, ne lui valut que cinquante millions d'oreilles, soit la moitié (environ) d'auditeurs.

Alors, voilà, il y a Corwin, en Amérique, et là-bas, on le connaît depuis dix ans. L'espion enragé va jusqu'à vous dire que sa secrétaire est blonde et mince ; elle s'appelle Lou Ashworth et elle répond à un peu plus de trois cents coups de téléphone par jour. Corwin est un brun dru ; il a les yeux bleus et une moustache genre brosse à dents, un double menton, des plis sur le front, l'accent de la Nouvelle-Angleterre, trente-cinq ans, un mètre quatre-vingts, etc. Tous ces renseignements stupides et bien d'autres encore se trouvent — il faut avouer maintenant — dans un numéro de Coronet, celui de décembre 1935, sous la signature de Cameron Shipp. Merci, Cameron, excuse-moi de t'avoir un peu pillé. Maintenant je m'arrête, parce que Cameron, lui, continue pour ne dire que du bien de Corwin. Forcément, un homme qui gagne 25 000 dollars par an ! Et Corwin refuse, paraît-il, d'en gagner le double! Pour une raison ridicule : il ne veut pas qu'au milieu de ses pièces radiophoniques une fille à la voix électrique vienne prôner le savon Dumours de Neupont ou le Coco-Colo du Soudan. Il préfère présenter ses émissions à la *Columbia Broadcasting System* sans le concours des agents de publicité. A ce titre Corwin doit la sympathie que nous pouvons lui porter. Car à d'autres (titres), il mérite, une fois sur deux, ou même deux fois sur trois, des coups de pied dans les fesses.

Corwin écrit des pièces radiophoniques dont le succès considérable a fait qu'il est peut-être le seul auteur de ce genre à être imprimé, vendu, lu, et même lu par beaucoup de gens. Les raisons de ce succès?

D'un côté, le soin extrême qu'il apporte au montage, à la sonorisation, à l'interprétation et à la réalisation de ses pièces : l'édition de chacune de ces dernières est suivie d'un commentaire souvent savoureux, où il explique, point par point, les difficultés rencontrées dans la mise au point de l'émission définitive, les motifs pour lesquels il vaut mieux avoir à manœuvrer douze grandes stars qu'une seule. Décrivant la voix que doit posséder un des acteurs, il vous dit à peu près : « Le géant est un géant de série », ou, commandant à un auteur sa musique d'accompagnement, il la définit ainsi : « Interlude suggérant l'ennui conçu par la Cinquième Avenue à l'idée d'avoir à traverser Broadway! » (D'après son expérience, les auditeurs éprouvent, paraît-il, généralement l'impression prévue.)

D'un autre côté, le caractère même des sujets choisis : histoires d'enfants et d'animaux, contes de Noël, et aussi (mais c'est plus triste à dire) apologie effrénée de l'Américain moyen.

Il est extrêmement regrettable que pas une des pièces radiophoniques de Corwin n'ait encore été traduite en français — voire même montée —; mais il y a un ensemble d'écueils à éviter sur lesquels les services compétents de la radiodiffusion briseraient allégrement leur barque : choix des voix d'enfants, domaine dans lequel l'Amérique est jusqu'ici inégalée (rappelez-vous, au cinéma, Bobs Watson dans *Des hommes sont nés* et *L'Etrange Sursis,* et plus récemment, Butch Jenkins dans *The Human Comedy*), montage sonore avec ses effets généralement outrés chez nous, nature même du texte souvent nuancé d'une naïveté qui n'aurait à faire qu'un bien court chemin pour tourner à la stupidité. Le fait est là. Corwin est inconnu en France.

En première approximation, on peut distinguer dans son stock (bien qu'il se targue de pouvoir intéresser le public à n'importe quel sujet) deux catégories, deux genres bien distincts : les pièces de fantaisie, dont nous ne dirons que du bien, et les pièces à base « réelle » ou « d'actualité ».

Dans la série de la fantaisie, ses plus brillantes réussites sont probablement *The Odyssey of Runyon Jones, My Client Curley* et *Old Salt*. Ne parlons pas de la seconde que le public français pourra connaître par le film qui en a été tiré : la presse des spectacles a déjà commenté cette histoire charmante de la petite chenille Curley qui ne dansait que sur l'air de *Yes, sir, that's my baby*. Malaxée par le cinéma, elle doit, croyons-nous, garder le caractère de joyeuse loufoquerie qui lui est propre : espérons, tout au moins, qu'« ils » (les genses d'Hollivoude) auront conservé la scène où l'orchestre philharmonique tente, pendant trois jours, de faire danser Curley sur une musique moins vulgaire que *Yes, sir, that's my baby*. Parlons plutôt de *L'Odyssée de Runyon Jones*, émis pour la première fois le 8 janvier 1941 sur les antennes de la CBS.

Dans *L'Odyssée de Runyon Jones*, le jeune garçon qui porte ce nom erre dans des bureaux de rêve à la recherche de son chien Pootzy qui s'est fait écraser par une automobile dont il voulait mordre les pneus. Renvoyé de service en service, il entre successivement en contact avec les employés, le chef, Grand-Père le Temps et sa secrétaire Miss Chrono, Maman Nature et son assistante Fleur, une bizarre harpie à la voix de harpe, le Géant et le Bureau du Purgatoire. S'acharnant, en dépit des rebuffades, à retrouver son horrible roquet, il se voit, après tous ses efforts, refuser le droit de récupérer Pootzy, lorsque à la suite d'une remarque anodine du Premier Directeur du Bureau...

PREMIER DIRECTEUR DU BUREAU : Une minute, Jones, où avez-vous attrapé cette marque sur l'œil droit ?

RUNYON : Oh ! Ça ?... Oh !... C'est rien... Ça m'est arrivé pendant l'accident...

LE PRÉSIDENT : Quel accident ?...

RUNYON : Quand j'ai essayé d'empêcher Pootzy d'être écrasé.

PREMIER DIRECTEUR : Et puis ?

RUNYON : Et puis... rien.

LE PRÉSIDENT : Eh bien ? vous n'avez pas rattrapé Pootzy à temps ?

RUNYON : Non, monsieur... J'ai failli... mais, vous comprenez, l'auto m'a écrasé avant.

TOUT LE BUREAU *(étonné)* : Réellement ?...

RUNYON : Oui, monsieur. C'est comme ça que j'ai été tué.

LE PRÉSIDENT : ... Eh bien... (il s'éclaircit la gorge gêné) : Hem... Attendez un instant, Jones...

(Indistincte conférence du Bureau, *ad libitum*.)

LE PRÉSIDENT : Jones, la décision prise sur cette affaire se trouve modifiée du fait que vous avez donné votre vie pour sauver votre chien. Ce cas tombe sous la réglementation prioritaire modifiant la Septième Clause de la Constitution du Purgatoire...

RUNYON *(qui ne comprend pas)* : Je vois... Alors, au revoir, messieurs...

Il allait partir, mais on lui explique ce que cela veut dire et l'huissier le conduit enfin jusqu'à la porte derrière laquelle il retrouvera Pootzy.

Un résumé trop bref, un lambeau imparfait de traduction (celle-ci est rendue d'autant plus difficile que l'ensemble des pièces de Corwin est écrit en américain *parlé* et non littéraire) ne peuvent donner qu'une idée vague de la fraîcheur remarquable de cette petite pièce. Ce n'est pas du drame philosophique ; cela ne cesse pas d'être parfaitement intelligible. Cela frôle, à chaque instant, la sensiblerie la plus éculée. Mais c'est écrit avec une adresse réelle et une connaissance profonde des goûts populaires. Les réflexions de Queneau sur le langage, ses tentatives pour la création d'œuvres rédigées en français parlé, les aurait-il conçues s'il vivait en Amérique? Les dialogues de films américains, certains romans déjà, les pièces de théâtre (ne citons qu'*Arsenic et Vieilles Dentelles* dont la lecture dans le texte est au moins aussi réjouissante que l'audition en traduction), montrent les progrès, niés par les puristes (il y en a aussi là-bas), de cette seconde langue, parallèle au mode d'expression classique, figé, déjà mort. Reconnaissons l'immense avantage dont jouit Corwin : il écrit pour le micro. Tout doit se trouver dans le texte et dans son accompagnement musical.

Est-ce un avantage à proprement parler? Disons plutôt que Corwin a rencontré la forme idéale qui convenait à son talent; cette condition serait bien plutôt un coup mortel pour les tenants d'une littérature si chargée de sens qu'elle ne franchirait jamais la barrière impitoyable du micro. C'est cette impression de langue parlée qui rend l'œuvre de Corwin si vivante à la lecture. C'est elle qui fait qu'en général une pièce réellement comique ne perd pratiquement aucun de ses attraits à la lecture : qu'on en juge par l'œuvre de Feydeau, ou même de Labiche, voire parfois de Caillavet et Robert de Flers. Car, et c'est un paradoxe bizarre, nulle autre forme que celle-là ne donne aussi bien l'impression de la vie; pourtant nulle autre forme ne se démode aussi complètement lorsque le temps est passé. Qui veut acquérir l'immortalité doit-il donc s'astreindre à couler son œuvre dans le moule rigide du langage littéraire? S'il gagne ainsi l'éclat du marbre, il en conserve la froideur. Les cas de Molière et de Rabelais sont là pour le prouver; ce qui nous attire aujourd'hui chez Molière est autant l'élément formel de son œuvre que son côté humain; ce qui nous réjouit chez Rabelais — qui perd tout son sel à la traduction en français moderne — c'est ce caractère archaïque du vocabulaire, bien plus que le grouillement ininterrompu d'épisodes sans grande originalité. Le fait est que l'on a presque autant de plaisir à lire les notes linguistiques d'un Rabelais bien annoté que le texte lui-même. Descartes ou Pascal ont-ils besoin de notes ? D'autant moins que personne ne les lit plus [1]. Qu'ils se consolent avec leur prestige... Utilisation habile de la langue parlée, voilà la source du succès de Corwin. Il entend ses pièces avant de les écrire... et il a de l'oreille.

Ainsi, pour la forme, tout va bien. Pour le fond, il se montre souvent moins difficile. Il est peut-être injuste de l'accabler et de reporter sur lui la responsabilité de toutes ses émissions. Le même problème se pose à propos de Steinbeck, Dos Passos et des écrivains ayant travaillé sur commande pour la guerre. On concevra — s'il n'est pas à leur origine — qu'il était difficile à Corwin de refuser certaines émissions, l'asservissement de la radio à la raison d'Etat étant, en temps de guerre, chose encore plus complète que celui de la littérature.

Corwin a donc commis quelques travaux de propagande. Dans quel esprit l'a-t-il fait ? Reconnaissons qu'il a pris le parti de la Tchécoslovaquie avant l'entrée en guerre des Etats-Unis ; en un sens cette sorte de propagande était avouable à ce moment. Constatons cependant que des machines comme *We Hold These Truths* ou *Program to be Opened in a Hundred Years* traînent avec eux un irrésistible relent de gœbbellerie et de nationalisme (démocratique, naturellement). Le danger de ce bizarre animal de Corwin est sa manie de toucher à tout. Dans *We Hold These Truths*, il nous ressert, une fois de plus, le couplet connu sur les grands hommes de l'Amérique (déjà si crispant à chaque nouvelle apparition du père dans la série des films de la famille Hardy, si exaspérant dans certaines séquences de Capra, si envahissant dans les intolérables laïus des émissions de l'American Forces Network de Frankfurt et Paris, au cours desquelles on passe au micro des enregistrements de discours sénatoriaux).

Dans *Program to be Opened in a Hundred Years*, il

1. Je veux dire : personne de vivant.

prévoit l'âge d'or avec une simplicité délicieuse et l'on assiste à l'idylle de l'U.R.S.S., de l'U.S.A. et de quelques moindres satellites. Que va-t-il nous proposer demain ? Il y a gros à parier — s'il ne l'a déjà fait — que Corwin prépare quelque chose sur l'Allemagne et nous pouvons compter que ce sera « maison ». Il faudrait, avant de le laisser faire, s'assurer de la nature de sa documentation. Sinon, nous découvririons, avec l'Amérique, combien les Allemands sont forts, laborieux, persévérants, intéressants... dignes d'être les seigneurs de l'Europe, pour ainsi dire ; cela n'a pas une sonorité très nouvelle.

Ne condamnons pas d'avance Corwin ! peut-être jouera-t-il de son prestige et de son renom grandissants pour refuser désormais de participer à ces jeux regrettables et de diffuser, sur commande, l'apologie de telle ou telle « vérité ». La vérité de l'Amérique passe en effet, dirait-on, par un tournant dangereux et l'on commence à se demander si sa presse elle-même ne devra pas puiser, à bref délai, dans les anciens numéros de *Je suis partout* des séries d'articles redevenus d'actualité.

Boris VIAN,
Les Temps modernes, n° 11, août-septembre 1946

RÉPONSE À L'ENQUÊTE
« FAUT-IL SUPPRIMER LES GÉNÉRALES ? »

1°) Si l'auteur est d'avis qu'il y ait une générale, qu'il y en ait une lorsqu'il estimera, en accord avec le metteur en scène, que sa pièce est au point.

(Si l'auteur est mort, cela regarde le metteur en scène, le directeur de la compagnie, etc.).

2°) Les premières ? Il est bon pour le théâtre qu'à une même séance soient rassemblés des éléments de publicité susceptibles d'intéresser les journalistes : des gides, des claudels, des politiciens, des bidaults, des trumanes, des critiques, etc.

3°) Si on décide de supprimer les générales, on peut cependant réserver aux critiques une représentation que l'on appellera autrement (le terme « générale » qui évoque la femme du militaire de ce grade ou le même militaire inverti sent l'armée et me déplaît comme à tous les hommes à qui répugnent le métier de tuer les gens).

Ne pas perdre de vue qu'au cours d'une telle représentation il convient d'isoler les critiques les uns des autres : certains avouent souvent qu'ils ne cherchent pas à critiquer, mais à dire autre chose que leur voisin.

L'exercice de la critique, de toute façon, ne se conçoit actuellement que libre et anonyme. Du point de vue du critique, il est en effet dangereux et peu nécessaire de risquer de se faire embrocher par un cuistre sous prétexte qu'il est plus fort que vous, qu'il a financé la pièce pour y faire jouer sa coquine.

Le critique pourrait opérer sans difficulté et au grand jour, à condition de suivre un entraînement spécial. Malheureusement, il est à craindre qu'il n'abandonne alors la critique pour la compétition, source de joies infiniment plus pures.

4°) Le maintien des critiques est une chose qui ne dépend que d'eux. Cependant, certains critiques aux opinions coulées à l'avance dans le moule indéformable de la doctrine reconnue par la feuille qui les emploie, pourraient sans encombre être remplacés par des mécaniques. Les trois quarts des critiques fonctionnent par comparaison : ils ne décrivent pas ce qu'ils voient, mais le comparent à ce qu'ils ont vu dans leur jeunesse (et cela était mieux parce qu'ils étaient jeunes). Ils n'analysent rien, mais réfutent l'opinion des confrères. Ils ne voient guère — ils se voient. Heureusement... il y a le quatrième quart.

Boris VIAN,
Combat, 27 février 1950

Dans le même numéro, réponses de deux décorateurs à cette enquête de Jean-François Devay : Félix Labisse et Georges Wakhévitch. Le questionnaire était le suivant :

1) *Etes-vous partisan de la suppression ou du maintien des « générales » ?*

2) *Même question pour les « premières » ?*

3) *En cas de suppression des générales comment concevez-vous l'exercice de la critique dramatique ?*

4) *D'ailleurs, êtes-vous partisan du maintien des critiques ?*

STRINDBERG,
LES FEMMES ET VOTRE SERVITEUR

Je viens d'avoir à faire à Strindberg, avec, de ma part, une certaine nuance de respect et je l'ai dit hier en présence d'une personne du sexe — « Je ne l'aime pas du tout! s'est-elle exclamée. Il traite les femmes d'une façon abominable et c'est un sale type. Et, en plus, il était fou. »

C'est ce qu'on appelle une opinion assez nette. C'est donc une de celles que l'on peut examiner. La folie, je ne vais pas m'en préoccuper; c'est difficile à définir, difficile à admettre aussi lorsque l'on s'en tient, comme j'entends le faire, aux textes : la rigueur de construction de *Mademoiselle Julie* (c'est ce que je venais de retraduire — et c'est le motif de ce billet) suffit à réduire en poussière verte une affirmation pareille. Mais pour le reste, la réflexion témoignait d'une certaine rancune (et, chose étrange, à l'endroit de Strindberg lui-même : il semblait que l'on fît abstraction de ses pièces).

Ainsi, il paraît que Strindberg n'aurait pas été tendre pour le deuxième sexe. A nous en tenir à *Mademoiselle Julie,* il n'est pas tendre pour les hommes non plus. Pour l'homme, plus exactement; car et c'est ce qui anéantit ici l'accusation, Strindberg n'y a pas généralisé : il l'évite justement au long de ses trois actes ce qui fait que l'on peut tenir pour nulle et non avenue *La Parisienne* de Becque, où cette bonne Clotilde n'ouvre la bouche que pour énoncer des aphorismes du ton « nous autres femmes ». Auguste, il ne collectivise pas : il nous montre une femme — et cette figure de glace et de flamme a un autre relief que cette bonne mâme Du Mesnil, avec ses combines de bourgeoise roublarde, nourrie de Bernstein. En un mot, devant le valet, Kristine et Julie, on n'a pas l'impression d'avoir devant soi des symboles. Ce sont des gens. Pas des copies de Strindberg : et dépendant de lui tout juste dans la mesure où ils sont nés de lui. Et ces gens ne généralisent pas. C'est très dangereux de généraliser, il faut faire attention. Quand on dit « toutes les femmes sont des garces » on dit une idiotie puisque au moins 30 % sont quand même très agréables à voir. (Par contre si on assure « tous les généraux sont des crétins » — ou « tous les juges sont demeurés » —, on profère quelque chose de parfaitement justifiable puisque le généralat ou la magistrature sont un ensemble d'activités précises, une fonction dont le choix atteste — c'est-à-dire est un test — de la crétinerie ou de l'état mental stagnant de son possesseur : on ne naît pas général ou juge, on veut l'être.) Tandis qu'être une femme, c'est tout de même encore assez vague et involontaire; et Strindberg ne pouvait l'ignorer. D'ailleurs, il ne l'ignore pas : il titre *Mademoiselle Julie* ou *La Maison brûlée*, où Becque titre *La Parisienne* (collectif) et *Les Corbeaux*. Il ne traite, lui, que les cas particuliers.

L'accusation de mon interlocutrice me parut ainsi chanceler dès l'examen du premier texte. Mais je lui donne encore une chance. Admettons qu'elle ait voulu parler de l'individu Strindberg, et qu'il n'ait jamais, dans sa vie, été tendre pour les femmes. Et alors? Est-ce sa faute à lui? La Société moderne, plutôt monogame, ne favorise guère un élargissement, un enrichissement des concepts. Ce n'est pas facile de changer de femme. Il y a des tas d'embêtements. On n'est pas aidé : alors, quelquefois, à cause des embêtements, on encaisse.

Ainsi, tout s'explique : supposez que Strindberg, la première fois, tombe mal. Il est coincé! Comment s'étonner ensuite qu'il soit dur pour le sexe « en général »? L'amertume comme la fluorescéine est très contagieuse. Lui eût-on laissé le loisir d'une connaissance plus approfondie — autre que charnelle — des dames, de plusieurs dames, et il émettait sans doute des jugements plus nuancés. Je ne sais pas du tout, remarquez bien, si c'est le cas pour Strindberg, et ça m'est absolument égal. Ce n'est pas parce que je m'occupais de *Mademoiselle Julie* que j'allais étudier la vie de Strindberg, non, quand même. L'œuvre m'intéresse plus que l'homme ; je crains d'aller un peu à rebours du goût contemporain de l'intime et de la révélation, fructueux pour les commentateurs, mais peu flatteur pour l'auteur lui-même, s'il a la faiblesse de croire que c'est son œuvre, justement, qui importe. (Je sais que beaucoup, cependant, prennent soin de tenir leur journal depuis l'âge de trois ans, mais passons.) En tout cas, le fait est là : si c'est comme ça que ça s'est passé, Strindberg n'est pas dur pour « les femmes » puisqu'il ne l'est que pour une seule.

Mais on me reprochera de me borner à une supposition, aussi, supposons toujours. Si l'on venait maintenant me dire : Strindberg a connu beaucoup de dames. C'était un garçon plein d'expérience et très renseigné. Mais voilà qui serait un coup encore plus dur pour elles ! Hein, si ces diaboliques héroïnes avaient une valeur exemplaire ? Si on ne rencontrait vraiment qu'elles dans la vie ? Si Strindberg les avait croquées sur le vif ? Elles sont donc comme ça ? Ou bien il ment. Ce qui est exclu des prémisses.

Dans les deux cas, mon interlocutrice est fichue. Mais le second est trop invraisemblable. Vous savez, c'est comme si on m'apprenait à la dernière minute qu'il était très heureux en ménage avec une femme qu'il adorait. A ce moment-là, autant croire qu'il était fou, ce qui aurait l'effet heureux d'annuler de fond en comble cet article. Pour qu'il en reste, en cette éventualité, quelques éléments utiles, j'ajouterai que c'est le metteur en scène Franck Sundstrom, grand spécialiste de Strindberg, qui dirige, au Théâtre de Babylone, les répétitions de *Mademoiselle Julie*. Elle, c'est Eléonore Hirt, Jean, c'est François Chaumette, Kristine, c'est Andrée Tainsy. Ils sont bien, voilà. Et Sundstrom sait ce qu'il veut. Il est revenu d'Amérique pour s'occuper de ça. On pourrait même dire qu'il est né pour ça. Ce ne serait pas si bête. On le croirait à le voir.

Strindberg n'est pas fou pour tout le monde, apparemment.

Boris VIAN,
Arts, 12 septembre 1952

L'INCENDIE DE L'OPÉRA

de Georg Kaiser

Georg Kaiser, auteur dramatique allemand, est mort en Suisse en 1945, laissant une œuvre considérable (40 pièces). Il a publié également deux romans et plusieurs essais. Il est actuellement joué régulièrement en Allemagne.

Georg Kaiser quitta l'Allemagne sous Hitler, se réfugia en Hollande puis en Suisse.

Pour qui n'a jamais eu de contact spécialement fréquent avec la littérature allemande d'entre les deux guerres, la rencontre d'un auteur comme Georg Kaiser est assez surprenante ; suffocante est même le mot qui s'appliquerait à cet *Incendie de l'Opéra* que le Théâtre de Babylone vient de me prier d'adapter.

Signalons tout de suite que cette adaptation diffère fort notablement de la version traduite par Claire Goll et qui est celle représentée le 15 février 1924 à L'Œuvre dans la traduction d'Yvan Goll.

Dans l'exemplaire allemand sur lequel j'ai travaillé, le deuxième acte présente déjà de sérieuses variantes et le troisième acte, lui, est complètement dissemblable ; ce troisième acte nous a semblé, dans la version que nous avions en main, plus homogène — plus fou aussi mais plus cohérent dans sa folie — et nous l'avons gardé tel avec les quelques coupures secondaires auxquelles nous contraignaient certaines redites.

Ce qui, dans cette pièce de Kaiser, paraît le plus frappant, c'est le contraste étrange du style d'un lyrisme forcené et de la construction du drame d'une logique presque malsaine, tant elle est impitoyable; de cet incendie qui gronde et rugit, entraînant dans la mort les compagnons d'une orgie monstre, de cet homme muré en lui-même et dont la vie se déroule en marge indifférente à la fin du monde — un certain monde avec lequel il a rompu pour rester lové au creux de son rêve glacial et chaste ou s'embraser enfin d'un autre rêve plus impossible encore.

Je me suis attaché dans cette adaptation à m'effacer totalement devant l'auteur qui eut une voix assez extraordinaire pour qu'on mette un point d'honneur à ne pas la dénaturer.

Boris Vian,
Programme du Théâtre de Babylone, mai 1953

Ce texte a été également publié dans *Paris-Comœdia* du 12 mai 1953.

LETTRE AU *FIGARO* À PROPOS DE *L'INCENDIE DE L'OPÉRA*

Mis en cause par le représentant de Mme Claire Goll, qui s'émeut de voir son œuvre bouleversée par l'auteur de *J'irai cracher sur vos tombes*, je vous serais reconnaissant de bien vouloir noter que je suis aussi le traducteur génial, mais injustement méconnu, des *Mémoires du général Omar Nelson Bradley*.

Je vous signalerai en outre que je n'ai pas touché à sa traduction, parfaite dans son genre : j'en ai fait une autre, d'une autre version de la pièce, et je voudrais bien savoir ce qu'elle me reproche car vous pourrez constater ailleurs que ce n'est vraiment pas une mauvaise opération pour Mme Goll.

Je ne lui en fais nullement grief, mais je trouve tout de même curieux, si ma personne la gêne tant, qu'elle exige de passer sur l'affiche et à la caisse en mon indésirable compagnie.

Boris VIAN,
Le Figaro, 16-17 mai 1953

LES NATURELS DU BORDELAIS
UNE PIÈCE EXPLOSIVE

Frappé par l'attention soutenue que le public prêtait samedi soir à la pièce d'Audiberti, *Les Naturels du Bordelais*, que Vitaly vient de monter au La Bruyère, nous sommes sorti de là avec une impression favorable ; certes, nous disions-nous, nos critiques, gens intelligents s'il en fut, vont apprécier la pâture que l'on vient de leur servir ; pâture nourrissante et multiple, abondante et riche, puissamment accommodée par un cuisinier acrobate. Et nous avons eu la curiosité de parcourir les coupures de presse déjà réunies par Vitaly, signées des noms les plus éminents : Jean-Jacques Figaro, Max Paripresse, Guy Franctireur, Robert Monde, nous en passons, vous nous le pardonnerez. Ce fut la seconde surprise de la soirée. Avec une admirable unanimité, ces messieurs, selon le procédé bien connu, s'empressaient de donner chacun sa version de la pièce, pour ensuite commenter sa propre production. D'Audiberti, là-dedans, il ne restait plus trace.

Or, il n'y a qu'un malheur : c'est qu'il est parfaitement impossible de résumer *Les Naturels du Bordelais*.

Biscotte et verre de Vichy

La délicieuse imbécillité sénile des remarques d'un Kemp, cela fait rire. On sent avec quelle nostalgie il regrette de ne pouvoir, d'un trait fulgurant, peut-être latin, démêler le travail : *Invitus invitam dimisit*. Voilà une pièce. On sait où on va. Un sujet qui tient en trois lignes, un auteur qui vous le développe en quelques actes, voilà du solide, du sûr. On n'est jamais perdu : le fil vous soutient, même quand on est sourd. La prétention d'impuissant de Gautier. Il faut s'y attendre : *Le Figaro*, journal riche, se paie le luxe d'avoir un critique quotidien idiot, Jean-Jacques, et un critique hebdomadaire intelligent et cultivé, Lemarchand. L'indigence chronique de Max, on ne lui en veut pas : parti des chiens écrasés, il finit sa carrière en juge, à l'ancienneté — rien ne l'y a préparé, qu'importe, il a le physique de son journal. Ne poussons pas plus loin, le jeu de massacre est trop bien garni.

Le critique arrive au théâtre muni d'une certitude en forme de béquille et qui ne le quitte jamais. C'est la suivante, elle est en deux temps. *Premier temps :* Si je ne comprends pas, ce n'est pas moi qui suis idiot, c'est l'auteur. *Deuxième temps :* Si je ne comprends pas, il est hors de doute que le public ne comprend pas. Le tour est joué. Assis dans son fauteuil avec la certitude de sa supériorité, le critique se rappelle Boileau, et que les mots pour le dire arrivent aisément.

Les Naturels du Bordelais sont en vérité un plat si bien garni et l'on n'a qu'une chose à faire : écouter. Malheureusement, nos critiques aimeraient — ne fût-ce que pour prouver leur « métier » — avoir, dès la première scène, compris où veut en venir l'auteur. Rassurez-vous : contrairement à Gonfaloni — c'est l'un des personnages de la pièce — l'auteur le sait très bien; l'auteur voulait notamment en venir à écrire *Les Naturels du Bordelais*, une pièce en trois actes, et il désirait que ce fût une pièce différente des autres. Mais cela, c'est interdit; ne pas surprendre, voilà la règle d'or en la matière; ne pas obliger Guy, Max et les autres à décoller du fond de leurs étiquettes les épaisses concrétions de cérumen qui viennent à point filtrer le subversif et l'inconnu ou l'inouï. « *On aime surtout ce qui vous est familier* », telle est l'opinion reposante professée par la majeure partie des censeurs.

Jeu de massacre

Et certes, il y a un bout de temps que l'on n'a vu sur une scène une pièce comme *Les Naturels du Bordelais*. Une pièce dont il faut avoir entendu le second acte pour apprécier le premier (mais nos messieurs se plaisent à établir leur opinion dès la fin du premier — encore heureux s'ils ne quittent pas la salle à ce moment). Une pièce à la fois policière, psychologique, philosophique, caustique, bourrée d'un humour explosif... C'est trop touffu ! disent messieurs les critiques. Rendez-nous notre biscotte et notre verre de Vichy. Naturellement, c'est moins facile à suivre que *La Maîtresse d'Eugène !* Le fait est qu'il faut écouter tout le temps... C'est embêtant, ça, hein, c'est plus un métier d'être critique s'il faut écouter ! Au coin, Audiberti, fatigant bonhomme ! Allez enlever les feuilles de votre arbre, et puis quelques branches... Oh, laissez le tronc, quoi, et on reviendra.

Or, il y a dans *Les Naturels* une remarquable exposition, un surprenant développement, des scènes d'humour d'une verdeur réjouissante, des scènes d'amour absolument délicieuses, des scènes de « suspense » aussi « suspendues » que dans les meilleures pièces policières, un gendarme qui « en est » avec une discrétion presque contagieuse, un médecin inquiétant, un avocat à double face digne du meilleur « Procès ».

Et il y a dix répliques, vingt répliques, cent répliques, dix, vingt, cent problèmes : celui du couple, celui de l'homme seul, celui de la justice, celui de l'homme laid, du suicidé, etc., fouillés, agités, sondés, ouverts et refermés par Audiberti... Vraiment de quoi occuper une soirée, je vous jure. Car on comprend, figurez-vous ; on comprend très exactement, à chaque seconde tout ce qu'Audiberti a voulu dire et le reste — mais malheureusement, nous l'avouons, cela ne peut pas se résumer en cinquante lignes. Ma foi, il est temps de le dire, c'est une bien pauvre pièce c'est un bien pauvre livre, que ceux que l'on peut condenser avec pertinence en quelques mots.

Cela dit il est certain que la pièce a des défauts comme toutes les pièces ; on s'en apercevra sans doute après l'avoir vue quatre ou cinq fois, ce que nous vous engageons vivement à faire (afin que le texte vous en devienne familier). A moins que vous ne l'aimiez, comme nous-même, du premier coup.

Boris VIAN,
Arts, 8 octobre 1953

VACANCES ET LOISIRS

AVEC EUX, QUELLES VACANCES !

Ne vaut-il pas mieux partir seul ?

Le téléphone m'a tiré d'un sommeil profond.

— Allô ! C'est toi, Claude ? Ici, Antoine. Dis donc, les vacances approchent, et j'ai pensé qu'on pourrait peut-être se voir pour organiser quelque chose comme l'année dernière...

J'ai pris une voix sépulcrale.

— Désolé, mais vous faites erreur. Ici, c'est la maison Dupiton, pompes funèbres.

J'ai raccroché ; Odile me tirait par la manche de mon pyjama, le sourcil interrogateur.

— C'est Antoine Roy, lui ai-je expliqué.

Elle s'est évanouie, et il m'a fallu dix minutes pour la ranimer. Il faut que je vous explique pourquoi. Et d'abord, un conseil : jamais, au grand jamais, n'acceptez des propositions de ce genre :

— Dis donc, vieux, puisque tu as loué une petite maison au bord de la mer, on pourrait partir à deux couples. Les femmes feraient la tambouille, et nous irions à la pêche...

Visions idylliques, farniente coupé de gros repas. C'est très joli, comme ça, dans un rêve. L'an dernier, c'est exactement ce qu'Antoine m'a dit, ou à peu près :

— Ecoute, Claude, tu as la maison, moi j'ai ma voiture qui marche bien, on pourrait partir tous les quatre. Ça diminuerait les frais.

Le fait est que ça les a diminués pour lui. Il avait oublié de me prévenir. La voiture marchait bien, c'est vrai. Mais pas les pneus. Ils avaient une fâcheuse tendance à la servilité. Jamais je n'ai vu des pneus s'aplatir avec tant de joie pour un simple clou, voire un caillou. En fait de frais, Antoine disposait de cinq à six mille francs, en tout et pour tout. Nous nous relayions au volant. Malheureusement, la suspension de sa voiture n'est pas trop mauvaise, et sept cents kilomètres de cahots bien amortis ne purent entamer l'énergie indomptable de Josée-Charlotte, la compagne d'Antoine. Elle nous avait confié qu'elle était abominablement myope, mais elle s'empara néanmoins du volant, après Valence.

Enfin parut la Méditerranée, puis le tortueux petit chemin par lequel, quittant la route nationale, on se rapproche de Saint-Tropez, le carrefour, l'usine de torpilles, et la jolie ville, sous le soleil. Mon cœur se réjouit. La place des Lices, la rampe qui monte à la tour Jarlier, et ma petite maison, tout près de là, basse et fraîche dans sa ruelle sinueuse.

On entre, et Josée-Charlotte de s'extasier sur ma fort belle cuisine provençale. Voici l'escalier, les chambres.

— On pourrait peut-être manger d'abord un petit quelque chose, propose Antoine, et puis on irait s'étendre pour se reposer.

— Je propose qu'on aille au restaurant le premier jour, suggère Josée-Charlotte. On ne va pas se mettre à faire la cuisine en arrivant ! Ce sont les vacances, après tout.

Agréable surprise, Josée-Charlotte, très grand seigneur, règle l'addition sans sourciller.

— Faut pas t'inquiéter, mon coco, me dit Antoine, Josée-Charlotte a de l'argent, et moi je dois en recevoir.

Dès le lendemain on se partage le travail; ou plutôt le travail se partage tout seul : Antoine et Josée-Charlotte restent couchés jusqu'à une heure de l'après-midi, tandis que, levé à neuf heures du matin, je nettoie la maison, vais aux provisions et aide Odile à confectionner un déjeuner superbe. A une heure dix, tout est prêt, et, comme par miracle, voici, frais et rose, Antoine en robe de chambre.

— Oh, mes cocos, dit-il, navré — et il sourit au fumet des escalopes — il ne fallait pas vous donner ce mal ! Vous auriez dû nous attendre !

Josée-Charlotte est toujours dans son lit. Antoine s'attable.

— Elle arrive, dit-il entre deux bouchées.

J'y vais, bien décidé à la tirer de ses toiles, au besoin par la peau du cou. Je frappe.

— Entre ! crie-t-elle.

J'entre et me trouve devant un indescriptible champ de bataille. Les deux lits de camp sont dressés en paravent, mes jolis petits matelas bleu ciel posés à même le carreau. Il y a des dizaines de pots de crème, de démaquillant, de peinture, de vernis sur le lavabo de céramique. Josée-Charlotte a revêtu un pantalon de plage des plus seyants. Il faut dire qu'elle a 1,54 mètre et qu'elle est plutôt potelée, mais ce sont toujours celles-là qui mettent des pantalons.

— Bonjour, Claude, me dit-elle. Oh ! C'est merveilleux chez toi ! On a dormi comme des loirs.

— Alors, crie Antoine d'en bas, vous vous dépêchez, oui ?

Quand j'arrive, il a déjà descendu deux bons tiers de la salade niçoise composée le matin, avec amour par mon Odile qui sait que j'adore ça. Plus un anchois.

— Qu'est-ce qu'on fait, tantôt ? demande Josée-Charlotte. Claude, toi qui connais le pays ?

Je prends mes précautions :

— On fait d'abord la vaisselle, dis-je. Ensuite, on peut aller se promener.

— Ecoutez, mes enfants, s'écrie Antoine, on est là pour se reposer. Alors, je vous propose de faire une petite sieste après le déjeuner, et puis on sortira la voiture et on fera une balade.

Antoine n'a plus faim.

— Alors, à tout à l'heure, nous dit-il ravi. C'était fameux.

A nous la vaisselle. Quand il revient, juste cinq minutes après que la dernière petite cuiller est essuyée et rangée, il s'exclame :

— Mais il fallait nous attendre ! On aurait fait ça tous les quatre.

Sur quoi, il se dirige vers la porte. Une heure plus tard, Odile et moi, passant sur le port, apercevons Antoine et Josée-Charlotte confortablement installés dans les fauteuils du glacier, en train de savourer de grands martinis.

— Oh ! dit Odile, indignée.

Le lendemain, je m'éveille à neuf heures sans incidents. Il fait un temps magnifique. Odile ronronne comme un chat siamois. Je la pousse du coude.

— Tu ne sais pas ? Aujourd'hui, on reste au lit jusqu'à ce qu'on les entende bouger.

Le silence règne, je regarde ma montre : neuf heures et demie. Dieu que le temps met longtemps à passer ! Une crampe sournoise se glisse dans mon épaule. Je change de position et commence à m'énerver. Il est impossible de dormir un jour pareil. En me concentrant sur des réflexions d'une haute élévation morale — par exemple : qu'allons-nous faire pour le déjeuner ? — je réussis à tenir jusqu'à onze heures. Odile continue de dormir avec sérénité. Je la secoue.

— Tu n'as pas honte ?

Elle sort de sa torpeur, effrayée.

— Qu'est-ce qu'il y a ?

— Tu n'as pas honte de dormir comme ça ? lui dis-je. Par ce soleil ?

— C'est les vacances, répond-elle en changeant de côté. On fait ce qu'on veut.

Et elle se retasse voluptueusement dans les bras de Morphée. Je fais appel à toute la philosophie dont je dispose. Finalement, énervé, accablé, épuisé, je sombre dans un sommeil trouble. On me tire à temps d'un atroce cauchemar.

— Alors ? C'est pour demain ?

Je bredouille.

— Quelle heure est-il ?

— Il est trois heures. On a déjeuné. On n'a pas voulu te déranger. Et on s'en va faire un tour. Tu viens ?

Je suis furieux. Mais je dissimule mon ire.

— Vous m'avez laissé quelque chose, au moins ?

— Bien sûr, répondent-ils en chœur.

Trop épuisé, je ne les accompagne pas. Effectivement, ils m'ont laissé quelque chose : une assiettée de riz, et la vaisselle à faire.

Je ne casse que deux verres. C'est un succès ; autant de moins à essuyer. Et le lendemain, naturellement, c'est mon tour de faire la cuisine.

Tant bien que mal, pourtant, la routine s'organise. Josée-Charlotte a la fâcheuse manie de garnir sa chambre de feuillages verts ; elle en met absolument partout ; on se croirait en pleine forêt. Je trouve ça ridicule ; moi, je préfère les vieilles épaves, les bouts de bois bizarrement usés par la mer, que l'on ramasse sur la plage et qui font très joli sur les cheminées. Comble de l'impolitesse, voilà qu'un soir Josée se moque de moi et m'accuse d'avoir des manies. Je riposte vigoureusement. Pendant ce temps, Antoine et Odile finissent le rosé.

Il y a aussi la question de la douche. J'ai une douche, petite, mais bien conçue. Or, toutes les fois que j'ai envie de prendre une douche, je tombe sur Josée-Charlotte dans le plus simple appareil. Certes, je m'excuse, mais la porte n'a pas de verrou... Je n'y peux rien, c'est une installation rustique, et ce n'est pas ma faute si nous avons la même idée au même moment. Un matin, je me lève et me dirige vers la douche. Je tourne la poignée, la porte résiste. Antoine surgit. Il me regarde, soupçonneux.

— J'ai acheté un verrou, me dit-il, sarcastique. Josée-Charlotte est en train de prendre sa douche. Ne rougis pas comme ça.

— Ah, là, là, dis-je, ce que vous êtes snobs !

C'est étrange, mais Odile ne me soutient pas du tout. Elle donne raison à Antoine. Il sape mon autorité.

Comme le jour où on loue un bateau ! Je m'apprête à donner un remarquable échantillon de mes capacités nautiques, lorsqu'un coup de vent m'enlève l'écoute des mains et nous laisse en vilaine posture au milieu du vaste océan. Je veux dire que le port est au moins à cinquante mètres. Ça recommence : Antoine se paie ma tête, Josée-Charlotte glousse et Odile sourit. Bon. Je ne m'occupe plus de rien et je leur laisse la manœuvre. Par pure chance, Antoine redresse le bateau et nous rentrons sans encombre. Tout ça est extrêmement mauvais pour mon standing et je me sens comme un étranger dans ma propre demeure. Un soir, cependant, j'ai ma revanche. Antoine et Josée-Charlotte, qui ont rencontré des amis, nous quittent. A deux heures du matin, je les entends rentrer, un peu chancelants. Je me rendors. A six heures, le chien me réveille pour sortir. Cet abruti d'Antoine a encore oublié de l'enfermer. Les yeux collés, furieux, je guide le chien dehors. En revenant, je sens une étrange odeur. Je monte. Leur porte est ouverte ; ils sont en train de dormir, Josée-Charlotte sur son lit, Antoine tout habillé dans un fauteuil. Sa cigarette lui est tombée des mains, a mis le feu au lit, et la fumée jaune me prend à la gorge : le matelas est en pleine combustion. Je secoue Antoine, en pleurant comme un veau :

— Ça brûle, ahuri !

D'un pas de somnambule, il va au lavabo, prend une cruche d'eau et la renverse sur Josée-Charlotte. Elle rit aux anges.

Je m'aperçois que sans ce chien la maison brûlait. D'un solide coup de pied quelque part, je dessaoule Antoine.

— Emmène ta femme d'ici, incendiaire !

Il commence à comprendre. L'heure suivante se passe à éteindre le kapok, et je vous assure que c'est une corvée. Heureusement, Odile dort. A midi, elle s'étonne ; il y a cinq couverts.

— Tu as un invité ?

— Oui, dis-je. Il est tout noir et il a de grands poils.

Nyza comprend très vite. Il s'attache. Il a droit à une entrecôte. Tout se termine bien. Mais on ne m'y reprendra plus à passer les vacances avec Antoine et Josée-Charlotte. Cette année, je ne ferai pas cette blague-là. Ça va changer. D'ailleurs, nous partons avec René et Jacqueline. Eux, au moins, n'ont pas de chien. Ils amènent leur fils de cinq ans.

Claude VARNIER,
Constellation, n° 51, juillet 1952.
Repris dans *Double Face*, n° 5, été 1987

L'ART DES DIVERTISSEMENTS CHIMÉRIQUES

Est-ce bien Thierry Maulnier qui évoquait ici même et récemment ces dimanches de square, suants et talocheux, que traînent accrochés à leur semaine de travail, les gens des villes ? Certes nous ne savons guère les employer, les vacances ; encore faudrait-il pour cela qu'on nous laissât le temps de nous y entraîner. Imagine-t-on que Mimoun s'est mis à courir comme ça, d'un coup ? En vérité, nous saurons profiter de nos vacances lorsque nous aurons appris ; mais, pareille à la symbolique heure hebdomadaire de gymnastique des programmes scolaires modernes, la liberté que nous laissent des activités généralement idiotes, puisque purement intermédiaires, est absolument insuffisante à la culture de « l'art de ne rien faire qui ne vous plaise ». (Si l'on peut désigner les vacances par cette périphrase ; elle a le mérite de préciser d'emblée que l'on doit pour en jouir étendre le domaine de ce qui vous plaît.)

***

Comme d'autres pauvres gens qui vivent de leur plume, je ne sais plus bien ce que sont les vacances ; ce n'est pas ranger sous ce vocable quelques semaines définies qui fait que je ne me sentirai pas, n'importe quand, poussé à écrire. Malheureusement, comme il faut le soleil pour l'ombre, il faut le travail pour les vacances ; j'entends le travail régulier. C'est que nous sommes idiots, voilà. C'est l'histoire du fou qui tape à coups de marteau sur son propre crâne parce que ça fait du bien quand il s'arrête. Cette pratique est assez courante. On fait, ainsi, la guerre pour la paix qui la suivra. On oublie les lésions.

⁂

Puisqu'à tout prendre, les vacances sont donc le fruit d'un effort d'abstraction, le résultat d'une croyance, quelque chose, en somme, d'assez intellectuel, ou, comme on dit, d'assez élevé, et n'ont pas la moindre réalité, je proposerais en somme qu'on les consacrât à la culture de quelque utopie de taille. Il me paraît que ce doit être le temps des grands divertissements stériles et des constructions chimériques ; établissement d'un plan idéal d'aménagement du globe, de divers points de vue ; habitat, circulation, etc. Modification du relief, pour voir ce qui se passera (rien ne vaut l'expérience). Fermeture de Gibraltar. Séparation de la France et de l'Espagne par section verticale des Pyrénées ; ou de la France et de l'Allemagne. Isolement de la Suisse au milieu d'une mer de largeur rigoureusement uniforme et de profondeur contrôlée. Transformation de la botte italienne en soulier Louis XV. Construction d'un pont sur l'Atlantique, réservé aux cyclistes, pour débarrasser l'Europe du Tour de France, que l'on fera passer là (le pont cassera au milieu).

⁂

Sur le sable, tous ces projets s'organisent... admirablement. S'il pleut, on les dessinera. La gamme est infinie, et l'étude aussi détaillée qu'on veut ; j'ai, voici quelques années, réalisé un admirable projet de construction des « *Grandes Routes Graves* », voies à déclivité continue reliant, dans les deux sens, Paris aux principales villes et qui transformeraient agréablement l'aspect des campagnes. Il y aurait du remblayage. J'ai aussi étudié la suppression du déficit de la S.N.C.F. et découvert qu'il suffit de supprimer les chemins de fer pour tout régler (j'ai rédigé l'étude et la tiens à *leur* disposition).

⁂

Cette année, je suis plus paresseux. M'inspirant des travaux du grand jardinier Mitchourine, j'ai simplement tenté la culture hydroponique des êtres humains. Je suis heureux de dire que j'ai parfaitement réussi : ils poussent merveilleusement sur les plages, ainsi qu'en témoigne, je l'espère, le document qu'en principe, on devrait joindre à ces lignes de vacances.

Boris VIAN,
Arts, 31 juillet 1952

Le document dont parle Boris Vian est une photographie le représentant enfouissant un enfant dans le sable ; texte de la légende : « Un divertissement de Boris Vian en vacances : la culture des enfants sur les plages. »

Ce texte avait été repris par Michel Fauré dans *Les Vies posthumes de Boris Vian*.

C'est pas facile de partir en vacances. D'abord, il faut des vacances. Moi, j'ai failli ne pas en avoir; c'est forcé, je ne suis pas sympathique. Mon chef, c'est un type bien. Je lui ai dit : « Je suis ici depuis cinq mois, j'ai droit à cinq jours, je voudrais en prendre un peu plus, à mes frais. » Il m'a dit : « Alors, si vous changiez de situation tous les ans, vous ne prendriez jamais de vacances ? C'est idiot et malsain. » J'ai dit : « Oui » et il m'a répondu : « Prenez vos trois semaines et ça va comme ça. » Bon. C'est un type bien, je vous dis. Mais il y a Clerc. Clerc, ça ne s'écrit pas comme ça, je le sais, mais il ne peut pas me poursuivre si je mets une autre orthographe parce qu'il y a trois lettres différentes, et la contrefaçon n'est admise que pour 2 lettres seulement. C'est un type bien aussi, Clerc, mais bien dans le genre emmielleur. Il m'a engueulé comme s'il pouvait se placer à mon niveau. C'est risible. Il a un faciès de crapaud thyroïdien, il fume, et il m'a dit : « Monsieur Vian, vous saurez qu'il y a une chose qui compte ici, la discipline. » J'ai dit : « C'est pour ça que je n'ai pas jugé utile de vous prévenir spécialement que je partais demain, puisque mon chef direct était d'accord. » Mais la hiérarchie, ça ne compte pas pour lui. Seulement la discipline (il ne va pas se farcir la tête de trop de notions, il a beaucoup à faire). Il m'a dit : « Qui sera là pendant que vous ne serez pas là ? » et j'ai dit : « Pas moi, puisque je serai en vacances. » Je pensais que c'était une chose inhérente au système des vacances. Mais non, il faut croire. Et puis, timidement, j'ai insinué que j'avais besoin de vacances. Il m'a dit : « J'ai trois petits enfants en bas âge, dont l'aîné a trois ans, vous croyez que je n'ai pas besoin de vacances ? » J'ai pensé qu'après tout, il n'avait pas besoin de se livrer à des efforts pareils, mais je ne l'ai pas dit, et puis j'aurais voulu savoir si c'était des vacances sans ses enfants qu'il voulait prendre. Cet homme-là, c'est un égoïste, ça devrait être le motif. Il était très en colère. Je l'ai vu trois fois dans ma vie, ça ne doit pas être ma figure dont il a assez, je ne comprends pas. Il a ajouté : « D'ailleurs je n'ai jamais vu ça, tout le monde part en vacances en même temps », j'ai dit : « C'est normal, il n'y a rien au mois d'août, autant que tout le monde s'en aille à ce moment-là. » Il a répondu avec une noblesse extraordinaire et un ton sarcastique à la fois : « Ah ! vous trouvez ça normal ? eh bien moi, je ne suis pas comme ça, et vous le saurez. » Ça, c'était une menace à peine déguisée ; comme on dit dans *Nick Carter*. J'ai répondu : « Vous prenez ça comme une offense personnelle, je trouve ça curieux, mais ce n'est pas mon genre non plus de faire des choses de cet ordre, et vous le saurez aussi. » La vérité historique m'oblige à dire qu'il n'a pas été impressionné par cette phrase d'ailleurs forcément banale et mal tournée puisqu'elle reprenait certains de ses propres termes. Il me prenait au dépourvu. « Enfin de qui dépendez-vous ? » conclut-il. « De mon chef direct ! », répondis-je, et cette réplique à l'emporte-pièce cliqueta comme une balle de mitrailleuse sur du sparadrap, me réhabilitant dans ma propre estime. Mais il en fallait plus pour l'accabler. Il s'est réfugié dans la menace pas déguisée du tout. « Très bien, monsieur Vian, partez en vacances demain, et nous verrons. » « Vous n'êtes pas d'accord ? », j'ai dit. « J'aviserai le délégué général dès son retour. Je me réserve de lui mettre un mot auparavant », a-t-il ajouté, pour me mettre à l'aise. « Au revoir, monsieur. » « Au revoir, monsieur. » C'est pas que ça soit tellement difficile de partir en vacances, vous comprenez, mais il y a des gens qui n'aiment pas les vacances des autres. Ça explique des choses [1].

Boris VIAN,
inédit, 1946. Texte destiné à *La Rue*

1. Je suis en vacances. Bonjour chez vous.

UN PETIT JEU DE LANGUE (FRANÇAISE) POUR LES VACANCES

Il y a des tas de moyens de se distraire pendant les vacances, mais le moins bon, c'est de s'embêter. Pour ceux qui malgré tout devraient y avoir recours faute de mieux, voilà du mieux : nous avons jugé de notre devoir l'élaboration d'un jeu intellectuel, distingué, facile mais point trop, et susceptible de vous permettre (à vous qui êtes boutonneux, ne nagez pas le crawl et portez des bretelles élastiques) des triomphes flatteurs sur toute une catégorie de garçons bronzés, à pleine écale, luisants de virilité dont on ne saurait trop dénoncer les inconvénients sur des plages qui se respectent. Passons, puisque aussi bien on peut supprimer tous les gens qui vous gênent, comme disait Leclerc à Saigon. On pourrait dénommer ce jeu : « le béguophone » ou « le jeu du du du » ou n'importe comment. (Ces quelques suggestions ne sont faites que pour gagner des lignes, car les vacances sont bougrement chères, cette année. Ça me rappelle une histoire qui va encore me valoir dix balles de plus si Sauvage me laisse la raconter : un jour, sur ses longs pieds, allait je ne sais où [1]

Pour y jouer, munissez-vous d'inspiration (de couleur au choix), de crayons (de couleur au choix) et de papier (je vous recommande, mine de rien, le vélin bouffant 70 kilos des [2]

1. Vingt lignes censurées (note de la rédaction).
2. Réclame non payée à la rédaction, donc censurée *(NDLR)*.

Une fois remplies ces conditions indispensables, il faut trouver des joueurs. Moyennant une légère redevance, je suis prêt à vous fournir des listes d'adresses de jeunes femmes charmantes qui sont libres aux heures d'ouverture des bars. Écrire à B. Vian. Service documentation à *La Rue.*

Et, puisqu'il faut y venir, voici la règle à suivre.

Composer une phrase courte comportant le maximum de redoublements de syllabes (ou groupes de syllabes se retrouvant dans le même ordre) et possédant en elle-même une signification claire (c'est-à-dire explicable).

Triplet d'une syllabe.

Exemples : (1) Quels sont les Quons qu'ont complètement cassé ma clepsydre ? (Apostrophe d'un prince japonais du IIe siècle à ses serviteurs. Un Quon était une sorte de valet de chambre de second ordre.)

(2) *2 triplets distincts d'une syllabe :*

A sa vue, le chenapan Pan pantèle tel Tell devant la pomme de son fils. (Extrait d'un ouvrage de théologie grecque dont la signification va de soi.) Traduit (du grec) par B. Vian et G. Maspero.

(3) *Triplet de 3 syllabes consécutives :*

J'ai vendu ma DKW, décavé, dès qu'avec insistance le baron me réclama son fric. (La DKW est une moto allemande, ce qui explique qu'une âme patriotique comme celle de ce joueur la vende pour régler sa dette. Ce qui explique également que le doublevé se prononce vé.)

(4) *Quadruplet de 2 syllabes consécutives :*

As-tu le cul récuré, curé qu'urée rend impotent ? *(interrogatoire subi par un prêtre goutteux de saleté notoire).*

(5) *Quintuplet de 2 syllabes consécutives.*

Je suis un mari marri, Marie, ma rime arrive quand il est trop tard. (Réflexion d'un poète à sa femme : il est déçu de trouver sa rime alors qu'il a déjà terminé son poème.)

Nous arrêtons là cette série d'exemples qui nous paraissent suffisamment clairs pour vous permettre dès maintenant d'en préparer quelques-uns à votre tour. A qui nous objecterait que ce n'est qu'une variante dérivée des vers homophones dont Hugo, Cros et d'autres ont déjà donné des exemples classiques, nous répondrons, avec mauvaise foi mais bon sens, que ce n'est pas vrai, ce qui clôt toute discussion.

Boris VIAN,
inédit, 1946.
Texte destiné à *La Rue*

LA BOURSE OU LA VIE

Pendant que j'étais au lit, souffrant d'une crise de foie, je me suis fortement embêté. Alors j'ai dit à ma femme bien-aimée : apporte-moi mon fusil, le long à télescope, et une vingtaine de cartouches. Elle était heureuse de me permettre cette distraction et me remit le tout. Par ma fenêtre, je vois, au-dessus des arbres du lycée Lamartine, une partie du lycée, le coin de droite, avec une grande verrière en plein cintre qui doit correspondre à quelque salle de dessin monolithique puisque l'on devine à travers les vitres, les barres de fer sur lesquelles les élèves sont censées appuyer leur planche. Cette pièce peut être aussi, en fait, un séchoir à pompiers, un abattoir pour clandestins ou une blanchisserie de modèles. Juste au-dessus, le toit, en pente — bleu doux, à la faîtière piquée tous les dix mètres d'un paratonnerre de bœuf assez pointu pour réjouir les enthousiastes du bilboquet. L'extrémité de ce corps du bâtiment s'accole par l'angle à l'angle d'un immeuble orienté dans le sens exactement inverse et dont par suite je vois le cul beige et gris sans ouvertures. J'eus d'abord l'idée de peindre une cible sur ce mur qui se trouve à deux cents mètres environ, en ligne d'abeille sobre, de mon lit. Mais au bas de ce mur, à travers les branches des arbres, sur le toit vitré et presque plat d'un gymnase y accolé un homme poussait le balai pour vexer les feuilles tombées l'année dernière. J'épaulai, visai soigneusement, réfléchis que si j'atteignais le balai, l'homme ne tomberait pas, tandis que frappant l'homme, j'aurais les deux. Il chut remarquablement, sur le nez, vers l'aval de la pente, et sa figure traversa la vitre. Ses épaules le retinrent à l'extérieur du bâtiment. Le balai était agité de petits soubresauts et s'immobilisa. Cette intéressante expérience m'amena à dégager les raisons pour lesquelles il est plus amusant de tirer sur un homme que sur un arbre.

Par une démarche philosophique simple, calquée sur celle de l'autruche, oiseau qui voit loin, j'ai réussi, pensé-je, à déterminer l'essentielle, et je ne vous dirai que les autres. Donc, en second lieu, il faut généralement plus d'un coup de fusil pour abattre l'arbre, et l'homme tombe à la première blessure au tronc. L'arbre a pour lui de produire dans sa chute un craquement des plus phonogéniques, et des oiseaux s'envolent. Mais l'homme gueule, et remue les bras et les jambes tandis que les branches restent inertes, et, non plus, l'arbre ne saigne pas. C'est pourquoi j'ai tiré sur le type et pas sur le tilleul à travers lequel j'ai visé. J'espère qu'il va bientôt en venir un autre pour ramasser le cadavre. Si j'ai de la chance, peut-être deux. Mais il y a plus : l'homme a déjà voyagé sans doute. Tandis que l'arbre n'a jamais bougé d'un mètre : il est honnête de lui laisser sa chance. Je ne poursuis pas cette étude plus avant : on voit, j'espère, tout le parti que l'on peut tirer d'une crise de foie pourvu que l'on dispose d'un fusil à télescope et d'une vue convenable. Aussi, d'une fenêtre et d'une cible. Mais après tout, j'aurais pu tirer à travers le mur.

Inédit, non daté

DEUXIÈME PARTIE

CHANSON, MUSIC-HALL

Georges Auric, Henri Barraud, Francis Poulenc
Jacques Lonchampt, Daniel Lesur et Boris Vian
dressent

LE BILAN DU FESTIVAL DU XXe SIÈCLE

et concluent :

« *Chaque année une grande saison musicale doit redonner à Paris son prestige de capitale artistique.* »

Nous avons réuni, autour du magnétophone, plusieurs personnalités du monde musical : MM. Georges Auric, Henri Barraud, directeur de la Chaîne nationale à la Radio, Daniel Lesur, Jacques Lonchampt, rédacteur en chef du journal des J.M.F., Francis Poulenc, Boris Vian et nos deux collaborateurs, MM. Jacques Bourgeois et Jean Roy; André Parinaud conduisait le débat.

— Nous sommes ici réunis, messieurs, afin de faire le point à propos du festival *L'Œuvre du* XXe *siècle* qui vient de s'achever. Le résultat de ces manifestations est-il fructueux ? Outre l'intérêt artistique qu'elles présentaient, pensez-vous qu'elles exerceront une influence sur l'avenir, tant du point de vue du public que de celui des professionnels ?

Boris VIAN. — On attend de moi, évidemment, que je déplore l'absence du jazz dans ces festivals, étant donné que les critiques s'accordent généralement pour reconnaître cette musique comme née au début du XXe siècle. Sans compter que le jazz est la musique la plus internationale qui soit. Il existe des « Hot-Clubs » en Islande, au Japon et peut-être même en Patagonie.

En outre. Il est particulièrement regrettable qu'on ait monté les *Quatre Saints en trois actes* de Virgil Thomson qui, du point de vue non pas de l'amateur de jazz, mais de l'amateur de musique, contient exactement le néant, alors que l'on eût bien mieux fait avec la troupe noire que l'on avait fait venir à cette occasion, de donner *Porgy and Bess* de Gershwin.

Remarquez que ce n'est toujours pas du point de vue du jazz que je me place. Mais puisque l'on avait fait les frais de transporter une troupe adéquate et un matériel, on aurait mieux fait de donner une œuvre comme *Porgy*, car si Gershwin a pillé « le jazz noir » dans cette œuvre, il l'a mieux fait que Thomson n'a grappillé « la musique » dans les *Quatre Saints*.

Henri BARRAUD. — Je regrette beaucoup que l'on n'ait pas profité, en effet, de la présence de cette troupe noire pour donner *Porgy*. C'est une œuvre essentielle. Il est incroyable que l'on ne l'ait pas encore entendue à Paris. C'est d'ailleurs de la faute de l'Association Gershwin en Amérique, qui s'oppose à ces représentations pour des raisons que j'ignore.

Boris VIAN. — En ce qui concerne le jazz proprement dit, seul un orchestre comme celui de Basie, de Hampton, d'Ellington aurait pu remplir le vide béant que présentèrent, à cet égard, les manifestations diverses auxquelles nous avons assisté. Même pour les initiés c'eût été un choc agréable.

Arts, 19 juin 1952

Les interventions des participants à ce débat portent toutes sur la musique classique. Nous avons extrait l'intervention de Boris Vian.

L'ÈRE DE LA CHANSON VA COMMENCER

La distribution du Grand Prix de la Chanson s'est déroulée, on le sait, à Deauville, dans la fièvre. Cette émotion nous a semblé propice pour faire de « l'art et de l'industrie de la chanson » un des centres d'intérêt de notre journal cette semaine. Boris Vian a donc été chargé de présenter la polémique.

On a beaucoup chanté à Deauville. Cela se passait sur la scène. Il paraît que dans la salle, par contre, on criait. C'est fort bien ainsi : à chacun sa spécialité. Le public, dit-on, a conspué le jury. Le jury, semble-t-il, ne s'en est pas soucié. Voilà qui est d'un bon jury. Un jury sûr de lui, prêt à prendre ses responsabilités. Un jury qui a dit non à la grève. Et tout est rentré dans l'ordre. Pour une fois, ce « non »-là n'était pas ridicule. C'était le « non » de gens qui avaient étudié la question. Mais, je vous assure, aucune allusion... Quel esprit vous avez !

On ne s'en occupe pas beaucoup officiellement, en France, de la chanson. Tout finit par là, disait-on jadis. Cet heureux temps n'est plus. La chanson, on la brime un peu. Je ne sais pas si c'est mieux ailleurs. En Amérique, par exemple, je sais qu'une chanson qui fait un triomphe, on en vend un à deux millions d'enregistrements.

En France, il faut que ce soit *Etoile des neiges* pour arriver à dépasser cent mille. Pourtant, en France, il y a seulement quatre fois moins de gens qu'en Amérique. Mais, en France, on a la chance d'avoir une bonne radiodiffusion bien nationale et bien française, et il y a tellement de gâteux qui ont envie de parler que ce serait péché que de vouloir bâillonner ces bons bavochards. Mieux vaut bâillonner la chanson, limiter sa fréquence de passage sur les ondes et donner leur chance aux normaliens en quête d'auditoire ou aux économistes qui n'ont pas la chance d'être dictateurs pour mettre en application leurs théories. Sans compter que le gouvernement est là aussi, avec son interprétation bien personnelle de l'information objective.

Charmante idée

Heureusement, il y a des initiatives privées. Comme celle de Deauville. C'est une charmante idée, ce Grand Prix de la Chanson. Quand remplacera-t-on cette ridicule pétaudière de Tour de France par un idem de la chanson ? On saurait que *Qui me délivrera ?* a gagné l'étape Luchon-Calais, ça serait plus gai que de revoir aux actualités la suante gueule de quelque faux surhomme de la pédale. Puisque Coppi surclasse tout le monde en ce moment, si on en profitait pour nous flanquer la paix avec ce sale engin qu'est le vélo ? C'est Coppi, ça va, gardons-le pour cinq ans et laissons Goddet dormir et Louison se figurer.

Et revenons à la chanson. Malgré l'étatisme de la radio, le prix trop élevé des disques et des appareils, la chanson marche bien. On en fait encore de fort bonnes. J'ose même dire qu'on en fait de meilleures qu'avant. Ce n'est pas insulter aux Petits Pavés que de les trouver bien rares dans leur époque.

Combien de chansons qui survivent de ce temps-là dont on puisse dire autant de bien ? Oh, il y a du déchet aussi de notre temps. Que de rengaines heureusement aussitôt oubliées qui ressortiront dans trente ans pour les délices des parodistes ! Charitablement, je préfère n'en citer aucune. Et prudemment aussi. Sait-on ce que l'on perpètre soi-même ?

N'importe, je suis certain que d'un auteur comme Trenet, bien des chansons pourront subsister qui vieilliront avec grâce, sans perdre leur charme. Disons du bien de Trenet.

Disons du bien de Jacques Larue. Disons du bien d'Eddie Marnay, de Plante quand il se donne du mal, de Lemarque à ses heures, de Rougeul quand il secoue sa paresse, de Ferré quand il n'est pas persécuté, de ce vieux truand de Carco mis en ritournelle par Bailly et Varel, d'Ulmer quand il oublie le folklore américain, de Galmann même remarque (bon travail avec Vidalie, par exemple). De Prévert. De Raymond Queneau. Hé ! rejoindrions-nous la littérature ?

Je vous entends : ceux-ci, d'abord, ont fait des chansons sans musique, et d'autres ont eu l'idée de les chanter ; mais quel poète une fois fredonné peut ignorer cette éventualité dans ce qu'il fait ensuite ? Sûrement pas Mac Orlan, en tout cas. On le redécouvre ; il est temps.

Ceux qui depuis quelques décennies collectionnent ses ouvrages (quelle fascinante variété d'éditeurs !) ne l'ont jamais oublié. *La Fille de Londres*, un épitomé de Mac Orlanisme. Et il n'y a pas de fossé des auteurs de chansons aux auteurs tout court.

La poésie dans la rue

Il y eut à la Libération une ruée vers la poésie, paraît-il. On se plaindrait maintenant de la voir délaissée par les éditeurs. C'est qu'elle regagne son domaine : la rue, la loge d'une concierge, la chambre d'un jeune couple, la scène. La poésie étouffe dans les bibliothèques. Ceux qui ont quelque chose à dire en vers le disent maintenant en musique. C'est pas plus cher et c'est si bon... Le technicien, ainsi, est bien près d'être venu à bout du noir et blanc. C'est le progrès. Je ne dis pas que c'est si bon... Le technicolor, ainsi, est bien près d'être venu à bout du noir et du blanc. C'est le progrès. Je ne dis pas que c'est mieux : c'est comme ça. C'était comme ça au début. La poésie a pris son rythme à la musique puis s'est débarrassée d'elle sournoisement. Voici que la musique lui recolle aux syllabes comme des gratterons. On en vient à « ne plus pouvoir écrire » un vers sans entendre les harmonies derrière.

On fait des anthologies, et on dissèque des œuvres parce qu'elles se présentent sous des étiquettes sérieuses. On les tue. Heureusement, la chanson, ce n'est pas sérieux : on la laisse tranquille ; alors elle vit, elle prospère, elle s'épanouit. Connaissez-vous *La Saint-Médard* ? C'est une chanson de Michel Vaucaire. C'est une chanson ravissante. Quand j'étais en septième, on me faisait apprendre des poésies d'Henri de Régnier. « On quitte la grand'route, l'on prend le sentier... », etc. Mes enfants, j'aimerais mieux qu'ils apprennent *La Saint-Médard*. Je ne sais pas trop ce qu'on leur propose, je l'avoue. Mais sûrement pas *La Saint-Médard*.

Il y en a qui tombent tout de suite dans l'oreille de sourds. Même de bonnes chansons. Eh bien, le croiriez-vous, ce n'est pas triste du tout ! On les retrouvera. Elles reviendront. Elles ressortiront. Certes, il y a souvent trop d'amour, de toujours, de caresses et d'ivresses mais, permettez : on s'abstient de classer Delly parmi les littérateurs justiciables d'une critique sérieuse, je ne vois pas pourquoi on ne tolérerait pas qu'il y eût aussi toute une littérature des chansons idiotes. Qui cela gêne-t-il ? Chose étrange, dans la chanson, *même* les bonnes chansons rapportent souvent beaucoup de sous. C'est un genre où on peut parfaitement se permettre de rester pur et de vivre fort bien, quand même on n'aurait pas la diabolique courtisanerie et les ressources d'astuce d'un Henri Contet. Une vraie canaille, celui-là. Au sens figuré, bien sûr ; charmant garçon, de fait, mais putain comme chanson dans l'exercice de son art. Je gage qu'il a dans ses tiroirs de l'extra-pur que par pudeur il ne vend point. Ils sont capables de cela. Presque tous. Coupables de cela, devrais-je dire.

C'est drôle, la chanson. Combien je connais de gens qu'elle fascine ! Des industriels, des « bourgeois » qui s'asseyent à un piano, le taquinent, accouchent en cachette de dizains pleins d'atmosphère qu'ils font enregistrer grâce à quelques complicités, dans un studio de la radio; des barmen, des ouvriers, des militaires ou des curés... Le nombre des peintres du dimanche est paraît-il démesuré en France. Et celui des compositeurs ou auteurs de chansons? Voyez plutôt la moyenne des dépôts à la S.A.C.E.M.

Certes, tous ne connaissent pas l'autre côté. La version « éditeur » de l'affaire. Les petites combinaisons, les petits argents qu'on donne aux divettes pour chanter ou enregistrer les chansons que l'on compte pousser. Pourquoi s'étonner? A l'échelon de l'enregistrement, la chanson peut devenir coûteuse. Un bon arrangement, vingt musiciens, le studio, les techniciens, le pressage, la publicité, il faut récupérer tout cela. Et il faut se garder de « tuer » une chanson qui part bien. Ne pas trop se presser. La faire valoir; la faire demander. Ne pas l'user avant qu'elle n'ait rendu tout ce qu'elle peut rendre. Dans l'ensemble, toutes ces pratiques sont fort honnêtes en ce sens qu'il n'y a pas le moindre mystère. Et ne sont guère regrettables en ce sens qu'elles ne touchent que les artistes secondaires. Les vraies vedettes ont assez de flair pour arriver à découvrir ce qu'il leur faut — et ça ne coûte rien à l'auteur, que l'on en soit bien persuadé. Qu'elles se fassent payer pour défendre des machines qu'elles n'auraient pas choisies d'elles-mêmes, voilà qui est normal. Ajoutons que ceci porte essentiellement, justement, sur la chanson-Delly, la chanson industrielle habile et retorse, mais sans génie. Tout est pour le mieux dans le meilleur des mondes.

La preuve? C'est bien le nombre de jeunes à qui, chaque année, le sort donne une chance. Une chance, comme chanson. Pas de noms — ils ne vous diraient encore rien. Un jour, tout d'un coup, vous le verrez surgir au firmament de la chanson, comme surgirent soudain Félix Leclerc, Brassens, Mouloudji... — mais je ne cite que des auteurs-interprètes. C'est qu'il fallait parler d'eux aussi. Excellente tradition que celle-ci qui se développe de plus en plus après avoir été quelque peu délaissée. Quelle meilleure manière, justement, de lutter contre les « gros » qui vous barrent la route ? On peut vous refuser une chanson, d'accord ; mais peut-on vous empêcher de la chanter ? Et si elle plaît aux gens, peut-on les empêcher de le dire ? Patience ! Travaillez, faites-vous une voix, apprenez la musique. Tout le monde peut le faire. On ne vous demande pas de devenir Yves Montand du jour au lendemain. On vous demande de présenter votre marchandise. Et dans ce domaine, l'originalité paie aussi...

Oui, tout compte fait, le concours de Deauville est une des plus heureuses initiatives de cet endroit que l'on dit intéressant à d'autres égards. Mais que l'on ne commette pas l'erreur où certains veulent déjà le voir tomber, désirant que l'on réserve, à chaque année, une catégorie particulière. Non, de grâce. Si l'on veut varier, que l'on change la formule : grand prix de la valse, de la samba, du slow, au lieu du grand prix Edith-Piaf, Trenet, etc. Mais je trouvais ça gentil, cet hommage rendu aux interprètes. La formule est bonne. Que l'on prévoie une catégorie non dénommée, au besoin, d'accord. Pour l'instant, il apparaîtrait inopportun de modifier le règlement : un concours qui donne lieu à de si chaudes prises de positions est à coup sûr amusant. Qu'il reste gai, qu'il ne mette pas de faux col, ce concours. Et qu'il descende dans la rue, au besoin. A quand les éliminatoires permanentes ?

Ah ! oui, à quand un poste émetteur privé réservé à la chanson et débarrassé des fonctionnaires ?

Mais il n'est pas bon de rêver lorsque l'on écrit en prose, et sans musique, un article sérieux pour un journal sérieux.

Arts, 10 septembre 1953

CHARLES TRENET À LA ROSE ROUGE

Il a commencé jeune — et jeune il est resté. Qui plus est, par un singulier miracle, il a communiqué cette jeunesse à toutes ses chansons. Qu'on l'entende interpréter un de ses succès, *Mam'zelle Clio*. Elle a quinze ans bien sonnés, mam'zelle Clio ; pour une fille c'est peu, mais pour une chanson, quel risque déjà de paraître démodée ! Eh bien, mam'zelle Clio n'a pas une ride ; plus fraîche que jamais, mam'zelle Clio continue, avec désinvolture, de dormir à côté de son petit cocu de mari pendant que le grand Charles, maquillé en ectoplasme, tire les poils de ce malencontreux époux.

Pourtant, faites l'expérience avec n'importe lequel des succès de l'avant-guerre, et voyez le résultat. Ne faisons pas de malheureux ; mais que de mélo, que de mauvais goût, que de simple ridicule... Gardons-nous, bien sûr, d'oublier les nécessités du commerce ; mais évitons aussi, à ce moment, de confondre les produits du commerce et ceux de l'art.

L'arrivée sur la scène de Charles Trenet confirmait avec éclat ce que l'on savait déjà : il était possible, avec des chansons intelligentes, de remporter un succès populaire massif. Si Trenet n'était pas le premier à écrire de bonnes chansons, il était, certes, le seul capable d'en écrire tant de bonnes. On oublie trop que le talent, c'est aussi la générosité.

Les chansons de Trenet vieillissent admirablement parce qu'elles sont légères ; gaies ou tristes, elles manifestent toujours le goût aérien qui est la marque du « fou chantant ». Rien en elles qui pèse ou qui pose — comment se laisseraient-elles atteindre par le temps ?

Et la source, loin d'être tarie, se renouvelle d'année en année, miraculeusement. Voici, cette année, *Paule sur mon épaule*. On tremble à l'idée de ce que le thème aurait donné entre les mains d'un fabricant. Et l'on sourit de plaisir à l'astuce de Trenet.

Dire qu'il est un poète, c'est trop et c'est trop peu. Il est un poète qui a les pieds sur terre, et il est aussi un grand mémorialiste. Les chansons de Trenet, c'est le journal intérieur d'un Pierre de l'Estoile du XXe siècle. L'histoire des pensées de Trenet, l'enregistrement de ses réactions devant les gens, les choses, le monde, voilà ce que sont ses chansons. Quand on l'écoute, d'ailleurs, on ne saurait se satisfaire d'une seule : on a l'impression qu'en bas de chacune, entre parenthèses et en italique, se trouve la mention lourde de promesses : « *A suivre*. »

Alors on suit. Et, comme c'est Charles, on n'est jamais déçu.

Et on revient content.

Boris VIAN,
Arts, 23 juin 1954

MARY LOU WILLIAMS ET JEAN SABLON

Le programme débute avec Jim et Joe, acrobates de bonne qualité, et se poursuit avec Félix Barrel, dont le numéro, riche maintenant d'une guitare gonflable, demande à être renouvelé pour le reste : pas assez insolites pour faire rire, ni vraiment laborieux d'ailleurs, il manque encore quelque chose à ces deux anciens sketches. Les danseurs Page et Bray obtiennent un succès mérité; le porteur est d'une qualité généralement absente. Le meilleur moment de la première partie, c'est, pour les amateurs, le bref passage de la remarquable pianiste noire, Mary Lou Williams; on entend là du jazz de très haute qualité. Jacques Meyrand ne craint pas l'effet facile, voire vulgaire; s'il se contentait moins aisément de certains rires, cela ne serait pas plus mal. Enfin, Carmen Torres termine la première partie; nous en dirons simplement que dans l'aigu, on a le frisson en se demandant si ça va y arriver, et que son répertoire est tellement ennuyeux que le public proteste énergiquement. Le public vient à l'Olympia pour entendre des chansons, et des voix au besoin; mais non l'inverse.

Nous ne voyons pas — nous n'avons jamais vu — l'intérêt du numéro de Michèle Marconi. Que les indigènes d'Australie, dans leurs danses rituelles, invitent le kangourou ou l'émeu, cela peut avoir son charme pour les ethnologues. Mais qu'une danseuse qui semble de formation classique imite les attitudes du cheval de cirque, lequel — on le voit peu après — n'a nul besoin de ce commentaire vivant, on en saisit moins le principe.

Enfin, Jean Sablon fait sa rentrée, bien accueilli par une salle pourtant un peu troublée par l'étrange composition du programme qui précède. Il reste le même Jean Sablon à travers les années (il a commencé très jeune!). Il chante quelques chansons nouvelles, dont l'une *(Le Petit Déjeuner)* est bonne, les autres honnêtes; puis il attaque un pot-pourri de ses anciens succès.

Boris VIAN,
Arts, 30 juin 1954

À L'ALHAMBRA
R. ROBINSON... ET LARRY ADLER

Programme décevant à l'Alhambra malgré la présence sur l'affiche du nom prestigieux de Sugar Ray Robinson. La partie variétés est correcte, encore que tous ces numéros ou presque se soient fait applaudir ailleurs récemment ; et l'intérêt d'un numéro de variétés tient tout de même, pour une grande part, à son côté nouveau. La danseuse Dorothy Costello ne fait rien qui approche du miracle, et, du point de vue technique, est très largement dépassée par Danielle Darmance, pour ne citer qu'elle.

Du chanteur Dario Moreno, qui a le tort de se permettre des gamineries extrêmement pénibles avec ce physique poupin, nous ne dirons qu'une chose : il est dommage de voir une voix qui semble solide employée avec une telle vulgarité. Phénomène curieux : si son numéro est fort applaudi, ce que nous ne songeons pas un instant à nier, on peut constater à diverses reprises que la simple annonce d'une chanson connue provoque les applaudissements ; cela fait réfléchir au succès qu'il obtiendrait dans un répertoire inconnu des auditeurs.

Larry Adler est bien le seul, il en administre une fois de plus la preuve, à avoir fait de l'harmonica un instrument de musique. Pas de galipettes : du talent. Une petite critique pourtant : pourquoi *Carmen ?* A instrument populaire, musique populaire ; rien ne rend mieux entre les mains d'Adler que le *Saint Louis Blues*, par exemple.

Sugar Ray Robinson, vendredi, n'a pas eu de chance. Un faux rideau a saboté le début de son passage. Et le public, qui, habitué à le voir boxer, venait « quand même » avec une idée de derrière la tête, n'a pas apprécié. Robinson a joué la difficulté ; son numéro américain comporte, je présume, tout un dialogue et des chansons nombreuses pleines de gags. Rien de cela ne passait l'autre soir ; et il écourta volontairement la séance. Les gens étaient déçus : ils ne demandaient qu'à se réjouir avec lui, mais dix minutes de claquettes et une chanson, cela ne leur a pas suffi. La simplicité du résultat est en opposition complète avec le ton de la publicité ; c'est là sans doute qu'il faut voir la raison de ce demi-échec. Quoi qu'il en soit, Robinson danse déjà plus qu'honorablement et son partenaire est fort habile ; mais il lui faut traduire son talent en français s'il veut gagner la faveur générale dans un domaine qui lui est encore peu connu.

Boris VIAN [1],
Arts, 7 juillet 1954

1. L'autre partie de cette chronique est consacrée à Billy Eckstine et est reprise dans un des volumes de Boris Vian consacrés au jazz (*Autres écrits sur le jazz*, t. II).

BILLY ECKSTINE ET DAMIA À L'OLYMPIA

Programme nourri à l'Olympia ; aussi disparate évidemment que d'habitude, mais quelques bons numéros rehaussent le lot. On en extraira d'abord celui des Maxwells, parfaitement au point d'un bout à l'autre, et dont les équilibres « en mollesse » touchent au grand art. Humoristique et habile, leur prestation est un des meilleurs moments du spectacle. Claude Vega recueille, dans son tour d'imitations, un succès mérité, bien qu'une partie un peu particulière du public lui fasse un succès qui pourrait lui nuire : trop de claque ne fait de bien à personne. Billy Eckstine enfin, dont la voix est admirable, qu'il interprète des rengaines comme *Ol' man River*, des chansons dynamiques ou des chansons de charme comme *Tenderly*, dont il fait une manière de chef-d'œuvre. Billy se rappelle qu'il fut musicien de jazz et empoigne à l'occasion sa trompette ; évidemment, il se sert beaucoup plus habilement de sa voix, mais il conserve une présence sympathique et un sens parfait du rythme.

La compagnie de Maria Navarro, dans un genre quelque peu usé, fait un passage qui gagnerait à être écourté. Maria elle-même n'est pas en cause : elle interprète l'espagnolade avec beaucoup de talent. Les Hurricane font voltiger une petite brune bien roulée mais, malheureusement, ne la lâchent pas dans la salle.

Jacques Brel, dont ce sont les débuts sur une grande scène parisienne, se tire admirablement de cette affaire. Il a gagné depuis peu l'assurance qui lui manquait encore, et la qualité de ses chansons est là pour compenser tout le métier qu'il ne pourra manquer d'acquérir bientôt. On lui fait un succès dont il est digne.

Damia rentre. Il faut l'entendre. Bien sûr, Damia ne chante pas d'hier. Mais on lui a tant pris qu'il est juste de lui rendre ce qui lui revient. Damia reste la grande interprète de la bonne chanson mélo qui disparaît de plus en plus, non pas faute de public, mais faute de présence dramatique chez la majorité des chanteuses d'aujourd'hui. « *Les goélands, le fou de la lande, les ménétriers* » restent ses plus sûrs atouts. Elle les abat avec la même conviction que jadis. Et le public l'accueille avec la même sympathie.

Boris VIAN,
Arts, 14 juillet 1954

PRÉPARER LES ORANGES

Boris Vian nous a adressé la lettre ci-dessous qu'il nous a demandé de publier :

Il paraît que monsieur André-Paul Antoine n'a pas aimé du tout, mais là, pas du tout, le spectacle monté par Michel de Ré au Théâtre du Quartier-Latin, *La Bande à Bonnot*.

On assure même que M. André-Paul Antoine (ce serait dans *L'Information*) convierait de façon pressante les agents et les anarchistes de Paris à venir manifester contre l'œuvre scandaleuse de Henri-François Rey. J'ai participé à la chose de façon assez annexe puisque cela se bornait à faire les chansons de la pièce ; mais je me sens pataphysiquement solidaire de Henri-François Rey. Oserai-je le dire, j'ai trouvé, quant à moi, la pièce d'Henri plutôt trop sérieuse et trop proche de la vérité historique (c'est pourquoi je me suis permis quelques chansons légères) — mais M. André-Paul Antoine crie au scandale. Il va de soi que lorsque l'on a réussi un massacre comme celui qu'il fit (n'y a guère), de *L'Opéra de quat' sous* de Brecht, on sait ce qu'il ne faut pas faire.

Mais une chose est plus amusante encore : c'est que M. André-Paul Antoine convie à la curée les anarchistes ET les agents de police. Outre que cela suppose une ignorance troublante de la mentalité des *vrais* anarchistes, qui savent que Bonnot n'est pas Alexandre Jacob et ne demande pas le même respect, cela dénote un fait troublant. M. André-Paul Antoine mangerait-il aux deux râteliers ?

Il y a, dans la pièce, une chanson sur les donneurs. M. André-Paul Antoine (plein de clairvoyance pour une fois) considère-t-il que la place d'un donneur n'est pas sur la scène ? Nous n'avons, quant à nous, pas eu les mêmes scrupules, et la représentation du donneur nous paraît présenter un intérêt documentaire. Si M. André-Paul Antoine estime que nous l'avons transposé sur scène sans autorisation, qu'il le dise, et nous lui répondrons que ce n'est pas vrai ; nous avons utilisé un autre modèle, historique celui-ci. Nous ajouterons que le théâtre n'est pas fait pour les moutons. Mais nous sommes sûrs que ce n'est pas là l'opinion réelle de M. André-Paul Antoine, et que ce soir-là il souffrait simplement d'un cor, qui l'a empêché de percevoir les fort grandes beautés d'une œuvre qui s'apparente avec avantage aux meilleures réalisations d'un théâtre réaliste, dont il a dû entendre parler jadis, quand il était gai. Néanmoins, s'il réussit à nous faire jeter dans un cul-de-basse-fosse, nous le prions instamment d'organiser parmi ses lecteurs une souscription pour nous porter des oranges ; il nous devra bien ça.

Boris VIAN,
Arts, 29 décembre 1954

VIVE TRENET

Ce texte, très certainement inédit, date de 1955. Le manuscrit de quatre pages est passé dans le catalogue d'un libraire parisien en janvier 1977. Nous n'avons pu retrouver l'acheteur du manuscrit et nous en donnons ici la description telle qu'elle figurait dans le catalogue.

A la même époque, plus exactement le 24 janvier 1977 au cours de l'émission de Gaston Bonheur à la TV « Les années Bonheur », Charles Trenet déclare que « Boris Vian a écrit un texte de trois pages dans un de mes programmes ».

Peut-être s'agit-il du même texte ?

VIAN (Boris). *« Vive Trenet ». Article manuscrit signé Boris Vian*. (4 pages in-4, ratures, corrections), écrit vers 1955 et (selon un proche parent de l'auteur) *probablement inédit.*

Magnifique article très enthousiaste de ton, Boris Vian y porte sur Trenet un jugement pour le moins aussi élogieux que celui antérieurement porté sur Cocteau. D'emblée, Vian remarque que Trenet : « *a jeté bas un mur qui se dressait devant la route de la chanson* », laquelle : « *s'enlisait, avant lui, dans l'impasse où l'avaient jetée, des décennies durant, les Fyscher, les Benech et Dumont, et, faut-il le dire, certains émules du bon Scotto, sans parler de Scotto lui-même* ». Par quel miracle l'ex-partenaire de Johnny Hess à « L'A.B.C. music-hall » a-t-il obtenu une aussi large audience ? Tout simplement : « *par la vertu d'un tempérament poétique intarissable, d'une sensibilité aiguë, d'un goût rarement en défaut, d'un érotisme leste et joyeux, et d'une gaieté constante* ». Vian, qui sait prendre des risques, constate péremptoirement : « *avant Trenet, nul n'osait plus faire une chanson intelligente...* ». La réussite d'une chanson, à ce niveau, reste il est vrai problématique. La preuve ? « *J. Prévert, ne citons que lui, a écrit des années durant de merveilleux poèmes à chanter sans même prendre la peine de les publier. Trenet est passé !... comme une traînée de poudre (c'est absolument involontaire), et le public s'est trouvé préparé à faire un succès aux* Feuilles mortes *et à* Barbara. » Vian se défend, bien entendu, d'insinuer que Prévert doive comme écrivain quelque chose à Trenet. Non sans raisons, cependant il affirme que : « *la réussite de l'intelligence dans la fantaisie a ouvert la voie à celle de l'intelligence dans l'émotion...* ». Vian a pour Trenet une sympathie telle, qu'il n'hésite pas lorsqu'il veut en témoigner à faire, spirituellement, appel au paradoxe : « *ces chansons célèbres sont excellentes et toutes celles qui le sont moins sont encore meilleures* ». Ce chaleureux et brillant article range sans contredit, hélas à titre posthume, Boris Vian parmi les « fans » du « fou chantant » : « *ce gaillard à la tignasse blonde et au chapeau en auréole que l'on ne peut, même si l'on ne le connaît pas, s'empêcher de considérer comme le meilleur des amis* ».

L'OPÉRATION SUCCÈS

Quand on prend la peine de réfléchir aux éléments qui font, d'une chanson, un succès, on est un peu affolé, et, si l'on a la tête sur les deux épaules, on y regarde à deux fois avant de continuer à en écrire si on est auteur ou compositeur, à en interpréter si on est interprète. Pour peu que l'on doute un brin, rien de plus sage alors que d'apprendre un métier secondaire, manuel de préférence, tel que la menuiserie — car le bois, ça sent bon — ou la plomberie — car, dans ce domaine, le client est ignare et absolument sans défense, il s'en aperçoit chaque jour.

Que d'intermédiaires entre la chanson et le succès ! Admettons qu'elle soit faite; l'auteur, le compositeur (qui ne sont souvent qu'une même personne) ont accouché, plus ou moins laborieusement, du petit monstre. Le choix de l'interprète se pose aussitôt. Certes, si l'auteur est un de ces heureux élus qui débitent le succès à longueur d'année, l'interprète se présente lui-même, d'office, périodiquement; mais nous supposerons que nous avons affaire à un auteur moyen aux réussites honnêtes, variété la plus courante. Il a pensé à quelqu'un; voici venu le moment de contacter ce quelqu'un — une vedette du chant de préférence. La vedette dénichée, emballée par la chanson, le problème de l'éditeur se pose; s'il s'agit d'une vedette moyenne... Mais n'insistons pas. Voici l'éditeur découvert. Enregistrement; on prépare l'arrangement; on prend date. Le directeur de la maison de disques n'est pas toujours d'accord. Vainquons cette difficulté. L'enregistrement sort. Il faut le distribuer; obtenir des passages à la radio — et, pour cela, la chanson doit passer l'épreuve de cette censure, dont on répète assez souvent qu'elle n'existe pas pour que chacun soit convaincu de sa virulence et de sa parfaite réalité.

L'interprète la garde à son tour, ou ne la garde pas. Si « elle marche », il la garde généralement; mais il arrive qu'il la « lâche » avant d'en avoir tiré le maximum. Mais n'entrons pas dans ces détails, elle accroche le public; ça va très bien. Tous les éléments du succès sont là. Non! Que reste-t-il?

L'éditeur va faire faire une orchestration, et tâcher d'obtenir plusieurs enregistrements pour la danse. Entre-temps, il contacte d'autres interprètes. Si le « lanceur » est une vraie vedette, peu lui importe de voir la chanson, une fois créée, prise par d'autres; au contraire. Du point de vue de la chanson, cela risque de « l'user » trop vite, pourtant! Il faut donc que les interprètes viennent graduellement renouveler la popularité de cette chanson et l'entretenir dans la faveur du public.

Radio, cabaret, tournées, casinos; la chanson part en guerre. Si elle est trop compliquée, elle ne sera pas jouée par « la province », vous assure-t-on, et elle ne fera qu'un demi-succès.

Et si, tous les barrages franchis victorieusement, elle émerge, triomphante, de la production de l'heure, on peut encore essayer de la vendre en Amérique, et elle fait une jolie carrière dans les phonos automatiques.

Bref résumé, qui ne donne d'ailleurs qu'une faible idée de tous les tours de force et d'adresse qui s'exercent à chacun des stades de l'opération succès!

Boris VIAN,
Le Strapontin, 29 octobre 1955

ANNIE CORDY À L'OLYMPIA : INTERPRÉTATION ET SOBRIÉTÉ

Un numéro comme celui d'Annie Cordy à l'Olympia fait réfléchir, et quand on n'en a pas l'habitude, on a la tête qui enfle, d'où les complications, d'où le danger d'aller voir Annie Cordy à l'Olympia.

Annie Cordy chante une douzaine de chansons, dont son grand numéro à transformations où elle incarne un imprésario qui, successivement, exige de la pauvre Annie une chanson réaliste, une chanson sentimentale, une chanson anglo-saxonne, etc. (je ne cite pas dans l'ordre). Or, à l'exception d'une chanson, de deux peut-être (et dans ces deux-là figure *Oh ! Bessie*, que l'on ne peut considérer comme une nouvelle, puisqu'elle eut le Grand Prix l'an dernier), Annie ne chante guère que des nouveautés fortement apparentées à son répertoire passé et au passé tout court, le moins bon. Sans même nous appesantir sur *Te fais pas de bile, Bill* (dont les rapports musicaux avec l'amusant *Deux thunes dans l'bastringue*, de Constantin, sont tels qu'il nous semble impossible de placer ces deux airs au même programme), il n'est que de citer les paroles de *Viens à Nogent*, pour avoir une image de ce tour et constater le danger couru en ce moment par Annie Cordy. Elle a un métier remarquable ; elle a une mise en place admirable, et un sens du rythme rare chez un artiste de variétés en France. Elle pourrait, bien habillée, être plus qu'agréable à voir, alors qu'elle est simplement agréable à voir ; mais elle choisit son répertoire en dépit du bon sens.

Il y a une mode de chanson, et cette mode ne nous est pas imposée par les auteurs ni les compositeurs ; elle nous vient des journaux, de l'ambiance, des dernières inventions des savants, bref de l'évolution générale d'une société où les moyens d'information sont assez rapides pour répandre les idées nouvelles quasi instantanément.

Le répertoire actuel d'Annie Cordy ne dépasse guère le niveau intellectuel de celui de Chevalier en 1930 ; ce n'est pas beaucoup dire... Une chanson comme celle du *Papier à fleurs* (nous signalons, en passant, que nous ne connaissons ni les auteurs ni les musiciens qui en sont responsables ; et il se peut même qu'ils aient travaillé en pensant à Annie Cordy, influencés inconsciemment par ce goût également inconscient qu'elle a du démodé), une chanson, disions-nous, comme celle de ce fou qui arrache les fleurs du papier des murs nous reporte irrésistiblement à l'époque du *Petit Bosco* de Berthe Sylva... On en passe, et des meilleures encore.

Succédant à Brassens sur le plateau du music-hall des boulevards, Annie Cordy a souffert de la comparaison que l'on pouvait faire entre le matériel respectif des deux vedettes. Sans effet, rien qu'avec son texte (et Dieu sait qu'il ignore pourtant la mode !) Brassens a remporté un triomphe ; et avec toutes ses grimaces, ses pas de danse burlesques et ses clowneries, Annie a du mal à s'imposer.

En faire beaucoup n'est peut-être pas un mal ; mais il faut en faire beaucoup sur quelque chose qui en vaille la peine et qui puisse y résister...

Et la sobriété de bon nombre de vedettes actuelles (ne citons que Trenet, Brassens, Constantin, Dudan) qui, souvent d'ailleurs, font elles-mêmes leurs chansons, doit donner à réfléchir. C'est comme le sel ; il est toujours facile d'en rajouter, mais quand il y en a trop, il n'y a plus grand-chose à faire ; quant au poivre, son abondance n'a jamais masqué, sauf dans les gargotes, la mauvaise qualité d'une venaison.

Sur ces remarques gastronomiques, concluons en souhaitant à Annie de retrouver la savoureuse consistance d'une *Fleur de papillon*. Et pourquoi, diable, n'a-t-elle pas puisé, cette fois encore, dans les nouvelles chansons de Constantin, voire celles de Brassens ? *V'là le tambour* lui eût été comme un gant... et une version femme de *La Poupée* nous eût ravis...

Annie Cordy, conservez votre remarquable vitalité pour ce qui le mérite... et n'hésitez pas à chanter, vous le pouvez, des chansons qui soient simplement jolies et simples... et même sentimentales. Pourquoi pas ?

Boris VIAN,
Le Strapontin, 12 novembre 1955

NOUS N'AVONS PAS TELLEMENT DÉGÉNÉRÉ

Le cliché de la « Belle Epoque » est solidement ancré dans le cerveau gros comme une noisette de ceux qui la voient à travers les couleurs d'une image plus Technicolor qu'Epinal, la brume du recul aidant. Que l'on parle honnêtement de la Belle Epoque à ceux qui l'ont connue, mais ni sous la peau du président Fallières ni sous la défroque du général Boulanger, ni sous la crinière de la Belle Otéro ; et il ne reste pas grand-chose des légendes ; il se dégage même de la Belle Epoque en question une impression assez sordide. Belle époque en vérité que celle de la guerre des Boers (ce n'était pas nous à ce moment-là, c'étaient les Anglais), du service de cinq ans, du crottin de cheval et du pétomane. Evidemment, il n'y avait pas de passeport mais on ne voyageait guère, pas autant que maintenant. Evidemment, les riches étaient plus riches... mais les pauvres étaient aussi plus pauvres. En matière de chanson, il suffit en tout cas de se pencher sur les textes pour faire table rase des légendes et nous pouvons affirmer sans crainte d'être contredits par les textes que la belle époque a commencé voici vingt ans avec Charles Trenet, annoncé par quelques précurseurs moins prolifiques. Sans songer une seconde à nier le remarquable talent des interprètes que furent par exemple Yvette Guilbert, et plus tard Dranem, on peut constater que ce qui surnage depuis 1900 côté chansons est bien peu abondant. Pour un *Petits Pavés*, que de *Reviens veux-tu*... (encore n'est-ce point une des pires). Le hasard nous a mis récemment sous les yeux, par l'intermédiaire de Le Gueiter, antiquaire, rue de Seine, une extraordinaire série de recueils de chansons et monologues qui datent, semble-t-il, des années 1880-1900. Ah ! les amateurs Belle Epoque, que l'on voudrait vous en faire parcourir le contenu ! Nous parlions un peu plus haut du pétomane ! Mais le pétomane et sa musique s'exerçaient, si l'on peut dire, sans le concours des paroles... le texte étant laissé à l'imagination de l'auditeur ! tandis que les monologues de Villemer !... Ce n'est pas par fausse pudeur que nous hésitons à en parler, mais bien parce que nous craignons que l'on ne nous croie pas.

Dans un petit volume sur la chanson actuellement en préparation, nous nous proposons d'en citer de larges extraits, et si possible d'en reproduire les couvertures ; voici trois titres parmi les plus superbes : *L'Accordeur de haricots*, *Le Pet français* ou *Le Tatoué de Mulhouse*, et *La Merde du Uhlan* ou *La Petite Mariée normande*, ces deux dernières de Villemer.

Malgré toute notre bonne volonté, il nous est impossible de les résumer car nous serions censurés ; mais l'excrément s'y mêle au patriotisme d'une façon proprement pataphysique ; dans *L'Accordeur de haricots*, simple chanson comique (!), il n'est question que d'un brave garçon qui se présente sous cette raison sociale et expose comment, à l'oreille, il relève les flatulences peu harmonieuses pour proposer ses services.

On peut taper sur les chansons actuelles, on peut vilipender la platitude de certaines rengaines, mais nous croyons tout de même que le genre Villemer ne trouverait plus guère d'audience de nos jours... et au risque de scandaliser les fanatiques de la Belle Epoque, nous nous permettrons de penser que cette Belle Epoque, comme le château de Versailles sous Louis XIV, ne devait pas sentir très bon...

Boris VIAN,
Le Strapontin, 10 décembre 1955

LETTRE OUVERTE
À MONSIEUR PAUL FABER
CONSEILLER MUNICIPAL

Cher Monsieur,

Vous avez bien voulu attirer les rayons du flambeau de l'actualité sur une chanson fort simple et sans prétention, *Le Déserteur*, que vous avez entendue à la radio et dont je suis l'auteur. Vous avez cru devoir prétendre qu'il s'agissait là d'une insulte aux anciens combattants de toutes les guerres passées, présentes et à venir. Vous avez demandé au préfet de la Seine que cette chanson ne passe plus sur les ondes. Ceci confirme à qui veut l'entendre l'existence d'une censure à la Radio et c'est un détail utile à connaître.

Je regrette d'avoir à vous le dire, mais cette chanson a été applaudie par des milliers de spectateurs et notamment à l'Olympia (3 semaines) et à Bobino (15 jours) depuis que Mouloudji la chante ; certains, je le sais, l'ont trouvée choquante ; ils étaient très peu nombreux et je crains qu'ils ne l'aient pas comprise. Voici quelques explications à leur usage.

De deux choses l'une : ancien combattant, vous battiez-vous pour la paix ou pour le plaisir ? Si vous vous battiez pour la paix, ce que j'ose espérer, ne tombez pas sur quelqu'un qui est du même bord que vous, et répondez à la question suivante : si l'on n'attaque pas la guerre pendant la paix, quand aura-t-on le droit de l'attaquer ? Ou alors, vous *aimiez* la guerre — et vous vous battiez pour le plaisir ? C'est une supposition que je ne permettrai pas même de faire; car, pour ma part, je ne suis pas du type agressif. Ainsi cette chanson qui combat ce contre quoi vous avez combattu, ne tentez pas, en jouant sur les mots, de la faire passer pour ce qu'elle n'est pas : ce n'est pas de bonne guerre.

Car il y a de bonnes guerres et de mauvaises guerres — encore que le rapprochement de « bonne » et de « guerre » soit de nature à *me* choquer, moi et bien d'autres, de prime abord — comme la chanson a pu vous choquer de prime abord. Appellerez-vous une bonne guerre celle que l'on a tenté de faire mener aux soldats français en 1940 ? Mal armés, mal guidés, mal informés, n'ayant souvent pour toute défense qu'un fusil dans lequel n'entraient même pas les cartouches qu'on leur donnait [1], les soldats de 1940 ont donné au monde une leçon d'intelligence en refusant le combat; ceux qui étaient en mesure de le faire se sont battus — et fort bien battus; mais le beau geste qui consiste à se faire tuer pour rien n'est plus de mise aujourd'hui que l'on tue mécaniquement; il n'a même plus valeur de symbole, si l'on peut considérer qu'il l'ait eu en imposant au moins au vainqueur le respect du vaincu.

D'ailleurs mourir pour la patrie, c'est fort bien; encore faut-il ne pas mourir tous — car où sera la patrie? Ce n'est pas la terre — ce sont les gens, la patrie [2]. Ce ne sont pas les soldats : ce sont les civils que l'on est censé défendre — et les soldats n'ont rien de plus pressé que de redevenir civils, car cela signifie que la guerre est terminée.

Au reste, si cette chanson peut paraître indirectement viser une certaine catégorie de gens, ce ne sont à coup sûr pas les civils; les anciens combattants seraient-ils des militaires ? Et voudriez-vous m'expliquer ce que vous entendez, *vous*, par ancien combattant ? « homme qui regrette d'avoir été obligé d'en

1. Entre autres, c'est arrivé à mon frère aîné en mai 1940.
2. Le général de Gaulle ne me contredira pas sur ce point, je pense.

venir aux armes pour se défendre » ou « homme qui regrette le temps où l'on combattait » ? Si c'est « homme qui a fait ses preuves de combattant », cela prend une nuance agressive. Si c'est « homme qui a gagné une guerre », c'est un peu vaniteux.

Croyez-moi... « ancien combattant », c'est un mot dangereux ; on ne devrait pas se vanter d'avoir fait la guerre, on devrait le regretter — un ancien combattant est mieux placé que quiconque pour haïr la guerre. Presque tous les vrais déserteurs sont des « anciens combattants » qui n'ont pas eu la force d'aller jusqu'à la fin du combat. Et qui leur jettera la pierre ? Non... si ma chanson peut déplaire, ce n'est pas à un ancien combattant, cher monsieur Faber. Cela ne peut être qu'à une certaine catégorie de militaires de carrière ; jusqu'à nouvel ordre, je considère l'ancien combattant comme un civil heureux de l'être.

Il est des militaires de carrière qui considèrent la guerre comme un fléau inévitable et s'efforcent de l'abréger. Ils ont tort d'être militaires, car c'est se déclarer découragé d'avance et admettre que l'on ne peu prévenir ce fléau — mais ces militaires-là sont des hommes honnêtes.

Bêtes mais honnêtes. Et ceux-là non plus n'ont pas pu se sentir visés : sachez-le, certains m'ont félicité de cette chanson. Malheureusement, il en est d'autres. Et ceux-là, si je les ai choqués, j'en suis ravi. C'est bien leur tour. Oui, cher monsieur Faber, figurez-vous, certains militaires de carrière considèrent que la guerre n'a d'autre but que de tuer les gens. Le général Bradley par exemple, dont j'ai traduit les mémoires de guerre, le dit en toutes lettres. Entre nous, les neuf dixièmes des gens ont des idées fausses sur ce type de militaire de carrière. L'histoire telle qu'on l'enseigne est remplie du récit de leurs inutiles exploits et de leurs démolitions barbares ; j'aimerais mieux — et nous sommes quelques-uns dans ce cas — que l'on enseignât dans les écoles la vie d'Eupalinos ou le récit de la construction de Notre-Dame plutôt que la vie de César ou que le récit des exploits astucieux de Gengis Khan.

Le bravache a toujours su forcer le civilisé à s'intéresser à son inintéressante personne; où l'attention ne naît pas d'elle-même, il faut bien qu'on l'exige, et quoi de plus facile lorsque l'on dispose des armes. On ne règle pas ces problèmes en dix lignes; mais l'un des pays les plus civilisés du monde, la Suisse, l'a résolu, je vous le ferai remarquer, en créant une armée de civils; pour chacun d'eux, la guerre n'a qu'une signification : celle de se défendre. Cette guerre-là, c'est la bonne guerre. Tout au moins la seule inévitable. Celle qui nous est imposée par les faits.

Non, monsieur Faber, ne cherchez pas l'insulte où elle n'est pas et si vous la trouvez, sachez que c'est vous qui l'y aurez mise. Je dis clairement ce que je veux dire; et jamais je n'ai eu le désir d'insulter les anciens combattants des deux guerres, les résistants, parmi lesquels je compte bien des amis, et les morts de la guerre — parmi lesquels j'en comptais bien d'autres. Lorsque j'insulte (et cela ne m'arrive guère) je le fais franchement, croyez-moi. Jamais je n'insulterai des hommes comme moi, des civils, que l'on a revêtus d'un uniforme pour pouvoir les tuer comme de simples objets, en leur bourrant le crâne de mots d'ordre vides et de prétextes fallacieux. Se battre sans savoir pourquoi l'on se bat est le fait d'un imbécile et non celui d'un héros; le héros c'est celui qui accepte la mort lorsqu'il sait qu'elle sera utile aux valeurs qu'il défend. Le déserteur de ma chanson n'est qu'un homme qui ne sait pas; et qui le lui explique? Je ne sais de quelle guerre vous êtes ancien combattant — mais si vous avez fait la première reconnaissez que vous étiez plus doué pour la guerre que pour la paix; ceux qui, comme moi, ont eu 20 ans en 1940 ont reçu un drôle de cadeau d'anniversaire. Je ne pose pas pour les braves : ajourné à la suite d'une maladie de cœur, je ne me suis pas battu, je n'ai pas été déporté, je n'ai pas collaboré — je suis resté, quatre ans durant, un imbécile sous-alimenté parmi tant d'autres — un qui ne comprenait pas parce que pour comprendre il faut qu'on vous explique. J'ai trente-quatre ans aujourd'hui, et je vous le dis : s'il s'agit de défendre ceux que j'aime, je veux bien me battre tout de suite. S'il s'agit de tomber au hasard d'un combat ignoble sous la gelée de napalm, pion obscur dans une mêlée guidée par des intérêts politiques, je refuse et je prends le maquis. Je ferai ma guerre à moi. Le pays entier s'est élevé contre la guerre d'Indochine lorsqu'il a fini par savoir ce qu'il en était, et les jeunes qui se sont fait tuer là-bas parce qu'ils croyaient servir à quelque chose — on le leur avait dit — je ne les insulte pas, je les pleure ; parmi eux se trouvaient, qui sait, de grands peintres — de grands musiciens ; et à coup sûr, d'honnêtes gens. Lorsque l'on voit une guerre prendre fin en un mois par la volonté d'un homme qui ne se paie pas, sur ce chapitre, de mots fumeux et glorieux, on est forcé de croire, si l'on ne l'avait pas compris, que celle-là au moins n'était pas inévitable. Demandez aux anciens combattants d'Indochine — à Philippe de Pirey, par exemple [1] — ce qu'ils en pensent. Ce n'est pas moi qui vous le dis — c'est quelqu'un qui en revient — mais peut-être ne lisez-vous pas. Si vous vous contentez de la radio, évidemment, vous n'êtes pas gâté sur le chapitre des informations. Comme moyen de progression culturelle, c'est excellent en théorie la radio ; mais ce n'est pas très judicieusement employé.

D'ailleurs, je pourrais vous chicaner. Qui êtes-vous, pour me prendre à partie comme cela, monsieur Faber ? Vous considérez-vous comme un modèle ? Un étalon de référence ? Je ne demande pas mieux que de le croire — encore faudrait-il que je vous connusse. Je ne demande pas mieux que de faire votre connaissance : mais vous m'attaquez comme cela, sournoisement, sans même m'entendre (car j'aurais pu vous expliquer cette chanson, puisqu'il vous faut un dessin). Je serai ravi de prendre exemple sur vous si je reconnais en vous les qualités admirables que vous avez, je n'en doute pas, mais qui ne sont guère manifestes jusqu'ici puisque je ne connais de vous qu'un acte d'hostilité à l'égard d'un homme qui essaie de

1. *Opération Gâchis*, chez Julliard.

gagner sa vie en faisant des chansons pour d'autres hommes. Je veux bien suivre Faber, moi. Mais les hommes de ma génération en ont assez des leçons ; ils préfèrent les exemples. Jusqu'ici je me suis contenté de gens comme Einstein, pour ne citer que lui — tenez, voici ce qu'il écrit des militaires, Einstein...

« ... Ce sujet m'amène à parler de la pire des créations ; celle des masses armées, du régime militaire, que je hais ; je méprise profondément celui qui peut, avec plaisir, marcher en rangs et formations, derrière une musique : ce ne peut être que par erreur qu'il a reçu un cerveau ; une moelle épinière lui suffirait amplement. On devrait, aussi rapidement que possible, faire disparaître cette honte de la civilisation. L'héroïsme sur commande, les voies de faits stupides, le fâcheux esprit de nationalisme, combien je hais tout cela : combien la guerre me paraît ignoble et méprisable ; j'aimerais mieux me laisser couper en morceaux que de participer à un acte aussi misérable. En dépit de tout, je pense tant de bien de l'humanité que je suis persuadé que ce revenant aurait depuis longtemps disparu si le bon sens des peuples n'était pas systématiquement corrompu, au moyen de l'école et de la presse, par les intéressés du monde politique et du monde des affaires. »

Attaquerez-vous Einstein, monsieur Faber ? C'est plus dangereux que d'attaquer Vian, je vous préviens... Et ne me dites pas qu'Einstein est un idiot : les militaires eux-mêmes vont lui emprunter ses recettes, car ils reconnaissent sa supériorité, voir chapitre atomique. Ils n'ont pas l'approbation d'Einstein, vous le voyez — ce sont de mauvais élèves ; et ce n'est pas Einstein le responsable d'Hiroshima ni de l'empoisonnement lent du Pacifique. Ils vont chercher leurs recettes chez lui et s'empressent d'en oublier le mode d'emploi : les lignes ci-dessus montrent bien qu'elles ne leur étaient pas destinées. Vous avez oublié le mode d'emploi de ma chanson, monsieur Faber ; mais je suis sans rancune : je suis prêt à vous échanger contre Einstein comme modèle à suivre si vous me prouvez que j'y gagne. C'est que je n'achète pas chat en poche.

Il y a encore un point sur lequel j'aurais voulu ne pas insister, car il ne vous fait pas honneur : mais vous avez déclenché publiquement les hostilités ; vous êtes l'agresseur.

Pour tout vous dire, je trouve assez peu glorieuse — s'il faut parler de gloire — la façon dont vous me cherchez noise.

Auteur à scandale (pour les gens qui ignorent les brimades raciales), ingénieur renégat, ex-musicien de jazz, ex-tout ce que vous voudrez (voir la presse de l'époque), je ne pèse pas lourd devant monsieur Paul Faber, conseiller municipal. Je suis une cible commode ; vous ne risquez pas grand-chose. Et vous voyez, pourtant, loin de déserter, j'essaie de me défendre. Si c'est comme cela que vous comprenez la guerre, évidemment, c'est pour vous une opération sans danger : mais alors pourquoi tous vos grands mots ? N'importe qui peut déposer une plainte contre n'importe qui — même si le second a eu l'approbation de la majorité. C'est généralement la minorité grincheuse qui proteste — et les juges lui donnent généralement raison, vous le savez ; vous jouez à coup sûr. Vous voyez, je ne suis même pas sûr que *France-Dimanche*, à qui je l'adresse, publie cette lettre : que me restera-t-il pour lutter contre vos calomnies ? Ne vous battez pas comme ça, monsieur Faber, et croyez-moi : si je sais qu'il est un lâche, je ne me déroberai jamais devant un adversaire, même beaucoup plus puissant que moi ; puisque c'est moi qui clame la prééminence de l'esprit sur la matière et de l'intelligence sur la brutalité, il m'appartiendra d'en faire la preuve — et si j'échoue, j'échouerai sans gloire, comme tous les pauvres gars qui dorment sous un mètre de terre et dont la mort n'a vraiment pas servi à donner aux survivants le goût de la paix. Mais de grâce, ne faites pas semblant de croire que lorsque j'insulte cette ignominie qu'est la guerre, j'insulte les malheureux qui en sont les victimes : ce sont des procédés caractéristiques de ceux qui les emploient que ceux qui consistent à faire semblant de ne pas comprendre ; et plutôt que de vous prendre pour un hypocrite j'ose espérer qu'en vérité, vous n'aviez rien compris et que la présente lettre dissipera heureusement les ténèbres. Et un conseil : si la radio vous ennuie, tournez le bouton ou donnez votre poste ; c'est ce que j'ai fait depuis six ans ; choisissez ce qui vous plaît, mais laissez les gens chanter, et écouter ce qui leur plaît. C'est bien la liberté en général que vous défendiez, quand vous vous battiez, ou la liberté de penser comme monsieur Faber ?

Bien cordialement,

Boris Vian.

Inédit, 1955. Destiné à *France-Dimanche*
(de *Textes et Chansons*)

ILS ONT CHOISI LA RUE

Ils ont choisi la rue, parce que l'on peut choisir ses origines quand on a le cœur libre et l'esprit léger.

Ils ont choisi la rue plutôt que les fantômes fardés et clinquants que l'on veut, trop souvent encore, associer à la scène.

Ils ont choisi la rue, cette espèce de mer dont toute vie est sortie.

Les vieilles ferrailles y voisinent avec le rayon de soleil qui fait de l'or liquide avec la boue, et les cris des gosses ne troublent pas l'ivrogne en train de cuver, sur son banc, un vin qu'il a eu bien raison de boire pour oublier.

Tout cela, ils l'ont mis à leur répertoire : le triste et le gai, le tendre et le dur, le comique et le pas drôle, tout ce dont les chansons sont faites depuis que l'on fait des chansons.

Sans oublier l'aventure, qui vous guette au coin de la rue comme chacun sait, et dont Mac Orlan a si bien dit qu'elle est tributaire du décor parce qu'elle n'existe, au fond, que dans l'imagination.

Et dans la rue, le décor le plus varié du monde, les Garçons se sont glissés, vêtus de leurs chandails à raies tous identiques et tous différents, ramenés par le melon anonyme au même dénominateur haut perché.

Haut perché ?... plus ou moins haut, d'ailleurs : ils savent jouer de leur taille et de leur corpulence à l'intérieur de ce cadre, et cette individualité dans l'uniforme fait leur personnalité. Quand on les évoque, on ne pense pas à l'ensemble ; on les imagine séparément ; leur force n'est pas la rigoureuse synchronisation des attitudes et des expressions mais bien la souplesse d'un art qui permet à chacun d'eux de rester lui-même tout en continuant d'être un des « Garçons de la Rue ».

Il vaut beaucoup mieux les écouter que de lire ce que l'on peut écrire sur eux. Mais on demande d'écrire aux gens qui écrivent, et les gens qui écrivent ont quelquefois l'excuse de bien aimer l'objet de leurs élucubrations. J'aime bien les Garçons de la Rue ; il y a déjà bien longtemps, j'ai découvert que ce qui m'intéresse, ce n'est pas le bonheur de tout le monde, mais le bonheur de chacun. En ce sens, ils travaillent pour moi. Je les en remercie, et je crois que je ne suis pas le seul.

Mais, dans le domaine de la chanson, il n'y a pas besoin de formules plus ou moins astucieuses pour exprimer sa reconnaissance ; il existe un vieux système éprouvé, très commode, qui consiste à claquer fortement ses paumes l'une contre l'autre. Cela s'appelle applaudir. Applaudissons donc : nul ne le mérite plus que ces sympathiques gentlemen-clodos, les Garçons de la Rue.

Boris VIAN,
Programme Olympia du
14 novembre au 4 décembre 1956

... UNITÉ DANS LE STYLE ET LE TON

Jacques Canetti, c'est l'homme qui a l'idée de mettre des danseurs sur la scène du plus petit théâtre de variétés de Paris, les Trois Baudets ; Roland Petit, c'est l'homme qui a l'idée de faire chanter les danseurs ; il est donc bien naturel que de leur rencontre surgisse cette entreprise parfaitement normale : faire chanter la danseuse Zizi Jeanmaire sur le plateau énorme de l'Alhambra.

C'est la logique même, on en est convaincu lorsqu'on sait que Jacques Canetti peut être considéré comme le grand spécialiste de la chanson et Roland Petit comme le grand spécialiste de la chorégraphie moderne. Il va de soi que le premier s'est occupé des chansons de Zizi, le second de la danse.

Ce qu'ils ont en commun : un amour extrême du travail bien fait et un goût très vif pour la spécialité de l'autre... Pour un homme de la chanson, Jacques Canetti a beaucoup d'œil ; pour un homme de la danse, Roland Petit a beaucoup d'oreille.

Et quand on regarde danser Zizi en l'écoutant chanter, on n'a pas de peine à constater que l'on a sous la main, si l'on ose dire, un terrain d'entente idéal.

Saluons donc cette nouvelle conjonction de laquelle va naître, à n'en pas douter, « la » grande vedette du music-hall d'aujourd'hui.

Boris VIAN,
Programme Zizi Jeanmaire, Alhambra, 1957

La petite fille de la communale est devenue la nouvelle reine de Paris.

C'EST GAGNÉ POUR ZIZI JEANMAIRE

A la fin de la première triomphale de l'Alhambra-Maurice Chevalier, où Paris venait de découvrir un de ces monstres sacrés comme seul il sait les produire, les noms de Mistinguett et d'Arletty fusaient à travers la salle entre les visons, les smokings et les chinchillas. Un petit homme aux cheveux blancs s'était précipité afin d'être le premier arrivé aux loges. C'était Henri Varna, l'un des hommes qui, depuis cinquante ans, créent et recréent le music-hall français...

— Vous n'êtes ni ci ni ça, lui dit-il, vous êtes simplement Zizi Jeanmaire. Voulez-vous être la vedette du prochain spectacle du Casino de Paris ?

Ce petit bout de femme nommé Zizi, qui tient à la fois de la caille et du moineau, et dont on ne sait plus maintenant si c'est les jambes, la voix ou la frimousse que l'on doit le plus admirer, n'hésita pas un instant.

— Oui, dit elle, mais seulement si c'est Roland qui fait la chorégraphie.

C'était, à cette seconde même, l'aboutissement à la fois d'un long amour et d'une longue lutte pour le succès.

Cet amour, il commence à s'inscrire, il y a vingt-cinq ans, à l'école communale de la rue de la Jussienne, dans le IIe arrondissement, lorsqu'un petit garçon qui s'appelle Roland Petit fait la connaissance d'une petite fille qui se nomme Renée Jeanmaire. Ils ne se quittèrent plus. Mais le succès, nul n'y peut encore penser. Elle est déjà une petite fille boulotte et zézayante, ce qui la gêne toujours.

— Renée est mon vrai prénom, dit-elle à Roland, mais c'est Zizi qu'on m'appelle.

Ce petit surnom qui fleure bon Paris et qu'elle rendra célèbre, c'est à sa mère et à son zézaiement qu'elle le doit, car celle-ci lui disait toujours : « Mon petit Jésus », et Renée, voulant répéter, n'arrivait à dire que : « Mon petit Zizi. »

Les gamins forment déjà un séduisant et étonnant contraste. C'est Zizi, fille d'un industriel aisé, qui est une sorte de petit gavroche déluré à l'accent faubourien, et c'est Roland, fils d'un patron de bistro, qui a déjà l'air d'un petit prince un peu distant, un peu songeur...

Lorsqu'ils quittent l'un et l'autre la communale, rien ne semble devoir jamais réunir les deux enfants. Le grand-père de Zizi, qui est « balletomane », l'emmène un jour à l'Opéra voir *Roméo et Juliette*. Tout à coup, au milieu d'un silence religieux, la petite fille qui a six ans tend son doigt menu vers la ballerine en tutu (c'était Mlle Lorcia), et dit de sa voix zézayante :

— Ze veux faire comme la dame !

La moitié de la salle se retourne. C'est le premier public de Zizi Jeanmaire ; mais c'est aussi la première fois et la dernière fois qu'il lui dira : « Chut ! »

Deux ans plus tard, à huit ans, elle entre au cours de danse de l'Opéra. Un des premiers élèves qu'elle rencontre est son petit camarade de la communale qui, lui aussi, de son côté, a été saisi par le démon de la danse.

Zizi reste neuf ans à l'Opéra. Mais la grande et austère maison est un écrin trop solennel pour cet incomparable bijou de fantaisie. Et puis, elle ne peut supporter l'injustice. Classée « coryphée n° 4 » après l'examen de fin d'année, elle bondit, furieuse, chez le directeur.

— C'est le nº 2 que je méritais, dit-elle. Pas le nº 1, je le sais, mais non plus le nº 4. Je ne resterai pas une minute de plus ici.

Et elle préfère partir en claquant la porte. Pour la consoler, Roland Petit l'emmène manger un bifteck-frites arrosé de beaujolais dans le nouveau bistro paternel « Au Massif Central », rue Montorgueil, près des Halles. C'est un des drames personnels de Zizi que cette gourmandise bien parisienne : le bifteck-frites avec le beaujolais. Elle en raffole, mais elle doit faire très attention, car elle a une légère tendance à l'embonpoint. C'est une lutte de chaque instant qu'elle doit mener pour garder sa forme et sa ligne. Pendant sa grossesse, il y a deux ans, elle a pris 15 kilos en six mois, et, depuis, elle s'est mise tristement au jus d'orange et aux flocons d'avoine. Elle ne boit qu'un verre d'eau à 4 heures de l'après-midi, et elle fait une sévère gymnastique d'assouplissement, chaque matin, en face de sa fenêtre ouverte, par n'importe quel temps.

— Puisque l'Opéra ne te va pas, lui dira Roland, je te prends avec moi. Tu seras ma danseuse étoile.

Zizi, malgré son inquiétude de l'avenir, éclate de rire. Venant de ce jeune garçon tout juste âgé de vingt ans et que personne ne connaissait, ce ne pouvait être qu'une plaisanterie. Ce n'en était pas une...

Le père Petit, qui a une foi totale et aveugle en la destinée de son fils, a remis à celui-ci toutes ses économies réalisées au comptoir du « Massif Central ». Vingt ans de beaujolais qui vont financer trois mois de danse...

Le 2 mars 1945, le Tout-Paris apprenait la naissance d'une nouvelle compagnie : « Les ballets Roland Petit », et assistait à l'envol de Zizi vers la gloire. Pour sa naissance, les plus grands magiciens de la capitale s'étaient penchés sur le ballet de la jeune troupe : Cocteau, Prévert, Kosma, Sauguet, Christian Bérard et Boris Kochno. Roland Petit prend le risque de mêler des chansons à des ballets, et la voix acidulée et gouailleuse de Zizi, qui n'a jamais appris à chanter, résonne pour la première fois dans une salle. Sa chanson *Le Vélo magique* est un des meilleurs moments du spectacle. A l'entracte de la générale, le fameux imprésario Canetti vient la trouver.

— Ce vélo, lui dit-il, peut vous emmener au pinacle.

C'est le premier compliment de sa carrière. Elle joue, en travesti, le rôle d'un garçon qui s'appelle Valentin; et lorsque, dix ans plus tard, Zizi, qui est superstitieuse, mettra au monde une petite fille, elle l'appellera Valentine.

Mais si le spectacle de l'Alhambra est la consécration définitive de Zizi, la première série des ballets Roland Petit n'est qu'un demi-succès.

De tournée en tournée, de demi-succès en demi-succès, la caisse des ballets Roland Petit s'épuise. L'argent du « Massif Central » ne suffit bientôt plus. C'est alors que se présente un nouveau mécène. Cette fois, c'est un prince italien qui succède au prince du beaujolais. Le prince Ruspoli, de Venise, qui est un farouche amateur de ballets, qui a vu le spectacle de Roland, et qui, sans que celui-ci lui demande rien, lui envoie un chèque de 6 millions.

C'est le triomphe! Pour Roland comme pour Zizi. De nouveaux magiciens se sont penchés sur ces nouveaux débuts : Jean Anouilh a apporté ses *Demoiselles de la nuit*, Léonor Fini ses décors, et Jean-Michel Damase sa musique. Mais c'est avec le fameux *Carmen* que Zizi monte en une seule soirée au zénith des grandes danseuses internationales. Devant son interprétation, extraordinairement personnelle, les délicats crièrent au scandale. Mauriac en tête.

— Pour moi, Carmen, c'est Zizi, se contenta de leur répondre Roland Petit. Je vois Carmen comme une enfant de la Butte.

La *Croqueuse de diamants*, qui suivit, et où, par reconnaissance, le décor était une réplique exacte du « Massif Central », amenait Zizi encore un peu plus près du music-hall sans s'écarter de la danse.

— C'est une greffe entre l'orchidée et le coquelicot, dit Jean Cocteau, et il ne m'étonnerait pas d'apprendre qu'elle est la fille naturelle de Nijinski et de Mistinguett.

Zizi et Roland sont alors réclamés à New York. Ce ne sont encore que deux partenaires, deux grands amis qui ignorent peut-être les sentiments qui les lient. Mais, à force de les voir toujours ensemble, les journalistes américains finissent par prétendre qu'ils sont mariés secrètement, et l'un d'eux écrit même : « Comme il leur arrive fréquemment de se disputer, ils donnent l'impression très nette d'être mari et femme. »

C'était peut-être un mensonge, mais c'était aussi une prévision.

Il est vrai que Roland et Zizi ont chacun leur caractère, et qu'ils se sont chamaillés un peu partout entre Paris et New York. « Cela n'a pas d'importance, dit-elle. Ça a commencé il y a vingt-cinq ans, et j'espère que ça durera plus longtemps encore. »

Lorsque Zizi décida de rester à New York pour y créer la comédie musicale *La Fille au corset rouge*, Roland, dépité, repartit pour Paris et engagea à sa place la rivale de Zizi, Colette Marchand. Mais il était dit que le hasard les ferait toujours se retrouver. La Metro Goldwyn Mayer, qui prépare *Hans Christian Andersen*, a engagé la jeune danseuse anglaise Moira Shearer comme partenaire de Danny Kaye. Toutefois, Moira Shearer leur réserve une surprise : elle arrive enceinte de cinq mois. Et Zizi Jeanmaire est choisie pour la remplacer. Quand elle débarque à Hollywood, pour la première fois de sa vie, la première personne qu'elle rencontre, c'est... Roland Petit, qui a été également engagé pour faire la chorégraphie du film.

Dans la capitale du cinéma où les techniciens l'ont surnommée « Zizi Whatyousay » (car chaque fois qu'elle ne comprend pas, elle demande : « What you say ? » « Qu'est-ce que vous dites ») ils ne se quittent plus et, cette fois, ils rentrent ensemble en France. C'est d'ailleurs pour s'y marier, le 29 décembre 1954, à la grande surprise de tous leurs amis, qui, depuis le temps, n'y croyaient plus.

Maintenant, elle a enfin ce qu'elle désirait le plus au

monde après la naissance de la petite Valentine : la vedette d'un grand show musical, où elle puisse exercer tous les talents que la nature lui a donnés et que Roland a développés. Avec ses 1... centimètres de hauteur et ses 49 kilos qu'elle maintient à force de volonté farouche, Zizi lance sur la scène parrainée par Maurice Chevalier des jambes et des couplets qui aspirent à la succession de Mistinguett. Les jambes, le Tout-Paris et l'Amérique les connaissent déjà ; quant aux couplets, d'une poésie à la fois insolite et insolente, ils sont d'un tout jeune auteur de vingt-six ans, Guy Béart, découvert par Zizi, qui, le soir, pince la guitare à « La Colombe », une boîte du quartier Latin, mais qui, dans la journée, exerce la profession d'ingénieur atomiste. Il compose ses chansons le dimanche, grimpé sur un arbre, au fond de son jardin d'Ivry.

Pour son show, aboutissement de son expérience française et américaine, elle se rode, depuis plus de trois mois, au piano et à la barre. Tous les matins, en plus, afin de se maintenir en forme, après sa gymnastique et avant ses répétitions, elle fait une heure de marche dans le quartier du Marais où le multimillionnaire Paul-Louis Weiler leur a offert l'hospitalité, à elle et à Roland Petit, dans son somptueux hôtel historique qui a appartenu à l'ambassadeur de Hollande auprès de Louis XIV.

La récompense de tous ces efforts et de toute cette volonté, c'est à la fois le triomphe qu'elle remporte, et, de temps en temps, un bifteck-frites-beaujolais semi-clandestin au « Massif Central ». Car, dans sa loge de l'Alhambra, il n'y a qu'une carafe d'eau et des citrons. Elle s'y trouve cependant mieux que partout ailleurs : pour elle, l'Alhambra est une salle fétiche. Elle a failli y naître, il y a exactement trente ans. La mère de Zizi, enceinte, y assistait à un programme de music-hall. Tramel, qui en était la vedette, la fit tellement rire avec sa chanson *L'Escargot de Bourgogne*, qu'on dut la transporter d'urgence à la clinique. Une heure plus tard, Zizi faisait son apparition dans le monde.

Après ses films *Folies-Bergère*, avec Eddie Constantine, et *Tout va bien*, avec Bing Crosby, l'Amérique, qui l'a surnommée la « Bombe en Maillot rose » et la « Nouvelle Chérie de Broadway », la réclame à cor et à cri pour lui faire tourner *Irma la Douce*, tandis que, dans un autre film, *Charmants Garçons*, elle n'aura rien de moins que Curd Jurgens et Vittorio de Sica pour partenaires.

Mais dans sa loge, où, par superstition, Zizi porte toujours le même vieux peignoir blanc à l'envers, elle caresse, pendant les entractes, un projet qui lui est encore plus cher, et qu'elle espère bien pouvoir mettre à exécution dès qu'elle en aura fini avec le succès de son nouveau spectacle. Derrière ses pots de maquillage, il y a plusieurs cartes d'Espagne. Ceux que le monde entier connaît sous les traits de Carmen et de Don José n'y sont encore jamais allés...

— Ce sera pour notre voyage de noces, dit Zizi avec sa voix gouailleuse et son sourire gamin. Depuis deux ans que nous sommes mariés, nous n'avons pas encore pu réussir à le faire...

Gérard DUNOYER,
Constellation, n° 108, avril 1957

BOOM SUR LE MUSIC-HALL

C'était le triomphe ; elle avait empoigné le public dès la première chanson et, avec un allant incroyable, tenait la salle dans le creux de sa main depuis le début de son tour de chant. Elle attaquait son succès — ce refrain d'un ballet qui avait marqué, plusieurs années auparavant, ses véritables débuts de chanteuse. Zizi, soutenue par l'orchestre de Michel Legrand, se lança :

— J'suis une croqueuse de diamants...

On le lui avait dit : ne t'inquiète pas des chansons que tu crois ne pas savoir... surveille celles que tu sais.

Et cela se produisit. A deux vers de la fin, on la vit s'arrêter, l'espace d'un instant... l'orchestre continua seul deux mesures... et miraculeusement, comme un acrobate qui retrouverait ses dernières forces pour saisir le trapèze, Zizi rétablit la situation. La parole lui revint.

Pour le public, cela passa inaperçu, et l'ovation qui suivit effaça tout. Mais Zizi, en un éclair, venait de se rendre compte de ce que c'est que de tenir seule pendant trois quarts d'heure face à deux mille personnes qui vous guettent. A ce moment-là, pas question d'avoir une défaillance ; et la défaillance, les chanteurs le savent bien, survient justement au milieu du texte que l'on croit connaître le mieux.

Mais Zizi, en grande championne, triompha de la défaillance.

Cette soirée à l'Alhambra marquait son arrivée à la dernière étape d'une carrière qui, d'un obscur sujet du corps de ballet, avait conduit Zizi Jeanmaire, tambour battant, à la place de vedette qu'elle occupe aujourd'hui.

Etoile, certes, elle l'était depuis longtemps ; mais l'étoile, si elle scintille d'un vif éclat, n'est que l'élément le plus brillant d'une constellation. La vedette, elle, est seule en scène, et ne peut en aucun cas compter sur la présence des camarades pour retomber « sur ses pattes » en cas d'anicroche.

Pour Zizi, tout a commencé avec les ballets de Roland Petit au théâtre des Champs-Elysées. Zizi végétait à l'Opéra ; ou plutôt, elle s'impatientait de voir que cela prenait si longtemps pour « arriver » dans cette vaste maison. On peut toujours, dans un théâtre, espérer faire, dans certains cas, la conquête d'un directeur, mais c'est une méthode qui indispose les camarades et les amateurs, et qui, de surcroît, ne tient généralement pas compte de l'aspect physique dudit personnage... De toute façon, Roland Petit, comme directeur, avait beaucoup plus de charme que n'importe quel personnage officiel.

Il cisailla les cheveux longs qui donnaient à la jeune Renée (oui... c'est son nom) un petit air province, lui créa véritablement un nouveau visage et la laissa se déchaîner en scène. Zizi avait — elle l'a toujours — ce don précieux : la présence.

Zizi adorait Roland. Roland était assez capricieux. Tant bien que mal, la compagnie alla de succès en succès non sans accrochages, brouilles, bisbilles, querelles et autres discordes que connaissent bien ceux qui ont fréquenté les coulisses d'une troupe de ballet. Zizi tenait une place de plus en plus importante dans la troupe. Trop importante, se dit Roland qui décida soudain de faire une saison sans elle. Sur quoi Zizi partit seule et connut le succès. Huit mois durant, à Broadway, dans une comédie musicale.

Zizi et Roland avaient raison tous deux : eux deux en scène, c'est trop. Roland le prouva en faisant triompher, sans elle — avec, il est vrai, Colette Marchand, Violette Verdy et Claire Sombert —, une nouvelle série des « Ballets de Paris » — on se rappelle notamment *Le Loup*, l'admirable histoire de Neveux et Anouilh, la musique de Dutilleux et le décor de Carzou. Mais quand, enfin réconcilié — et marié — avec Zizi, Roland voulut, au Théâtre de Paris, tenter la chance une fois de plus, il était trop tard. Ils avaient trop attendu, et trop grandi : ni Zizi ni Roland ne purent se plier aux nécessités de ce travail d'équipe qu'est le ballet. Zizi a, elle le sait bien, de quoi tenir la scène à elle seule; quant à Roland, il a Zizi et il la connaît bien...

Et lorsque Jacques Canetti proposa à Zizi la vedette du spectacle de l'Alhambra, malgré le demi-échec du Théâtre de Paris, il avait deviné très exactement ce qui se produirait si, supprimant tout ce qui l'entourait, on laissait Zizi dompter, à elle seule, ce lion aux mille têtes, le public.

Quel dompteur! et quel jeu de cravaches! Mais il est temps de décrire Zizi. Taille : minuscule. Jambes : immenses. Voix : indiscutablement parigote. Cheveux : noirs et très courts. Signes particuliers : a un charme canaille et une fille en bas âge dénommée Valentine. Autre signe particulier : est bourrée de talent comme une caisse de dynamite. Troisième signe particulier : comporte autant de signes particuliers que le dictionnaire comporte de termes élogieux.

On dit quelquefois qu'elle a un sale caractère. C'est absolument faux. Elle a un caractère. Tout court. Et elle est têtue comme une mule; une mule qui aurait décidé d'occuper la toute première place. Avis aux amateurs.

Son partenaire de *Folies-Bergère* s'est déjà aperçu qu'il est assez imprudent de voisiner avec un petit animal aussi entêté...

Boris VIAN,
Bonjour Philippine, n° 6, juin 1957

Après Mireille et Charles Trenet,

LES VÉRITABLES HÉRITIERS DE LA BONNE CHANSON ESPÈRENT TRIOMPHER MALGRÉ LA CONSPIRATION DE LA MÉDIOCRITÉ

Débat mené par André Halimi

HALIMI. — *Je vous ai réunis parce que vous représentez les défenseurs de la bonne chanson, en dépit des commerçants, des mafias de toutes sortes, des faux mécènes et puissants de ce monde qui ont jeté leur dévolu sur la chanson.*

Vous écrivez des chansons intéressantes, des chansons insolites, des chansons intelligentes, quelquefois même des chansons impossibles. Votre victoire est due à l'indifférence que vous portez aux industriels et aux industrieux en général. Vous n'avez pas enterré la chanson sénile mais vous lui portez de rudes coups. Pourquoi n'écrivez-vous pas de chansons « cuculs », ou rétrogrades, fanées, fatiguées ?...

VIAN. — On en écrit beaucoup mais nous, nos mauvaises, personne ne veut les chanter.

BRASSENS. — Peut-être parce qu'on n'y a pas songé, peut-être aussi qu'on n'est pas doué pour ça. C'est aussi difficile d'écrire une chanson « cucul » qu'une pas « cucul ».

BÉART. — Qu'est-ce qu'il y a comme chanson « cucul » ?... Je cherche...

BRASSENS. — Il n'écoute pas souvent la radio.

VIAN. — La chanson « cucul » c'est la chanson style 1890 qui truste souvent les succès.

BRASSENS. — Pas sûr, de nombreuses chansons « cuculs » n'ont eu aucun succès.

HALIMI. — *Puisque Vian nous dit écrire des chansons « cuculs », pourquoi ne les chante-t-on pas ?*

VIAN. — On en écrit pour les parodier et alors, à ce moment-là, les gens ne nous prennent pas au sérieux.

SALVADOR. — Les gens craignent d'être ridiculisés. Malgré nos efforts, ils ne peuvent pas prendre nos « parodies » au sérieux.

HALIMI. — *Quand vous écrivez des chansons qui ne sont pas des parodies, des chansons que vous aimez, n'avez-vous pas peur d'écrire pour une minorité, pour un clan ou une chapelle ?*

BRASSENS. — Peu importe le nombre d'admirateurs. La chanson peut se passer du plus grand nombre.

SALVADOR. — Pourquoi une chanson devient un succès, personne n'en sait rien. La chose déprimante, c'est le succès de la mauvaise chanson. Ce qu'il faudrait, c'est que de nombreux auteurs se joignent à nous et cessent d'encenser la bêtise.

VIAN. — Au départ, nous écrivons pour une minorité. Quand je travaille avec Salvador, par exemple, nous ne nous soucions de rien. Il se met au piano et il trouve une musique ou bien je lui donne un départ. Nous écrivons une chanson et nous ne pensons pas du tout si elle sera vendable ou non. Après il se produit une première sélection. Les éditeurs choisissent les chansons que l'on aime le moins. Tant pis. Quelquefois, nous discutons avec des éditeurs jeunes, qui sentent comme nous et qui ont au moins une culture « variétés ». Eux savent choisir nos meilleures chansons.

On sait très bien que certaines de nos chansons ne sont pas spécialement commerciales. Nous les écrivons parce que cela nous amuse. Je crois que l'opposition que l'on peut faire entre deux écoles de compositeurs et d'auteurs de chansons est la suivante : il y a ceux qui essaient de faire pareil et ceux qui essaient de faire différemment. C'est comme ça dans tous les arts.

Béart. — A mes yeux, une bonne chanson est celle qui a un ton d'un bout à l'autre. Elle pourrait être parfaitement naïve mais alors délicieusement naïve, d'un bout à l'autre. Elle pourrait être absolument littéraire mais, là aussi, littéraire d'un bout à l'autre.

Salvador. — De toute façon, il faut condamner le « truc ». Il y a des gens qui se servent perpétuellement des mêmes trucs pour écrire les mêmes chansons.

Vian. — Ce qui est aussi condamnable, c'est la chanson mal écrite.

Béart. — Il peut même y avoir des fautes de français, mais d'un bout à l'autre.

Brassens. — Inutiles, les fautes de français.

Vian. — A partir du moment où une chanson a un style, elle plaît.

Brassens. — A mon sens, l'écriture et le son des mots entre eux passent avant tout.

Halimi. — *Il y a une certaine considération en France pour la mauvaise chanson. Elle rapporte, elle a un standing et on la respecte. A quoi tient cette considération de la mauvaise chanson ?*

Salvador. — C'est un phénomène que l'on peut contrer, en partie. Vian et moi avons écrit des calypsos canulars pour mettre en boîte les calypsos comme les auteurs avant que ce rythme envahisse la France. Conclusion : quand un interprète chantait un calypso, il était souvent ridiculisé car on ne le prenait pas au sérieux. Il faut défendre la bonne chanson française.

Vian. — Il y a une influence des éditeurs commerciaux qui est effrayante. Ils achètent des chansons à l'étranger par paquets de cinquante et ils disent : « Maintenant que j'ai payé, il faut les exploiter. » Alors, ils font faire les paroles « à la grosse » par des paroliers spécialisés qui prennent un dictionnaire de rimes et mettent des paroles qui riment à la place de paroles originales, qui ne se soucient pas du tout pour savoir si c'est écrit en bon français ou non. Il y a des exemples d'adaptations étrangères qui sont écrites dans un français tel que la copie d'un enfant qui passerait son examen de passage en sixième aurait 2 sur 20. Et ces chansons passent à la radio qui se dit

« organisme d'Etat » pour ne pas contaminer le goût public... La radio se désintéresse totalement de pervertir de la sorte le goût des gens. Il serait souhaitable que l'on crée un comité de supervision de la langue française qui interdirait certaines chansons. Il y a des chansons où les fautes sont tellement flagrantes et épouvantables. Il y a une différence entre le barbarisme et le solécisme. On peut parler un français simple, employer des mots populaires sans pour cela négliger la syntaxe ou même l'euphonie. Il y a une importante catégorie de paroliers qui travaillent aux pièces.

BRASSENS. — Malheureusement, un comité de supervision nous frapperait les premiers. A moins d'être supervisé lui-même, mais par qui ?...

HALIMI. — *Qui veut citer des paroliers qui travaillent à la pièce ?...*

BRASSENS. — On serait obligé de sortir avec un revolver ou une mitrailleuse si on citait... Il y en a trop...

VIAN. — Je ne veux pas en citer. Pourquoi leur faire de la peine. Ils gagnent leur vie comme ça. C'est très dommage qu'ils ne la gagnent pas ailleurs, en vendant des nouilles, par exemple.

HALIMI. — *Je suis étonné que la facilité et, pourquoi ne pas le dire, la bêtise aient pu gagner quelques directeurs de maisons de disques que je tenais pour compétents et intelligents. Ils engagent des interprètes pénibles pour leur faire chanter des chansons pénibles diffusées à tous les azimuts. Parler de l'avenir de la chanson et encourager la médiocrité, ce n'est pas parler le même langage.*

SALVADOR. — Ce sont les éditeurs qui en sont responsables. Ils payent les chanteurs pour qu'ils chantent leurs mauvaises chansons. Il faut bien récupérer ses deniers.

BRASSENS. — Dès qu'un type fait quelque chose de nouveau, ça renverse les habitudes des cuistres... On s'évertue à lui barrer la route. Mais miracle, il n'y a pas moyen. Des légions armées de faiseurs de mauvaises chansons n'arrêtent pas un seul parolier scrupuleux.

VIAN. — Le progrès de la chanson est lent mais certain. La prétendue « belle époque » était en réalité l'époque du pétomane et autres joyeuses gauloiseries... Rien que les titres étaient un programme : *Le Pet français, Le Tatoué de Mulhouse, La Petite Mariée normande, L'Accordeur de haricots...*

BRASSENS. — Et aujourd'hui, qu'est-ce que c'est que *La Samba des bretelles ?*

HALIMI. — *Lisez le hit-parade ou la bourse aux chansons et vous apprendrez que les chansons qui se portent le mieux s'appellent* Oh la la ! Tu n'a pas très bon caractère, Hop di gui di, Arriverdici Roma... *Inutile de commenter plus longuement...*

VIAN. — Il y a un courant d'âneries alimenté par un certain nombre d'éditeurs et un courant de contre-âneries alimenté par un certain nombre de jeunes auteurs qui n'ont pas encore la puissance financière mais qui ont, grâce à l'extension du disque, une certaine audience. Tout de même, depuis Trenet, les chansons intelligentes ont droit de cité.

Pour revenir aux problèmes des maisons de disques, que vous venez de soulever, Halimi, je vous répondrai que les maisons de disques ont d'abord un problème : amortir leurs frais de pressage.

Au départ, elles doivent vendre un certain nombre de kilos de nouilles pour pouvoir faire du laboratoire.

En réalité, je trouve, et le fait que je travaille dans une maison de disques ne me gêne pas du tout, que les maisons de disques devraient consacrer beaucoup plus d'argent au laboratoire, c'est-à-dire aux essais, aux tentatives...

HALIMI. — *Pourquoi cinquante ou cent interprètes acceptent-ils une chanson inintelligente ?*

VIAN. — Parce qu'il y a cinquante ou cent interprètes inintelligents.

BRASSENS. — En reste-t-il parmi les autres ?...

Peut-être la chanson n'a-t-elle pas besoin de bonnes paroles.

Est-ce que la majorité du public se soucie d'un texte ?... Ils ne savent pas ce qu'ils écoutent.

Le public qui fait les vrais succès est peut-être le

plus mauvais et le plus nombreux. Les autres, les raffinés, sont une minorité indésirable.

VIAN. — C'est pourquoi l'interprète peut lutter contre l'asservissement auquel on l'oblige. Il est vrai aussi que des chanteurs n'ont pas une personnalité suffisante pour se permettre de conserver un style de chansons. Et comme ils doivent vivre, ils chantent...

BÉART. — La bonne et la mauvaise chanson peuvent coexister. C'est même nécessaire pour la santé de la bonne chanson, qu'elle soit entourée de mauvaises chansons.

VIAN. — Personnellement, le problème de la mauvaise chanson envahissante ne me tarabuste pas beaucoup. Celui de la bonne chanson qu'il faut faire connaître est plus important. L'avenir se fait un plaisir de nous faire oublier bien vite les mauvaises chansons, malgré leurs succès éphémères.

BRASSENS. — Vian a raison. Tout ça, c'est vite oublié. Les chansons, même les gros succès mauvais, ça dure comme un article de journal, un déjeuner de soleil...

Le public accepte n'importe quoi et le public met bon ordre à cette pagaïe.

HALIMI. — *Nous avons un peu parlé des interprètes. N'ont pas un rôle très important à jouer, surtout les vedettes. Refusant les mauvaises chansons, elles mettraient les éditeurs dans une situation délicate ?*

VIAN. — Ce sont les chansons qui lancent les vedettes et ce sont les vedettes qui lancent les chansons. Le danger, c'est que certains interprètes sont devenus vedettes sans acquérir du bon goût. Ils multiplient au contraire l'essor de la mauvaise chanson.

BRASSENS. — Les interprètes sont comme le public. Ça leur arrive de chanter de bonnes chansons sans le faire exprès. On le leur pardonne vite.

Aussi bien pour le public que pour ces interprètes, on peut dire que la musique les frappe d'abord, et les paroles, *quelles qu'elles soient*, leur servent à se souvenir de la mélodie qui leur plaît.

BÉART. — Chevalier a vendu beaucoup de mauvaises chansons. Il est devenu vedette parce qu'il a de la personnalité et en travaillant.

Brassens. — Et aussi parce que ses chansons avaient l'heur de plaire au public. Trop de chanteurs croient que leur talent d'interpréter suffit. Erreur. Il faut que le public quitte la salle en fredonnant les chansons qu'il vient d'entendre, qu'il les chante chez lui, sans le chanteur. Alors, le charme s'opère et le public revient au chanteur pour entendre d'autres chansons. Le talent de l'artiste lui fait gagner la partie sur la scène, mais encore faut-il la gagner chez le public, dans sa maison, dans sa vie... Ce sont les chansons qui font ce miracle et prolongent le tour de chant et le succès du chanteur hors de la scène... Du moment qu'elles plaisent, bonnes ou non...

Halami. — *Une très bonne vedette peut donc imposer de mauvaises chansons ?*

Brassens. — Quand elle est là, oui... Sa personnalité pallie le manque de vertus de la chanson, mais quand le public n'a plus l'interprète, quand il est seul, il laisse tomber... la chanson n'a plus son prestige.

Il me semble que si Lemarque avait chanté tout seul, le charme de ses chansons aurait agi pour lui en tant que chanteur. Il chante aussi bien que les autres.

Vian. — Lemarque est un excellent auteur de chansons populaires. Il écrit des chansons capables de « lancer » des interprètes.

Brassens. — Et au besoin de s'en passer.

Importance de la critique

Halimi. — *Que pensez-vous de la réaction de la critique en général en ce qui concerne la nouvelle chanson ?*

Vian. — Les critiques de music-hall et de variétés n'ont pas l'importance des critiques dramatiques, par exemple. Ils n'ont aucune influence. Parce qu'il faut le dire, il n'y a plus d'examens de critiques. Il y a des gens qui s'improvisent critiques simplement parce qu'ils ont deux oreilles. C'est insuffisant. Il faudrait avant qu'ils se documentent sur la chanson.

Brassens. — Tout à fait de l'avis de Vian.

VIAN. — Je me fous complètement de leurs appréciations. Cela n'a aucune portée.

BÉART. — Mais je crois tout de même que c'est un reflet de ce qu'un individu moyen peut ressentir devant une chanson.

VIAN. — Un individu moyen ne doit pas être critique. Quiconque analyse un sujet doit le dominer.

SALVADOR. — Le mauvais critique devrait faire autre chose...

BRASSENS. — On va nous accuser de vouloir accroître le nombre de chômeurs.

Problème des jeunes

HALIMI. — *Que peut faire un jeune auteur de chansons ? Quels conseils pouvez-vous lui donner ?*

VIAN. — Si on souhaite écrire de bonnes chansons, il faut essayer de vivre d'autre chose. Il faut attendre pour que les éditeurs viennent à vous. Il vaut mieux être terrassier et faire de bonnes chansons que d'être l'instrument de tous les éditeurs. Quand on travaille selon le désir des éditeurs, ils vous demandent des choses abominables. 90 % des éditeurs n'ont pas trace de goût. Ce sont des monstres. Des gens qui n'ont pas de culture, simplement qui ne savent pas ce qu'est une chanson.

HALIMI. — *Les jeunes parlent surtout de la réussite ?*

VIAN. — Réussir, ce n'est pas gagner de l'argent. Regardez Alfred Jarry. Pour moi, c'est un type qui a réussi brillamment. Nous sommes seulement un bon millier en France à vénérer sa mémoire.

Les jeunes doivent soumettre leurs chansons aux interprètes, souvent très ouverts. Même les plus grands interprètes sont accessibles si l'on écrit de bonnes chansons, il n'y a pas de raisons pour ne pas être chanté.

Le snobisme aujourd'hui, c'est de mettre l'intelligence sous un gros caillou et d'appuyer bien fort. La radio d'Etat ne freine guère la bêtise.

BRASSENS. — L'Etat ne connaît rien à la chanson ni au reste.

VIAN. — Il y a des gens qui couchent sur le paillasson des vedettes pour leur passer des chansons. Je ne conseille pas aux jeunes d'agir ainsi. Il vaut mieux passer son temps à écrire de bonnes chansons. Ils attendent et leur tour viendra. Qu'ils se débrouillent pour avoir un métier qui ne les oblige pas à se déculotter pour placer leurs chansons.

Nous ne sommes pas des placiers en carte postale. On dit toujours que c'est un métier peu artistique mais quand même...

HALIMI. — *Pour conclure, je dirai que le problème de la bonne chanson n'existe pas. Que les jeunes en écrivent et qu'ils évitent les antichambres de la fabrication où l'argent a seul droit de cité.*

La bonne chanson trace son chemin, sans se soucier de la bêtise ni de la médiocrité. Elle a du mal pour s'imposer, mais ses victoires sont plus durables.

La mauvaise chanson s'affaire. C'est son droit. Elle a besoin du bruit et de la publicité pour s'imposer. Qu'importe. Le talent est servi par des hommes forts. La mauvaise chanson n'a jamais eu si mauvaise conscience.

Music-Hall, n° 38, mars 1958

SALVADOR,
L'HOMME QUI RACCOURCIT LES HEURES

Cela m'ennuierait de parler de Salvador en technicien de la chanson... cela m'ennuierait d'en parler en copain... et cela m'ennuierait d'en parler en journaliste d'occasion, à la manière de ces brillants messieurs qui, sous prétexte qu'on leur a commandé un papier « d'humeur » s'exercent au jeu de massacre dans un domaine dont ils ignorent le langage et les règles. Je pourrais en parler en spectateur, en spectateur content — c'est là que je rejoindrais l'opinion de tous les gens qui, moyennant une petite somme d'argent, vont pendant quelques semaines applaudir au résultat de vingt ans de travail appliqué mêlé d'une sorte de génie naturel, en écoutant le tour de chant de Salvador à l'Alhambra.

Il est tellement semblable, dans la vie, à ce qu'il est sur scène que l'on se pose la question avec plus d'acuité encore quand on le connaît bien; comment arrive-t-il à cette discipline qui lui a permis de composer ce tour, réglé à miracle, où chaque chanson est à sa place, où rien ne paraît long, et où, pourtant, sont accumulées, comme à plaisir, toutes les gageures?

Qui oserait, comme Salvador, commencer son tour par une chanson aussi « forte » que *Mon ange gardien,* dont Bernard Michel a fait les paroles? Personne que lui. Qui oserait préluder à la ravissante chanson dont il a composé la musique sur des paroles d'André Maurois par une annonce burlesque et dérisoire? Personne que lui. Et qui peut se permettre, à l'heure actuelle, de prendre un « tube », une vraie rengaine — bien faite d'ailleurs — comme *Bon Voyage*, de Jacques Larue, pour en réaliser un monument de burlesque jusqu'au dernier mot où, soudain, tout tourne court — où, d'un geste, le bonhomme rouspéteur et ridicule qui vient de plonger dans l'hilarité une salle entière, recouvre soudain toute son humanité pitoyable ?

Personne que lui. Il n'y a actuellement en France qu'Henri Salvador pour pouvoir faire tout ce qu'il fait aussi bien qu'il le fait.

Et que fait-il encore ?

Mon Dieu, il chante le jazz comme lui seul peut le chanter, il est un des clowns les plus parfaits de l'heure (il rejoint, par moments, Raymond Devos, et quelles voies opposées !), il détaille la chanson de charme exotique à faire pâlir le pauvre Belafonte, qui n'a, après tout, qu'un physique, il parodie la chanson guimauve et la transfigure, il a le charme un peu sentimental du titi parisien, il a le charme complètement gavroche du titi de la Guadeloupe, il peut donner des leçons d'interprétation et de mise en place à tous les tenants de la mélopée néo-lyrique dite moderne...

Il sait tout faire. Et il y a longtemps qu'il sait tout faire.

Mais il n'y a pas longtemps qu'il sait qu'il peut le faire.

Et ça, c'est le charme de Salvador. C'est que tout ça, c'est l'aboutissement des années de métier patiemment appris. Appris ? Ce paresseux ? Ah, méfiez-vous des paresseux qui ont des passions... ils y pensent tout le temps qu'ils se reposent. Quand Salvador se repose, il prend sa guitare et il fait une chanson... parce qu'il aime les chansons. Et comme il est paresseux du fond du cœur, il se repose beaucoup, et il fait beaucoup de chansons...

Il en fait beaucoup, il en essaie quelques-unes et il garde celles qu'il sent vraiment. Celles qui, à leur tour, lui apportent quelque chose... ce n'est que justice... il leur fait assez de bien...

Il y a encore quelques détails à mettre au point dans son tour de chant ; d'abord, il ne sait pas saluer.

Un bon cabot tirerait trois rideaux de plus. Mais Salvador, ça lui paraît vraiment naturel de faire rire les gens... alors ça l'étonne qu'on le remercie.

Ensuite, il ne sait pas qu'il peut être émouvant. Ou, s'il le sait, il n'y croit pas. Il y a encore chez lui une pudeur, une sorte de dérobade devant l'émotion — il a vu trop de gens sombrer dans le mélo de bas étage, et il préfère rester en deçà. Cela aussi mérite qu'on le remercie — mais il est capable de doser exactement, et il le fera sitôt qu'il osera.

Et il osera quand il aura entièrement confiance en lui. Quand il se sentira enfin sacré grande vedette. La vedette qui *remplit* la grande salle, et pas seulement celle qui fait un « malheur » devant une salle déjà remplie.

Au train où vont les choses à l'Alhambra, Salvador va oser bientôt être tout à fait Salvador...

Et il occupera enfin la place qu'il mérite; la place de quelqu'un qui change les heures en demi-heures, et vous donne de la joie en échange des minutes qu'il vous a prises sous le nez, avec un grand rire et une pirouette, et un tour de chant d'acier trempé...

Boris VIAN,
France-Observateur, 20 novembre 1958

À propos de Brassens

PUBLIC DE LA CHANSON, PERMETS QU'ON T'ENGUEULE !

A propos de Brassens, dont les nouvelles chansons sont remarquables, il y a un public de la chanson qu'il faudrait que l'on engueulât par-ci par-là.

Lors de son dernier tour, Georges Brassens avait écrit quelques poèmes durs, baroques et fignolés à miracle qui avaient nom *Oncle Archibald, Grand-Père, Le Vin*, etc.

Nombre d'entre eux tournaient autour d'un sujet réputé austère, la mort...

Le microsillon qui les réunissait était l'un des plus beaux qui existât de cet artiste.

Il semblerait qu'il ait eu moins de succès que les précédents.

Aussi Brassens revient à plus de gaillardise.

Oh ! il n'a pas baissé la qualité de son écriture... loin de là.

Mais *Le Cocu* et *Le Pornographe du phonographe* renouent avec le Brassens jovial à quoi certains ont toujours voulu limiter ce bon ours à la dent dure et au cœur tendre.

Et le nouveau microsillon Brassens va se vendre comme des petits pains. On peut, d'ores et déjà, prédire qu'il s'en enlèvera plus que du précédent.

Entendons-nous... le précédent était un best-seller...

Mais le précédent aurait dû être le plus vendu de

tous si « le public », ce public si empressé à s'esbaudir quand on écrit chanson avec une cédille, se donnait un peu plus de mal...

Public, c'est très joli de taper sur Mariano et les suaves du tour de chant, de traîner dans la crotte les auteurs de *Gondoliers* et de *Bambini*, etc.

Mais que faites-vous pour les autres ? Qu'avez-vous fait pour *Oncle Archibald* ?

Heureusement, Georges le chante encore... Celle-là et tout plein d'autres. Sept nouvelles, dont deux déjà citées, et parmi lesquelles il faut nommer encore la *Ronde des jurons*, une jolie pièce archaïsante et drôlement fabriquée.

Le Cocu est une chanson hilarante. *Le Pornographe du phonographe* une autocritique truculente du genre Brassens mineur.

Mais *Oncle Archibald* reste un vrai chef-d'œuvre.

Public, on attend les dix mille lettres aux diverses radios, et les dix mille demandes d'émissions Brassens, et les achats massifs de disques et de formats.

Il faut vous le dire parce que, question protestation, vous avez la plume drôlement bien pendue... mais question fouilles, vous les avez pleines de gros méchants oursins.

Nous, les pauvres amateurs de jazz du début du jazz, on se donnait un drôle de mal pour avoir les disques des gens qu'on aimait. Et on fondait des revues pour parler d'eux.

Avez-vous *Oncle Archibald*, vous, les amateurs de chansons ?

Et avez-vous été à l'Olympia écouter Brassens ?

Et Michèle Arnaud, intelligente, plaisante, troublante et charmante ?

Non ? Alors fermez-la !

Boris VIAN,
Le Canard enchaîné, 29 octobre 1958

Il existe une première version inédite comportant quelques variantes et intitulée « Bon comme Brassens ».

DU CHANT À LA UNE : SERGE GAINSBOURG

Allez, lecteurs ou auditeurs toujours prêts à brailler *contre*, contre les fausses chansons et les faux de la chanson, tirez deux sacs de vos fouilles et raquez au disquaire en lui demandant le Philips B 76447 B... réclame non payée, je ne travaille plus chez Philips, et j'y travaillerais encore que ce serait exactement pareil.

C'est le premier 25 cm 33 tours d'un drôle d'individu nommé Gainsbourg Serge et né à Paris le 2 avril 1928. Et en ce qui me concerne, j'espère que ce n'est pas le dernier. En ce qui vous concerne, c'est vous qui pouvez *faire* que ce ne soit pas le dernier. Un disque, c'est coûteux à fabriquer, un nouvel artiste, c'est coûteux à lancer, surtout quand les disquaires, noyés sous le tout-venant et paralysés par les augmentations de T.V.A. n'ont même plus le temps d'écouter ce que les maisons de disques leur envoient.

Qu'entendrez-vous sur ce disque ?

D'abord — honneur à ceux que l'on oublie toujours — vous entendrez, soutenant Gainsbourg et s'entendant avec lui comme larrons en Parlement, Alain Goraguer et les neuf arrangements qu'il a écrits sur les chansons. Chacun, techniquement parlant, vaut dans les 17 à 19 sur 20, malgré un piano parfois mal accordé ; mais ça, c'est pas la faute de Goraguer ; un piano doit être accordé sur le vibraphone quand il y en a un à la séance.

Vous entendrez, cachée au milieu d'une face, une

chanson qui vous inquiétera. « Ce mortel ennui qui me vient... quand je suis près de toi... »

Vous entendrez trois réussites techniques (carrure style, chutes, etc.) absolues : *Le Poinçonneur des Lilas*, sombre, fiévreuse et belle, qu'interprètent déjà également les Frères Jacques. Ils y sont admirables, mais écoutez-y l'auteur. C'est le prototype de chanson forte qui manque au tour actuel d'Yves Montand. *Douze Balles dans la peau* est d'aussi bonne qualité ; Michèle Arnaud la chante, je crois, et bien. Jean-Claude Pascal aussi : hommage à son goût. *Les Femmes des uns sous le corps des autres*, avec son rythme sud-américain, est une amère et joyeuse réussite.

Au passage, si quelque andouille désire accuser Gainsbourg de pessimisme, je me permettrai de lui demander s'il aime tant que ça le pléonasme et si, d'aventure, il a écouté l'air...

Vous entendrez *Ronsard 58*, plus scolaire, mais qui a le mérite d'être une chanson de jazz *pas démodée pour la musique* comme celles qu'on fait couramment en France dans l'esprit du jazz de 1935 (qui était parfait en 1935).

Vous entendrez *La Recette de l'amour fou* et vous vous rappellerez, puisque je vais vous le dire, que Gainsbourg ne regrette qu'une chose : c'est de n'avoir pas connu l'Ecole universelle de surréalisme par correspondance et affinités, directeur André Breton.

Et vous aurez encore *L'Alcool, Du jazz dans le ravin* et le *Charleston des déménageurs de piano*. Cette dernière souligne utilement ce fait que le piano, c'est délicieux pour celui qui en joue et pour ceux qui l'écoutent. Mais, de temps en temps, faudrait tenir compte de ceux qui le transportent...

Et quand vous aurez écouté tout ça, filous comme vous êtes, vous viendrez me dire que Gainsbourg n'a pas une grande voix. Bon ; elle est un peu sourde, il a des nasales un peu trop nasales, mais il ne chante pas l'opéra ; si vous voulez de l'opéra, achetez Depraz. Qu'il rappelle, par moments, Clay. Oui, parce que leurs voix ont un peu le même timbre, et alors ? Il a, aussi, ce bon côté tendu et mordant de Clay.

Vous viendrez me dire aussi que ce garçon est un sceptique, qu'il a tort de voir les choses en noir, que c'est pas « constructif »... (si, si, *vous* dites des choses comme ça).

A quoi je répondrai qu'un sceptique qui construit des paroles et des musiques comme ça, faudrait peut-être y regarder à deux fois avant de le classer parmi les désenchantés de la nouvelle vague... c'est tout de même plus intéressant qu'un bon crétin d'enthousiaste avide de démolir ce qu'il n'aime pas...

Et on peut, en 1958 et après, s'efforcer de construire autre chose qu'un pavillon en meulière avec des incrustations de céramique bleu-vert et des chats en faïence sur le toit.

Pourtant, il manque une chose à ce disque. Une chanson, peut-être la meilleure de Gainsbourg. Elle narre les amours d'un boulet de canon et d'une jambe de bois qui cherche à se placer.

Cette chanson s'appelle *Friedland*.

Gainsbourg l'a enregistrée.

Mais elle ne figure pas sur le disque. Il faut l'écouter à Milord l'Arsouille, où chante Serge.

On a dû la supprimer pour ne pas déplaire au bon roy Charles XI.

Pourtant, si je ne m'abuse, *Friedland*, ça se passait du temps de l'Usurpateur ?

Boris VIAN,
Le Canard enchaîné, 12 novembre 1958.
Repris dans *Le Canard enchaîné* du 6 mars 1991, en hommage à Gainsbourg

AUX TROIS BAUDETS

Le petit théâtre de Jacques Canetti

64, BOULEVARD DE CLICHY — 2, RUE COUSTOU
MON. 81-98 — PARIS-18e

Jacques Canetti inventa, tout simplement, les Trois Baudets, le plus petit théâtre de variétés de la capitale, et la plus riche pépinière de vedettes du spectacle.

Et la phrase ci-dessus vous permet de retenir, dans l'ordre alphabétique (qui s'impose lorsque le talent transporte les artistes en des sphères où le système métrique n'a plus cours), les noms que vous connaissez déjà, bien sûr, de quelques vedettes, parmi les plus célèbres, consacrées par les Trois Baudets.

Par vous, autrement dit.

Vous, le public le plus difficile de Paris. Et ceci n'est pas une formule composée pour vous flatter... C'est un fait ; demandez plutôt à ceux qui des semaines à l'avance, connaissent l'angoisse et les sueurs froides à l'idée de passer devant vous...

Au point que l'on peut dire avec une quasi-certitude : si ça marche aux Baudets, ça marchera partout. La réciproque n'étant nullement vérifiée...

Mais nous sommes fiers de la formule, et, loin de nous dire « nous les avons trop gâtés », nous vous remercions de la sévérité qui nous incite, une fois encore, à essayer de nous surpasser. Notre nouvelle équipe nous inspire autant de confiance que les précédentes : elle est, comme elles, bourrée de talent, enthousiaste, dynamique, avant tout.

Elle aussi tremble un peu devant vous. C'est sain, tonique et vivifiant.

Nous attendons de vous, comme d'habitude, l'avis sincère qui nous a permis le joyeux acrostiche d'entrée.

Et qui nous permettra, dans dix ans, d'y ajouter quinze noms aussi riches de passé, de présent et d'avenir.

TROIS BAUDETS	Le premier baudet : la Joie Le second baudet : la Confiance Le troisième baudet : la Qualité

B.V.,

Programme « La Réalité dépasse la fiction »,
spectacle d'Olivier Hussenot,
Théâtre des Trois Baudets, 1958

CONVERSATION AVEC UN ADJUDANT

(d'opérette, cela va de soi)

— Vot' nom ?
— Vian, n'adjudant.
— Vot' prénom ?
— Boris, n'adjudant.
— Z'êtes estranger ? Z'êtes arménien ? Z'êtes encore un de ces métèques ?
— Hélas non, n'adjudant. Né natif de Ville-d'Avray, Seine-et-Oise. — Prénom du père : Paul, prénom de la mère : Yvonne, et selon toutes probabilités, Vian vient de Viana, d'Italie, de la sœur latine, quoi.
— Z'êtes pas le cousin de l'amiral Philip Vian ?
— Malheureusement non, n'adjudant. Suis pas le parent de gens illustres, sauf que mes grands-parents, qu'étaient ferronniers et bronziers d'art, dans le solide et le sérieux, ont dû fabriquer les grilles de la propriété d'Edmond Rostand, à Arnaga ; et, chose extrêmement bizarre, c'est par Jean Rostand, dont nous étions les voisins à Ville-d'Avray, que je suis venu à la littérature...
— Ah ! vous faites dans la littérature... J'aurais dû m'en douter.
— Oh ! je fais dans pas mal de choses, n'adjudant, ingénieur, auteur, traducteur, musicien, journaliste, interprète, jazzologue, et maintenant directeur artistique d'une maison de disques.

— Ouais... je vois... bon à tout, bon à rien... Qui trop embrasse mal étreint, comme on dit.

— Ça dépend des bras qu'on a, n'adjudant... Regardez les miens... Je suis bâti comme un singe... Fait pour la culture qui vous courbe sur la glèbe glabre.

— Foutez pas d'moi ou j'vous fous d'dans... Moi, quand j'entends parler de culture, j'sors mon revolver.

— C'est pas de vous, ça, n'adjudant...

— Ça servira pareil ! Les intellectuels, je les emm...

— Dites voir, n'adjudant, l'individu qui a inventé ce revolver sans lequel vous ne pourriez plus rien faire, vous ne croyez pas qu'il était un petit peu intellectuel ?

— Répétez votre truc ?

— Et celui ou ceux qui ont inventé ce langage dont auquel vous vous en servez si bien, n'adjudant, ça serait-y pas des intellectuels ?

— Où s'que vous voulez en venir ?

— Et l'inventeur des grades dans l'armée ou chez les curetons, ce qui revient sensiblement au même vu que le sabre est le fournisseur du goupillon, il aurait pas gambergé plus fort que le voisin ?

— Les petits malins comme vous, ça m'impressionne pas ! Je connais la chanson !

— Eh ben, pas moi... alors je vais m'y mettre, n'adjudant... Faut que je m'élève vers vous puisque vous voulez pas vous abaisser jusqu'à moi... Je vais vous concocter un manuel de l'aspirant chansonneur, que vous m'en direz des nouvelles...

— Rompez !

— D'accord, n'adjudant, je me casse !...

APPENDICE ET PIÈCES JUSTIFICATIVES

Il y a un tas de trucs qu'on ne sait jamais où mettre, alors autant les mettre dans ce livre-ci. Parmi lesquelles diverses réflexions morales qui prouvent qu'*en plus*, je pense.

1 Je distingue les génies doués et les génies pas doués. « Le génie est une longue patience », c'est une réflexion de génie pas doué.

2 D'ailleurs, c'est souvent une longue patience de la part des autres.

3 Tout ensemble ordonné inductif possède au moins un élément maximal (ça, c'est pas de moi, c'est le théorème de Zorn; c'est Braffort qui me l'a appris, et il me plaît beaucoup).

4 Tout ce que je viens de vous dire, peut-être que ça n'apporte pas grand-chose, mais remarquez bien que *ça ne retire rien non plus* (en italique, comme dans les bouquins de G. Leroux, quand *ça va loin*).

5 La femme est ce que l'on a trouvé de mieux pour remplacer l'homme quand on a la déveine de ne pas être pédéraste. (Qu'est-ce que ça vient foutre ici, je me demande ?)

6 Une vie d'aventure, d'honneur et d'héroïsme consiste généralement en une suite d'exploits accomplis chez les autres et qui vous eussent immanquablement mené en prison si vous les aviez accomplis chez vous.

7 « Elle restait plantée là, jolie et muette comme une porcelaine de saxe aphone. » (Là, on rejoint la musique.)

8 La guerre devrait être particulièrement odieuse au commerçant puisqu'elle détruit le client.

9 Je déteste par-dessus tout les femmes qui croient pouvoir se permettre d'être laides parce qu'elles sont intelligentes. Heureusement, je n'ai jamais rencontré une femme intelligente.

10 Chez une femme, la beauté est signe de modestie (mais qu'est-ce que j'ai, avec les femmes?...)

11 *Note relative à la* Marseillaise *et qui démontre qu'il s'agit bien d'un chant révolutionnaire.*

On n'ignore pas que la royauté (mort aux tyrans) avait fait sien ce slogan d'Henri IV (ou de Sully) : « Labourage et Pâturage sont les deux mamelles de la France. »

Outre que ceci définissait la France comme mammifère, alors que d'aucuns l'assimilent aujourd'hui au plus crétin des volatiles, le coq, il s'ensuivait que l'agriculture et l'élevage étaient à l'honneur.

Or, observez la sournoiserie de la *Marseillaise* et notamment de ce vers fameux :

Qu'un sang impur abreuve nos sillons

N'est-ce pas là une réaction violente contre l'agriculture? Le sang — et surtout le sang impur — ne vaut rien pour la culture. On voit de suite en quoi ce chant révolutionnaire vient saper ici la perfide besogne des rois. En vérité, le sang, impur ou non, mais cuit, est excellent pour l'élevage des jeunes truites, mais ça ne vaut pas tripette pour le blé, et de plus, il pue lorsqu'il se corrompt.

Vous me direz, le fumier ne sent pas bon non plus.

Mais alors, pourquoi pas du fumier?

Tout ça, naturellement, si on tient à l'agriculture. Personnellement, je me lave les mains (dans l'eau) de ce qui peut arriver si on prend la *Marseillaise* au pied de la lettre. Vous verrez le pain dégueulasse que ça vous fera.

Comme quoi certaines chansons sont plus dangereuses qu'elles n'en ont l'air.

Deux textes prévus par Boris Vian
pour la préface et la postface à
En avant la zizique
(de *Textes et chansons*)

RICET-BARRIER

Un mot vient immédiatement sous la plume quand on parle de Ricet-Barrier : il s'esclaffe. C'est pas tellement fréquent, de voir quelqu'un s'esclaffer. A la réflexion, c'est même fort étrange. On ne s'esclaffait plus depuis longtemps, chez nous — ailleurs non plus, du reste. Et comme il est vraisemblable que les sujets d'esclaffement (ou d'esclaffage — ou d'esclaffaison — ou d'esclafferie — ou peut-être, hardiment, d'esclaffe) vont nous manquer un brin durant cette année 1959 qui s'annonce riche en promesses de toutes sortes (impôts directs, indirects, répercutés, indéfinis, concentrés, divers, par réverbération, stéréophoniques, etc.), saluons la vertu cardinale de ce jeune auteur-compositeur-interprète-fantaisiste (ça fait A.C.I.F., les mêmes initiales que l'Automobile Club de l'Ile-de-France, c'est commode, ça...), j'ai nommé l'esclaffication communicative.

Savoir pourquoi Ricet-Barrier s'esclaffe, telle est la question. Nous pensons, après l'avoir écouté un certain nombre de fois, que c'est parce que c'est une drôle de vie que la vie qu'on vit. A dire vrai, il n'a pas tort de le croire, mais on se demande s'il a parfois songé que les vies qu'on ne vit pas sont peut-être encore plus drôles. Oh, il a dû y songer, car le degré philosophique de *Drôle de vie* (c'est celle de ses chansons que je préfère) est assez élevé pour lui permettre l'accès d'un tas de vies imaginaires. La preuve? Je doute, malgré ses admirables gilets rayés, que Ricet ait été servante dans un château ; d'ailleurs, en fille, il aurait une curieuse dégaine, j'en mets ma main au feu. Or, sa *Servante du château*, c'est du Zola à l'état pur (quand Zola se décidait à faire du vrai naturalisme, le jeudi après-midi au goûter). C'est criant de vérité. Je dirai même que c'est roulant de vérité.

Et puisque nous en sommes à la vérité, je lui dois, à la vérité, de dire qu'en vérité, j'ai menti. Ricet-Barrier sait faire bien autre chose que s'esclaffer. Parfaitement. Souvent, au lieu de s'esclaffer, il pouffe. Vous aussi, alors ne lui jetez pas la pierre. En outre, il a été, nous assure-t-on, prof de gymnastique. On se perd en conjectures sur les raisons qui lui ont fait abandonner un autre bon métier qu'il avait dans la main, celui de masseur. Au malotru qui, cynique et le regard torve, lui dit d'un ton agressif :

— Ah, c'est vous Ricet-Barrier, le chanteur ? Ricet est l'un des seuls gars de la profession à pouvoir répondre : « Et masseur ».

Ça le classe. C'est un fantaisiste, je vous l'avais dit. Il n'y a plus qu'à attendre qu'il fasse beaucoup de chansons et plein de disques. Pour qu'on ne cesse de s'esclaffer. C'est ce que je vous souhaite pour 1959.

Boris VIAN,
Bonjour Philippine, n° 14, février 1959

SERGE GAINSBOURG

Né le 2 avril 1928 à Paris, nous assure la rumeur publique, à qui Gainsbourg donne déjà pas mal de travail, ce nouvel auteur-compositeur-interprète brille déjà d'un bel éclat dans la promotion 58 des découvertes Philips. A dire vrai, et sans vouloir piétiner sauvagement les mérites de Philips (j'ai pas les pieds assez grands), c'est à une dame blonde et charmante nommée Michèle Arnaud que Serge, qui fut son accompagnateur pendant quatre ans, doit d'avoir débuté sur scène. Il appartenait au prospecteur en chef Canetti, assisté de son prospecteur adjoint Denis Bourgeois, de réaliser le premier disque de Gainsbourg, non sans le secours de ce dernier et du pianiste arrangeur Alain Goraguer.

(J'ai oublié personne? Ah! si... le père et la mère de Gainsbourg, à qui revient, au départ, une certaine responsabilité dans l'existence de Serge. Les gens sont susceptibles, dans ce métier, faut penser à tous.)

Serge Gainsbourg, levez-vous. On vous accuse d'écrire des chansons féroces. On vous accuse d'avoir la dent dure. De voir la vie en noir, etc.

Serge Gainsbourg n'a pas besoin de répondre. Il vaut mieux qu'il fasse encore des chansons; pendant ce temps-là, je répondrai pour lui; de toute façon, ces accusations sont absurdes. Va-t-on féliciter un aveugle d'être aveugle? On le plaindra. Et va-t-on reprocher à Gainsbourg d'ouvrir les yeux? Ça serait tout de même assez extraordinaire! Oh, je vois déjà un spécimen d'auditeur au cerveau enrobé de saindoux et au gros ventre plein d'optimisme protester que tout va bien et que cette jeunesse moderne a la haine de ce qui est beau. Ha ha ! dirai-je, compendieusement, à cet auditeur (et je parodie en ceci Bosse-de-Nage, ceux qui lisent Faustroll me comprendront). Un gros ventre vous bouche la vue, ou des phrases toutes faites, ou un conformisme reposant. Prenons un exemple : vous reprochez à Serge cette chanson qui s'intitule : *Les Femmes des uns sous le corps des autres*. Puis-je me permettre de poser la question : est-ce Gainsbourg qui a inventé l'adultère, et le mot n'existait-il pas avant lui ? (un certain temps avant, dirai-je même).

— Il n'est pas forcé de choisir ce sujet-là, répond l'amateur d'amour-toujours et d'yeux mauves-guimauve.

— Eh quoi ! lui dis-je (c'est là que je suis des plus sournois). Vous sentez-vous donc touché, monsieur ?

Sur ce, il se lève et il s'en va. Et je reconnais la personne qui était avec lui. C'est ma femme ! L'affreux personnage !...

Ah ! vous, Gainsbourg, donnez-moi la recette de l'Amour fou !...

Boris VIAN,
Bonjour Philippine, n° 14, février 1959

MES DEUX POINTS DE VUE

Voici, en vrac, quelques observations sur les problèmes que pose l'importance des chansons étrangères.

I. — Point de vue de l'adaptateur.

1) D'abord, distinguons : les bonnes et les mauvaises. Pour les bonnes, telles celles de Hart et Rodgers, de Porter, de Warren et autres « grands », un seul vœu : que les adaptateurs français, de grâce, ne les sabotent pas. Pour les bonnes, bravo, qu'on en publie, et un peu de respect; conservons les sujets, qui collent à la musique, et donnons-nous du mal.

2) Pour les mauvaises, les banales, le tout-venant :
a) Il y en a beaucoup trop, et elles se ressemblent toutes;
b) l'onomatopée y tient trop souvent lieu de paroles. Le devoir de l'adaptateur est de ne pas les rendre meilleures qu'elles ne sont et en particulier de ne pas gâcher un bon sujet pour remplacer un sujet original inepte.

II. — Point de vue de l'observateur impartial.

Pour diverses raisons qui sont :
1) la totale inculture musicale d'un tas de « directeurs artistiques »;

2) la flemme caractérisée d'un tas d'artistes ;

3) la flemme non moins grande d'un tas d'adaptateurs ;

4) l'incapacité dans laquelle se trouvent nombre d'éditeurs d'imaginer l'arrangement d'une chanson qu'on leur joue au piano ;

5) dans le public, le goût de l'exotisme ;

6) la mauvaise gravure et l'enregistrement pitoyable de pas mal de disques français ;

7) la prolifération des auteurs-interprètes dont beaucoup confondent chanson emmerdante avec chanson poétique et chanson pieds-dans-le-plat avec chanson percutante (ils finiraient, à coups de faux folklore, par vous dégoûter du vrai) ;

8) la radinerie du directeur général de la maison de disques, qui, par économie, préfère entourer le débutant de deux ou trois musiciens, et sans arrangements, pour sa première tentative ;

9) le snobisme de divers producteurs radio ;

10) le côté ignare à la puissance cinq de presque tous les chroniqueurs journalistes de la grande presse ;

11) l'avidité de pas mal d'éditeurs épiciers ;

12) la faiblesse et l'absence de solidarité des auteurs qui ont parfaitement le droit de se haïr mais qui devraient s'unir mieux qu'ils ne le font ;

13) la dépendance où se trouvent, vis-à-vis de l'étranger, des tas de marques de disques ;

14) j'en passe, et des pas mûres — pour toutes ces raisons, la chanson étrangère occupe une place de plus en plus grande sur le marché.

Pour y remédier, il suffirait :

1) que les futures vedettes travaillent, apprennent à chanter, à lire la musique, à se tenir sur scène, à danser, à interpréter. On n'en sait jamais trop ;

2) que pas mal de compositeurs apprennent aussi la musique ;

3) que pas mal d'auteurs apprennent le français et ne confondent pas poésie avec pompier, correction avec pédantisme, populaire avec vulgaire ;

4) que pas mal d'éditeurs s'établissent marchands de vin ;

5) que pas mal de combinards trafiquent sur l'or plutôt que sur la chanson, l'émission radio, le refile-moi ta combine et tu signes avec moi, etc. ;

6) que les journalistes essaient, une fois dans leur vie, de comprendre de quoi ils parlent ;

7) que les disquaires se spécialisent ;

8) que les jeunes gens vieillissent ;

9) que les initiatives du genre Coq se multiplient et soient organisées avec l'appui de l'Etat (mais attention aux productions du neveu du ministre) ;

10) que l'on pende, en général, les filous et ceci peut être étendu sans mal à toutes les professions ;

11) que je cesse de casser les pieds du lecteur, voilà qui est fait, aux autres de jouer.

Boris VIAN,
Discographie Française, 15 mai 1959

Ce texte a été repris dans le numéro 8/9 de *Obliques* « Boris Vian de A à Z », 1976.

AVIS AUX AMATEURS...

Il ne se passe pas de jours que de jeunes citoyens et citoyennes, munis d'une bonne dose d'enthousiasme et d'une absence complète de préjugés, viennent se proposer à qui de droit en disant à peu près ce qui suit : « Monsieur (ou Madame) je chante, et je voudrais enregistrer; pouvez-vous vous occuper de ça? Avec un peu de publicité, je suis sûr que je peux arriver à la place d'untel ou untel » (et ils ne se gênent pas, croyez-le bien... ils vous balancent un Trenet ou un Aznavour comme rien).

Le méfiant homme de l'art pose alors à l'impétrant quelques fielleuses questions. « Où avez-vous appris à chanter? Quand? Quel est votre répertoire? Pourquoi voulez-vous enregistrer? Et qu'apportez-vous en contre-partie à la firme qui vous enregistrera? »

C'est ainsi que l'on apprend que le sujet a déjà fait l'admiration de ses amis dans les surprises-parties ou réunions, qu'il gratouille un peu de la guitare et tapote gentiment du piano qu'il estime que l'on ne doit pas travailler sa voix parce que ça ne fait pas naturel, qu'au reste, untel n'en a pas non plus, et qu'après tout, il est bizarre qu'on refuse de donner sa chance à un débutant. Fréquemment, il (ou elle) écrit ses chansons, qui reflètent fidèlement ses goûts, il (ou elle) est quasi illettré musicalement (quand ce n'est pas illettré tout court) et la raison essentielle de la proposition se résume à ceci : « Je veux enregistrer, vous vendrez beaucoup de disques et nous gagnerons des tas d'argent. »

L'impétrant plein d'enthousiasme n'oublie qu'un certain nombre de choses : c'est que l'homme de l'art passe déjà une bonne partie de sa vie à *chercher* des talents originaux, qu'il en a sous la main au moins une douzaine, excellents, qu'il n'enregistre pas pour cause de saturation du marché, que le disque est un objet coûteux à produire et que l'apport vibratoire qu'il propose à la maison de disques est difficile à évaluer en espèces sonnantes.

On reste un peu atterré, chaque année, à voir le déchet des promotions de jeunes chanteurs ou de jeunes chanteuses lancés à grand fracas ou à fracas moyen par des maisons solides. Combien en reste-t-il ? On comprend que le cinéma attire tant de jolies filles stupides : le metteur en scène intelligent et le monteur avisé peuvent toujours utiliser une jolie fille stupide et lui donner, au besoin, un rôle de jolie fille stupide qu'elle remplira admirablement ; c'est parce que les crétines ravissantes savent qu'elles ont autant de chances que les ravissantes astucieuses que le métier de producteur est si délicieux ; abondance de belles pépées a toujours séduit l'homme de bien qui se définit à ceci que son portefeuille est garni.

Mais la chanson ? C'est drôlement difficile, de mettre au point un tour de chant. C'est difficile de trouver des chansons si on n'en écrit pas. C'est difficile de les placer si on en écrit. C'est difficile, de se défendre seul devant un public qui ne sait rien de vous — ni de la chanson bien souvent — sinon que vous passez en début de programme, donc que vous êtes sans références.

Et c'est difficile de chanter, c'est difficile de ne pas se faire avoir par les impresari, directeurs et autres intermédiaires utiles, c'est difficile de se servir d'un micro, etc.

Il n'empêche que chaque jour, on voit arriver, pleins d'enthousiasme, une Bristol ou une Mercedes dans le regard, d'ardents jeunes gens qui vous disent : « Enregistrez-moi, je suis formidable... » ... et se voient déjà millionnaires...

Un jour, il faudra leur écrire un manuel; ça serait bien utile.

Ces quelques réflexions en constatant la vacuité assez désespérante de l'Alhambra, avec Mick Micheyl au programme. Elle a une bonne voix, elle n'est pas désagréable à regarder, elle écrit des chansons bien faites techniquement, elle enregistre, et elle est soutenue par une grosse maison de disques qui n'a pas ménagé la publicité.

Et l'Alhambra est loin d'être plein.

Avis aux amateurs...

Boris VIAN,
texte inédit destiné au *Canard enchaîné*, 1958

ABONDANCE DE BIENS...

A la rubrique de l'actualité, ces derniers jours, on peut signaler la rentrée d'Henri Salvador, en vedette à l'Alhambra, de Philippe Clay, en vedette à l'Olympia, la réouverture des Trois Baudets, avec Béart, Gainsbourg, Ricet-Barrier, Raymond Devos, etc. Bref, on ne sait où donner de la feuille...

L'idée de Canetti aux Trois Baudets, en tout cas, est de celle que l'on doit encourager : chacun des neuf numéros est présenté par une séduisante personne, et si ce détail de mise en valeur est de nature à semer quelque perturbation dans la coulisse, il n'en est pas moins revigorant pour le spectateur.

Il faut, en tout cas, y aller écouter en chair et en os Gainsbourg, Couzinier et les autres — à Devos va évidemment la palme de la soirée; c'est vraiment un des grands clowns qui restent.

A propos de Salvador et de Clay, on se posera le problème de *La Fiancée du scaphandrier* et du *Noyé assassiné*. Avec malice, Henri Salvador annonce la première comme une de ses créations d'il y a douze ans... (rappelons que les paroles fort habiles en sont de René Baër... pas bien tendres pour les dames, c'est sûr...). Il faut constater que le jeu de scène de Clay pour *Le Noyé* est assez voisin de celui de Salvador... est-ce pour cela que Salvador est si précis? car évidemment, voici douze ans, Clay ne chantait pas *Le Noyé*...

Matière à réflexion, comme vous voyez... de même

que cette *Eau vive* de Guy Béart que de mauvais esprits persistent à trouver un peu trop voisine de *Dodo l'enfant do* (la musique, naturellement) pour s'en désaltérer...

Evidemment, tous les mots sont dans le petit Larousse et toutes les notes dans la gamme, et les questions de structure touchent souvent au byzantinisme.

Et il est parfaitement possible que Clay n'ait jamais vu Salvador chanter *La Fiancée*, tout comme il est extrêmement éventuel que Guy Béart n'ait jamais entendu *Dodo l'enfant do...* (encore que la première éventualité me paraisse plus éventuelle que la seconde).

***

Parmi les disques récemment sortis sur lesquels je crois utile de discourir, je vous recommanderai le 25 cm 33 tours de Lucette Raillat, une fillette qui a la jambe élégante et de l'astuce jusqu'au bout de ses doigts.

Il y a là-dessus dix chansons inégales, certes, mais dont certaines sont plus que joyeuses et au-dessus de la moyenne.

Quant au numéro du disque, votre disquofourgue habituel vous le donnera sans hésiter, ça se trouve chez Polydor.

***

Vous connaissez, évidemment, le dernier surnom du jeune chanteur Paul Anka, le beuglant du Canada. Il est court et charmant : Anka de malheur.

***

Au même programme que Clay, à l'Olympia, passent Pierre Doris, un peu long mais bien saignant, et Jacques Brel, toujours mystique et bourré d'espoir jusqu'au canon. Cela fait un surprenant contraste ; on s'attend à voir Doris mettre en bière ceux dont Brel vient de recueillir les dernières volontés. Ou plutôt, on ne s'y attend pas parce que Doris passe avant Brel. Celui-ci fait un gros succès mérité (bonne voix, bonne tenue, gars sympathique) et Doris, lui, le soir de la première, prenait des risques à vous réjouir l'âme, allant jusqu'à mettre en boîte une mère supposée et peu ragoûtante. Sur quoi des indignés protestèrent. C'est extraordinaire, mais quand un comédien fait son numéro, c'est le public qui se costume en réunion électorale... si j'ose me permettre ce raccourci.

Et j'ose...

Boris VIAN,
texte inédit destiné au *Canard enchaîné*, 1958

CONSEIL DE RÉVISION *(des opinions)*

J'ignore absolument ce que mes confrères de la critique ont dit ou vont dire de Paul Anka... Je me permets simplement d'attirer l'attention de l'élite (les lecteurs du *Canard*) sur un aspect un peu chauvin de certaines appréciations éventuelles...

Paul Anka passe à l'Olympia en vedette américaine, dans un programme dont la vedette tout court est Colette Renard — mais je ne vous parlerai pas de Colette Renard, elle est tellement « bien de chez nous » que ce serait surabondant, et d'ailleurs, c'est à son père, Breffort, de le faire. Paul Anka est un garçon de vingt ans qui écrit ses chansons et qui les chante. Comme il n'en écrit pas des douzaines, il en chante aussi d'autres que les siennes, par exemple *Jingle Bells* puisque c'est l'hiver et Noël.

Paul Anka, le soir de la première, a fait un triomphe aux « populaires », ce qui a refroidi le parterre, savamment composé de vedettes, demi-vedettes, quarts de vedettes et figurants habituels de ces cérémonies. Si le public de l'orchestre (où brillaient les critiques) s'était donné la peine d'écouter Anka, il aurait pu constater que :

1°) Il chante juste, très en place et semble capable de « swinguer » à la latine — évidemment, la formation du bon Lapeyronnie ne peut le suivre sur ce terrain.

2°) Il a une excellente présence et presque trop de métier pour son âge — d'aucuns trouveront ça effrayant — c'est plutôt plus agréable que le manque d'aisance et le côté embarrassé.

3°) Les mélodies de ses chansons — dont les paroles sont faciles, d'accord — sont plutôt jolies.

4°) Il en « fait » beaucoup moins que l'on ne pouvait le craindre d'après les disques et la publicité.

5°) Le plus drôle de tout, c'est qu'il a, avec d'autres, retrouvé l'usage de la note d'ornement et du gruppetto ou tout au moins de quelque chose qui y ressemble fort.

C'est donc un chanteur classique s'il en fut, et l'Anka de malheur que j'avais craint est, jusqu'ici, à mettre bien en avant des Kalin Twins, ces deux affreux singes, et du grimaçant Presley (lui, on l'a vu au cinéma).

En outre, au programme de l'Olympia, il y a plein de bonnes choses : à côté du canal de Lemarque, Lemarque lui-même, deux délicieuses acrobates, les Mascottes, les Peiro's Brothers...

P.-S. : Anka chante toutes ses chansons en anglais. Je connais *peu* de chanteurs français qui pourraient faire l'inverse en Amérique...

Boris VIAN,
texte inédit destiné au *Canard enchaîné*, 1958

LA DISCOTHÈQUE

Bob Martin, à qui Eddie Barclay ne refuse rien puisqu'il lui accorde le soutien de l'étonnant Quincy Jones, se présente, *Gondolier* en tête (que les dames qui verront la pochette se rassurent, Bob n'est pas comme le Gondolier de la pochette). *Manhattan*, une célèbre chanson de Rodgers et Hart, devient ici *Un p'tit bout d'femme...* c'est un peu comme si, après adaptation, *A Paris* de Lemarque devenait « Darling I love you » — mais vous savez que nous adorons taquiner les confrères adaptateurs... Bonne interprétation, style chanteur d'orchestre, qualité exceptionnelle. *(Barclay — Var. 2.)*

Henri Salvador... mon vieux frère, comment parler de ce disque? C'est avec lui que j'ai écrit les quatre chansons qu'il chante là : *Le Gars de Rochechouart, Le Tube, Le Gosse* et *La Java mondaine*. Je suis mal placé pour parler des chansons — on n'est jamais *tout à fait* content de ses chansons — mais à l'interprète-compositeur, je ne puis m'empêcher de flanquer un bon 20 sur 20... et ça serait 20 même s'il en chantait d'autres, croyez-moi! Ce type-là, il sait *tout* chanter; il en est décourageant.

S'il faut entrer dans les détails techniques, et pour parler d'une chanson à laquelle on a fait bon visage, écoutez comment il chante le couplet du *Gars*, couplet qui pour moi est une de ses plus jolies trouvailles musicales. *(Barclay — Var. 3.)*

Charles Gentès. *Cavalier des steppes, C'est fou c'que*

je peux t'aimer, Le Cirque, Si Dieu le veut. Les steppes de l'Asie centrale deviennent *Cavalier des steppes*. Ça m'avait toujours fait penser à des chameaux, mais pourquoi pas un cavalier? *C'est fou c'que je peux t'aimer* est sans relief. *Le Cirque*, une assez bonne chanson sur un sujet un peu usé, — mais ne le sont-ils pas tous? — et *Si Dieu le veut* n'a de blues que son sous-titre. Voix mâle et gaie, intelligent soutien d'orchestre de Guy Destal. *(Decca — Var. 6.)*

Paul Quiot, que nous présente gentiment Charles Aznavour, dévore ses *r* comme un vrai Constantine, ce dont on se passerait. C'est une voix légère et un auteur-compositeur dont on attend une personnalité un peu plus affirmée; il possède déjà une technique de la chanson, il lui faut encore une originalité; il a tort, pour son premier disque, de s'entourer d'un grand orchestre. *Je t'aimerai quand même, Les Petits Vieux, L'Homme et sa mandoline, Si t'es pas sage* composent ce recueil. *(Decca — Var. 7.)*

Maria Remusat a toujours eu une belle voix et jamais le succès que cette voix méritait. Mais elle est probablement en train de se diriger vers la réussite avec calme et décision. Fort bien accompagnée par Raymond le Pers (on n'est jamais si bien servi que par la moitié de soi-même), elle met avec grâce sa voix au service des quatre titres suivants : *Le Gars de Rochechouart, J'aimerais tellement ça, Mon trésor à moi, Le jour où la pluie viendra*. Un timbre de qualité, de la chaleur, une remarquable diction... et je m'arrête, on croirait qu'elle m'a soudoyé alors que c'est seulement vrai... *(Decca — Var. 10.)*

José Rivera ne se vexera pas si j'avoue que je ne l'avais pas encore entendu et se vexera encore moins, j'espère, si je lui dis que j'ai bien aimé sa simplicité et son naturel dans le genre « chanteur de charme » qu'il a choisi. *Le Bateau de Tahiti, Héléna, Mon copain l'amour, Tu m'as donné ma chance* font un bon assortiment de sentiments. *(Decca — Var. 11.)*

Bourvil, dans une assez joyeuse ineptie, *Et ta sœur*, continue à prouver que Dranem, à qui il ne ressemble pourtant pas, a encore de nos jours un successeur digne de ce nom. Surprenant de trouver, au verso, la jolie *Ballade irlandaise* de Marnay et Stern. Un Bourvil pathétique, on sait qu'il existe, il restait à trouver ce Bourvil sentimental, très insolite et assez charmant... *(Pathé — Var. 12.)*

LUCIENNE DELYLE. Si Lucienne Delyle donne son maximum dans la vraie chanson populaire française, elle a un talent assez solide pour marquer des chansons de type plus « exotique », comme *Merci*, venu d'Italie mais très sud-américain, *Ça m'suffira*, rythmé et très nord-américain 1935, *Dans le bleu du ciel bleu*, que l'on devrait avoir à cœur *de ne pas* enregistrer, parce que, à la fin... zut pour les chansons italiennes actuelles et ce style jazz redigéré qu'elles nous imposent (bravo pour *Santa Lucia*)! Et enfin *J'ai entendu c't'air-là*, une gentille évocation de 1925. Mais on aime toujours Lucienne Delyle, parce que tous ses disques ont quelque chose... le talent de la dame, sans doute. *(Pathé — Var. 13.)*

CAROLINE CLER, la jeune farceuse de chez Vega, a de rares qualités de fantaisiste; elle a, d'abord, le goût de la fantaisie, et cette allure innocente et sérieuse qui ne trompe pas : à l'intérieur, c'est plein d'humour et ça aime à rire. *Sur le pont Saint-Louis*, bon exercice de diseuse, *Général fend-la-bise* (aucune allusion à aucun général en aucune retraite, Francis Lemarque l'avait écrite bien avant tout ça), *La Bague à Jules* et *Ah la, la, la,* constituent ce 45 EP; je ne sais si c'est le matériel qui convient exactement à Caroline; ce n'est pas assez *démentiel*, à mon humble avis; Caroline est une des rares personnes à pouvoir chanter des chansons *dingues*, qu'on s'en serve! Quelle articulation à utiliser!... *(Vega — Var. 15.)*

SACHA DISTEL a délaissé un instant sa guitare, dont il est un excellent spécialiste, pour quatre chansons d'amour classique : *Un amour comme le nôtre, Que reste-t-il de nos amours, Parlez-moi d'amour* et *Si petite, ô mon amour*.

Jolie voix grave, léger vibrato agréable, charme dans l'interprétation, mise en place impeccable, voilà divers atouts que Sacha devrait exploiter. Que manque-t-il ? un brin de passion, un brin de folie... la scène le lui donnera. Discrète modernisation ; on regrette un léger excès de violons. Un fort bon second disque. *(Versailles — Var. 16.)*

JEAN CONSTANTIN dirige lui-même l'orchestre un peu cinglé qui s'assortit parfaitement à trois de ses quatre nouvelles créations : *Tango, Bain, amour et...* et *L'Oculiste, Mon manège à moi* ayant déjà été créé, de main de maître, si l'on peut dire, par Piaf la Grande.

L'Tango est une assez belle pirouette en vue d'une chute assez belle aussi ; *Bain, amour et...* astucieusement cochon pour rire a une ravissante musique. *Mon manège* est pris sur ce qui doit être le vrai tempo, avec une belle orchestration de fin du monde. Un reproche : Jean s'éloigne, par moment, du micro... M. le D.A. (directeur artistique), surveillez-le, s.v.p. *L'Oculiste* me laisse rêveur... mais Constantin, en général, me laisse rêveur et ravi... *(Vogue — Var. 17.)*

CLAUDE GOATY, vol. 11. *Ça, c'est l'amour. Sur la plage, Mimi fleur bleue, Connaissez-vous mon village.* Telle est la composition de ce onzième 45 tours EP de Claude Goaty. Le thème de Porter est pris sur un temps un peu lent et les chœurs sont bien lointains. *Sur la plage,* avec son bruit de mer imitation, est sans doute le meilleur de ces quatre titres ; je n'aime pas le chœur des petites filles idiotes de *Mimi fleur bleue* et *Connaissez-vous mon village* est une Provence un peu bazar, alors que les *Marchés de Provence* étaient une jolie chanson. Goaty fait trop de disques — il vaudrait mieux pour elle chercher du matériel qui lui convienne vraiment et qu'elle ne trouve pas encore régulièrement. *(Vogue — Var. 18.)*

JOCELYNE JOCYA que présente, au verso de la pochette, Pierre Delanoé, est, en tout cas, une assez jolie demoiselle, alors déjà bravo pour ça. Ce premier disque n'est pas exempt de certains défauts de la jeunesse (hélas, on voudrait bien les avoir encore) dont le principal est une tendance à dramatiser des textes que cette accentuation ne renforce pas, au contraire. Jocelyne Jocya a une voix grave qui semble puissante mais capable aussi de nuances délicates ; elle a choisi des tempos trop lents qui touchent à la mélopée (et je sais que la mélopée est à la mode, mais une nouvelle venue n'est pas forcée de céder à la mode). *Bon voyage, Je te donnerai, Salve Regina* et *Le Mur* composent ce disque. Bon voyage, Jocelyne! *(Vogue — Var. 19.)*

JEAN SIEGFRIED. Jean Siegfried me fait le plaisir de chanter *Le Gars de Rochechouart* et Vogue l'honneur d'en faire la tête de ce 45 tours — et je ne veux pas que Siegfried ni Vogue me prennent pour un grand sagouin, mais je la voyais un peu moins ample, plus étriquée... Siegfried lui fait un petit peu un sort; il a sans doute raison de le faire comme il le sent, car c'est l'artiste qui se défend sur la scène pendant que l'auteur est dans son lit et c'est l'artiste qui prend les risques; tout ça pour dire que c'est bien dur d'être auteur et critique en même temps... Ceci dit, il y a un côté net et emporte-pièce, un côté découpé au chalumeau, qui me plaît bien chez Siegfried encore en progrès. *La Gambille* reçoit un bon traitement. *Le Temps des gros sous* est une plaisante chanson, et si *Sa Casquette* me chiffonne un peu (comme m'a toujours chiffonné le *Gamin de Paris* ou les films où on met les gosses), Siegfried en tire le maximum. Bon soutien de Jean Lemaire. *(Vogue — Var. 22.)*

MARCEL AZZOLA ET SON ENSEMBLE. « 4 fois 4 », tel est le titre du recueil 30 cm du bon accordéoniste qu'est Marcel Azzola, un des meilleurs parmi les champions du soufflet. Quatre valses, quatre typiques, quatre pasos et quatre tangos, commodément minutés, forment ce LP qui met remarquablement en valeur les qualités d'Azzola dont les plus brillantes sont la finesse et le goût. Des titres sûrs et un excellent album, malgré une prise de son un peu étouffée. *(Festival FLD 183.)*

BEN. Ben, sa tumba, ses rythmes et quatre merengue, plus ou moins calypsés, avec le dynamisme du chef et les astuces de l'arrangement, cela fait un très bon disque de danse typique. *(Barclay 72 244.)*

FRANCK POURCEL. Un des bastions les plus solides de

l'orchestre de variétés bourré de violons jusqu'au canon est celui de Franck Pourcel qui, avec un soin certain, fabrique de la musique pour rêver sur les thèmes en vogue. Cet EP comprend le *Croquemitoufle* de Bécaud, *Guitares et Tambourins, Come prima* et *Patricia*. Aussi réussi que les précédents. *(Voix de son maître 7 EGF 392.)*

Bob Parker et son orchestre et Max and the Maxies : *Patricia, Catalania*, par Bob Parker; *Sail along Silv'ry moon* et *El rancho rock* par Max and the Maxies. Le fameux *Patricia* de Perez Prado reçoit un traitement à l'orgue assez affaiblissant, mais propre à la danse intime. « Sail along » est un vieux thème qui vient de faire un énorme succès en Allemagne; les quatre faces sont exécutées dans l'esprit « boîte de nuit » et, comme telles, sont de bonnes réussites. *(Polydor 20 630.)*

Hits Paramount. La jeune et bien roulée Dominique Boschero, dont la photo adorne la pochette de ce recueil de succès américains, est une introduction agréable à cet ensemble de huit morceaux parmi lesquels on retrouve deux fois le nom de Paul Anka, de Ginny Gibson, des Goolbreezers, et une fois celui de Lou Bartel et de Johnny Nash. C'est de la chanson pour teen-agers américains, il semble qu'il y ait une clientèle en France pour ce genre (heureusement, elle ne comprend généralement pas les paroles, qui sont assez infantiles, ou très cucu, selon le cas), mais c'est le véritable produit des U.S.A., avec saveur garantie, que nous donne ici Vega. *(Vega, ABC 1500.)*

Marie Knight et Rosetta Tharpe. Deux grandes chanteuses gospel (on sait qu'il s'agit du chant évangélique américain) réunies sur un remarquable microsillon. Marie Knight s'égale ici aux plus formidables interprètes du genre. Quant à Sister Rosetta Tharpe, qui s'accompagne toujours à la guitare et se double elle-même en rerecording, elle est ce qu'elle est dans ses meilleurs jours. Réunies dans « Stand the Storm », ces deux religieuses commères dégagent des calories ! *(Brunswick 10 605.)*

Dalida. La grande lanceuse de « tubes » du

moment, la belle brune de chez Barclay, avec quatre forts succès : *Come Prima. Tu m'étais destiné, Piccolissima Serenata* et *Si je pouvais revivre un jour ma vie.* Sans commentaires : c'est de l'or pour le disquaire, et du plaisir pour les amateurs. *(Barclay, 70.194.)*

HENRI SALVADOR. *Sarah*, chanté par Salvador, a dû aller au cœur d'Aznavour et Plante; Salvador est le seul capable de rendre cette chanson sur ce tempo avec cette tendresse sans tomber dans la mièvrerie. *La Guerre en dentelles* est l'autre face forte de ce 45 tours. *Le Langage des fleurs* et *Barbarie* sont deux jolies chansons qui démontrent l'ampleur de l'éventail des possibilités de Salvador. *(Barclay, 70.179.)*

PIERRE DORIS chante... tant pis pour vous, annonce la pochette; il chante quelques chansons assez démentes, d'une authenticité incontestable : *Le Dernier Vol, La Goule, Le Loup de mer* et *L'Amour en argot*. J'avoue préférer Doris dans ses textes à lui... malgré le charme (?) d'auteurs tels que Delormel, Georgel et Doloire... Des quatre, la mieux « sortie » me semble *Le Loup de mer*, mais je crois que j'aimerais mieux entendre le croque-mort du tour de chant interpréter quelque poème de Queneau bien venu ou un petit Prévert de cru classé... *(Barclay, N. 70.192.)*

DANYEL GÉRARD a, pour son premier 45 tours, choisi *When (Viens), Tais-toi, D'où reviens-tu, Billie Boy* et *Le Chercheur de diamants*. Que peut-on lui reprocher ? Ses sifflantes, un certain maniérisme qui fait « imitation » de chanteurs américains. « La voix de Danyel Gérard est sujette à polémique »... assure le verso de la pochette; on aimerait qu'il « chante » un peu plus et hache un peu moins : entendons-nous : nous n'avons rien contre les « trucs » ou les « gimmicks » quand ils sont exploités par leurs inventeurs, mais c'est dangereux, pour un jeune, de commencer par s'inspirer des trucs; s'il y a un modèle à suivre quand on débute, c'est, dans la chanson américaine, Sinatra... ceci dit, il est probable que, la mode passée et Danyel Gérard enfin devenu lui-même, il pourra apporter la preuve d'un tempérament encore dissimulé derrière l'artifice. *(Barclay, 70.197.)*

Jean Philippe : un nouveau venu qui a une jolie voix et qui chante avec la simplicité la plus parfaite, *Gigi, Cœur à Cœur, Tiens* et *J'm'en fous, je t'aime*. Que faire ? Ceci se passe de longues analyses... on encourage vivement Jean Philippe à continuer comme ça et à rester lui-même : ne discutons pas ceci qui est indiscutablement charmant. *(Barclay, 70.206.)*

Henri Salvador a trouvé un nouveau métier : transformateur de « tubes » ; un succès bien accroché se transforme, grâce à lui, en quelque chose de complètement étranger à la conception originale (?) des auteurs... Voici un *Come Prima* bien différent de la très plaisante version de Dalida, et qui swingue dur... *Bal de Vienne* ramène peu après le Salvador de charme, toujours aussi inimitable (qui s'y risquera ?). *Par ce cri*, l'excellente chanson qu'il a composée sur des paroles d'Aznavour, semble promise à une belle carrière ; quant à *J'aimerais tellement ça*, c'est l'auteur qui vous assure que c'est agréable de l'entendre chantée comme ça... *(Barclay, 70.204.)*

Kalin Twins : j'ai peur qu'on ne vise trop loin en tentant de faire de *Forget me not* le même succès que *When*, déjà créé par ces deux jeunes artistes. Il ne suffira pas, je crois, de retrouver quelques claquements de mains. *Dream of me*, très berceuse, *Cool* (une sorte de Diana vraiment bien voisin de Diana) et *School bell dreams*, square dance un peu rocké, si j'ose dire, complètent ce second recueil des jumeaux... à dire vrai, de qualité assez analogue à celle du premier, justement... *(Brunswick, 10.612.)*

Jean-Paul Mauric chante sans histoires quatre morceaux sans danger ; je ne suis pas tout à fait aussi optimiste que le rédacteur de la pochette, et si j'avais été dans la cabine au moment de l'enregistrement, il me semble que j'aurais dit à Mauric de surveiller sa justesse surtout dans *Patricia* où il chante résolument trop haut... Le microsillon comporte *Come Prima, Je t'ai dit oui, Patricia* et *Margarita (Festival FX 1.187.)*

Fontana music-hall n° 7 réunit dix interprètes et dix chansons. *Les Amis*, de Lemarque, auquel on ne résiste pas plus qu'à la joie du petit coup de blanc entre bons « potes », *La Servante du château*, de Ricet-Barrier, qui va à la gaie commère Denise Benoît. *Planter café*, de Marnay interprété par son auteur de façon à inquiéter son ami, le créateur, Montand... *Bal de Vienne* est réservé à sa créatrice, la troublante Hildegarde Neff, *Le Paradis sur terre*, au puissant Catalano. Au verso, Jean-Louis Tristan crée, avec l'aide remarquable de Persiany, le thème de *Toi le Venin*, et Jeanine Michel, l'autre chanson du film *Je suis un démon. Docteur Miracle* consacre la naissance à la chanson du jeune et prometteur Gabriel Dalar. *Voir*, de J. Brel, est « vu » par Simone Langlois qui s'affirme de plus en plus. *Douce brise de Rome*, enfin, consacre la virtuosité technique et vocale de Decker. Pour tous les goûts, non ? *(Fontana, 661.406 MR.)*

Le nom de Jacqueline François, c'est une sorte de marque de qualité, une garantie de perfection et l'assurance d'une justesse, d'une mise en place, d'une diction et d'une musicalité totales... voici en un microsillon, 25 cm, 33 tours, dix chansons, presque toutes accompagnées par Jack Elliott et son orchestre (sauf *L'Air de Paris*, par Michel Legrand). Excellents arrangements d'ailleurs. *Mon oncle*, qu'elle a créé, *L'Air de Paris*, de Lemarque, dont elle donne une version impeccable, *Je te donnerai*, d'Aznavour, *A Capri*, de Michèle Vendôme et Henri Decker (le mari de Jacqueline, s'il faut tout vous révéler) et *Bal de Vienne*, pour passer des Latins aux Saxons... Au verso, *La Vie mondaine*, brillamment enlevé, *Le Piano de la plage*, la jolie chanson de Trenet, *J'aimerais tellement ça* (une version féminine définitive, pourrait-on dire, si ce mot n'était un peu pompeux...), *Mélodie perdue*, de Giraud et Broussolle, *La Guerre en dentelles*, de Salvador et Bernard Michel, pleine de fraîcheur. La pochette : une photo qui rend enfin justice à Jacqueline... *(Philips, B 76.456.)*

Marcel Amont enregistré sur scène à l'Olympia, ou la confirmation par le disque de la naissance d'une vraie vedette. *Cha cha cha boum*, une chachaïsation du succès inoubliable de Trenet, *Elle aurait bien voulu*, la burlesque chanson de Roche et Morand, *Le*

Menuet de la Reine de Fontenoy, le *Viens*, de Bécaud et Aznavour, interprété à la façon d'un chanteur flamenco espagnol et qui prend de ce fait une allure saugrenue assez irrésistible, *La Barcarolle auvergnate*, de Datin et Vidalin, *Sur la table*, d'Aznavour (qui va se risquer à chanter ça après Amont ?), *Le Crieur de journaux*, de Pizzuto et Ricet-Barrier, la ravissante *Julie*, de Datin et Vidalin, et enfin *L'Escamillo*, qui est le grand morceau de bravoure de ce léger et attachant personnage nommé Marcel Amont, à qui l'on n'a plus besoin de prédire une brillante carrière : il est en train de la faire et nous ne saurions trop vous recommander de l'y encourager en achetant ses disques... *(Polydor, 45.566.)*

DANIÈLE DUPRÉ a la malchance, ce soir où je chronique son disque, d'être la nième interprète de *Come Prima*... Ce n'est pas sa faute, c'est la faute des marchands de disques (je ne parle pas des disquaires, mais des fabricants) et cela n'enlève à Danièle aucune de ses qualités... Je suis content, par contre de son interprétation d'*Un certain sourire*, en dépit d'effets d'écho un peu inutiles. *Tu m'étais destiné* est une chanson que je trouve prise ici un peu trop « noire ». *Patricia* est une chanson à danser sur laquelle Danièle se « défend » bien. *(Polydor, 20.856.)*

Chronique « Variétés » de *La Discothèque*,
n° 2, septembre-octobre 1958;
n° 3, novembre-décembre 1958;
n° 4, janvier-février 1959

Table

DEUXIÈME PARTIE

CHANSON — MUSIC-HALL

Composition réalisée par EURONUMÉRIQUE

IMPRIMÉ EN FRANCE PAR BRODARD ET TAUPIN
Usine de La Flèche (Sarthe).
LIBRAIRIE GÉNÉRALE FRANÇAISE - 43, quai de Grenelle - 75015 Paris.
ISBN : 2 - 253 - 14432 - 0 31/4432/6